O que está feito, está feito.

CYRO KUSANO

© Copyright 2023

Dados Internacionais de Catalogação na Publicação (CIP)

(eDOC BRASIL, Belo Horizonte/MG)

Kusano, Cyro.

K97q
O que está feito, está feito / Cyro Kusano. – São José dos Campos, SP: Ofício das Palavras, 2023.
295 p. : 16 x 23 cm
ISBN 978-65-86892-88-8

1. Ficção brasileira. 2. Literatura brasileira – Romance. I. Título.
CDD B869.3

Coordenação Editorial: **Ofício das Palavras**
Produção Editorial: **Tatiana Iaconelli**
Produção de Texto e Revisão: **May Parreira**
Capa e diagramação: **Tatiane Lima**

O QUE ESTÁ FEITO,

1

Encostada no parapeito da cobertura do suntuoso edifício, fincado na encosta da Avenida Paulista, Maria Cláudia vaga o olhar inexpressivo pelo mar de luzes que se estende até o horizonte, marcado por pequenas concentrações de iluminação, revelando os vários municípios que compõem a megalópole de São Paulo.

Mulher bonita. Beirava os trinta anos. Cabelos louros, finos, esvoaçados pela brisa que soprava nas alturas dos prédios, naquela madrugada morna. Pele lisa e aveludada da face, resquícios, ainda, de uma adolescência que insistia em não ir embora. Corpo bem-feito, delineando curvas que lhe conferiam toda a beleza e sensualidade da mulher.

Esse conjunto natural, no entanto, parecia desarmonioso pela inexpressividade do olhar, entregue à vastidão da cidade iluminada, como se estivesse ausente de si mesma.

Não havia alegria naquele olhar, mas, também, não havia tristeza. Refletia um marasmo existencial. Procurava a cobertura do apartamento desde que voltou para a casa dos pais, há quase três meses, após o fim de seu casamento com um amigo da juventude.

Não sabia identificar que experiência teve daquela relação, de quase dois anos, senão as lembranças das frenéticas festas e viagens constantes, em cenários de riqueza e agitação, que a impedia de refletir sobre aquela nova fase da vida.

Nascida numa família rica, cresceu cercada de proteção. Seus pais temiam a prática banalizada de uma nova onda criminosa, que assustava os habitantes da cidade: os sequestros.

Desde pequena, no fim das aulas, não tinha tempo para ficar com as amigas de classe, andar pelas ruas fazendo algazarra. Na porta da escola, sempre no horário, estava o motorista, à sua espera. Gostava daquele homem, mas não tinha força nem argumento para desenvolver, com ele, qualquer cumplicidade.

Cresceu assim. Mesmo na fase universitária, por força do comando familiar, era conduzida pelo motorista, fazendo com que seus relacionamentos pessoais se esgotassem nos limites dos espaços que frequentava. Com o namoro, até o casamento, não foi diferente. A influência familiar, tanto dela quanto dele, fez predominar a cultura da proteção. Ambas as famílias, ricas, na busca da proteção e segurança pessoal dos filhos, contra a violência urbana, excluíram deles os prazeres da vida mundana que só a liberdade individual, não vigiada, pode dar.

Nas madrugadas de vigília, na cobertura do apartamento dos pais, olhando para a imensidão da luminosidade que cobria a cidade, não tinha certeza se o marido fora uma escolha sua. Vinha se acostumando com a ideia de que ela aderira à conveniência das duas famílias. O casamento seria bom. Os dois jovens se pareciam. Achavam que continuariam a vida dos pais, que levaram o casamento deles até àquela altura da vida, na condição de pessoas vencedoras, que souberam desenvolver e aplicar a riqueza material, a unidade familiar e a proteção dos filhos.

Percebia a preocupação dos pais pelo seu silêncio e, em silêncio, apenas constatava, sem qualquer emoção, o que foram aqueles quase dois anos de casamento. Festas, viagens, reuniões de amigos, em sua casa e na casa deles, atravessando madrugadas de luxúria, regadas a bebidas, drogas e som muito alto. Os dias nada mais eram do que mero espaço de tempo, usado para dormir e descansar, em busca, apenas, da recuperação das energias para começar tudo de novo. Uma rotina, sem o arrebatamento da conquista e sem o aquecimento da alma, mesmo na prática de intimidades, com seu marido ou algum amigo, escondida sob os arbustos dos jardins das amplas residências que frequentava ou na cama da amiga, dona da casa, que deveria estar se divertindo em algum lugar, talvez com seu próprio marido.

Recolhida em silêncio, agora, nas madrugadas mornas, encostada no parapeito da cobertura do apartamento dos pais, Maria Cláudia entregava o seu olhar vazio para a imensidão da cidade, procurando encontrar a si mesma em alguma esquina coberta pela vastidão daquela luminosidade.

2

A rua estreita do bairro periférico, ladeada de casas conjugadas, expunha a humildade e a baixa condição financeira dos moradores. Enfeitada por um pequeno jardim florido e trepadeiras, que encobriam toda a fachada, moravam Dona Arlinda, antiga professora da escola municipal do bairro e Seu Américo, inspetor de alunos da mesma escola.

Família reservada, respeitosa e solidária com a vizinhança. Dona Arlinda, uma senhora negra e alta, era vista todos os dias, em horários alternados, saindo de casa, para o trabalho. Levava no braço o guarda-pó branco, sempre limpo, e, pendurada no ombro ou segura por uma das mãos, a bolsa, onde guardava o material escolar, trazido no dia anterior, para correções.

Vaidosa, exibia à cabeça um lenço de pano, branco ou colorido, afirmando sua afrodescendência. O rosto, levemente maquiado, era adornado por óculos de lentes de vidro, de baixa graduação. Nos dedos das mãos, além da aliança de ouro, combinava anéis vistosos, colares de pedras ou metais com os brincos grandes. As unhas estavam sempre pintadas. Meias de seda e sapatos de salto alto. O seu andar, pelas calçadas do bairro humilde, era marcado por passadas firmes e determinadas que emprestavam dignidade e respeito ao seu semblante desenvolto. À noite ou nos fins de semana, depois de seus afazeres domésticos, nunca deixou de atender os vizinhos, em sua casa ou na casa deles, para orientar um filho com dificuldade em alguma matéria escolar ou até mesmo aconselhar a família em outros assuntos solicitados. O marido, Américo, um negro alto, forte, cabelos já esbranquiçados, era mais introvertido. Homem de poucas palavras. Saía de manhã para o trabalho, só retornando no final do dia. Por ser inspetor de alunos, encarregado da disciplina escolar, era temido pelas crianças e jovens do bairro que o olhavam como se fosse um policial.

A aparente harmonia daquele casal, que cumpria com serenidade a rotina diária, aguardando a aposentadoria, já próxima, era marcada por uma tristeza e uma profunda frustração, nunca revelada para ninguém: Max, o único filho. Um menino bonito, estudioso e inteligente, cercado pelo afeto dos pais. Logo que concluiu o colegial, abandonou os estudos. Já não voltava mais para casa e, quando o fazia, ia embora em seguida sem deixar aviso para onde ia, onde vivia e, sequer, o que fazia. Seduzido pela liberdade e pela própria emancipação seguiu o caminho marcado por trabalhos alternativos que se misturavam, com frequência, a pequenas contravenções, agravadas com o passar do tempo. Como um fruto que despenca do talo que o prende à árvore, não atendeu às expectativas dos pais. Continuar os estudos. Ir para a universidade. Ser médico. Fantasia e ambição, para o único filho, sonhadas por um inspetor de alunos e por uma professora de carreira de uma escola pública de ensino.

3

Max apareceu, sem avisar, na casa dos pais, como fazia de vez em quando. Homem feito. Tangenciava os trinta anos. Musculoso, sorriso fácil, jeito de atleta. Atencioso e sem ansiedade, apropriava-se do espaço familiar como se nunca tivesse saído de casa.

Jantou com os pais, mostrando a educação recebida quando criança. Enquanto faziam a refeição, Max rememorava os pratos preferidos, feitos pela mãe, e os passeios que o pai o levou quando pequeno. O pai ouvia o filho, olhando-o enternecido. Repetidamente, aparava o talher no prato e, com a mão livre, afagava o braço do filho. A mãe, ouvindo o filho, desviava o olhar para o prato, insistindo em servir novamente. Riam, alegres, usufruindo com intensidade o momento de unidade familiar que o caminhar da vida havia tornado raro.

Após o jantar foram para a sala, assistir, pela televisão, a novela que a mãe acompanhava.

O silêncio só era quebrado nos intervalos, com comentários sobre o capítulo assistido ou breves conversas sem importância. Num desses intervalos, o pai, querendo saber do filho, indagou:

— Conte-me, meu filho, onde você está morando? Como anda a sua vida? O que você está fazendo?

Max transformou-se. Endureceu a expressão e olhando fixamente para o pai respondeu, com uma agressividade desconhecida:

— Porra, pai! Para de ficá buzinando nas minha orelha com esse papo furado! Já sô home. Fica na sua, que eu tô na minha. Eu ando na maior miúda pra não dá bandera e o senhor aí querendo me tirá serviço?

A mãe interveio:

— Vamos parar com essa discussão, os dois! Já vai começar a novela.

O pai, com ternura, mas sem perder a autoridade, ainda respondeu:

— Meu filho! Onde você aprendeu esse palavreado? Falando palavrão e gíria assim, na presença de sua mãe? Justo ela que tanto te ensinou bons modos e a falar educadamente...

Desta vez a mãe integrou-se à conversa:

— Seu pai está certo, Max. Não perca as coisas boas que tem. Você sempre foi um menino educado e te ensinei a falar corretamente. Essa é uma qualidade que as pessoas desenvolvem, não perca isso.

Max já havia se recomposto. Com a expressão calma e a cabeça baixa, respondeu, laconicamente:

— Está bem, pai, desculpa. Está bem, mãe.

Voltaram todos ao silêncio da sala, quebrado apenas pelo som da televisão que transmitia as imagens, as falas e o fundo musical da novela.

No dia seguinte, pela manhã, Max foi embora. Despediu-se do pai que já saía para o trabalho. A mãe o acompanhou até o portão. Abraçava o filho. Passava a mão sobre sua cabeça. Afagava os ombros, os braços, enquanto recomendava que se cuidasse. Silenciosamente repetia as mesmas perguntas feitas pelo pai, na noite anterior: *Onde você está morando? Como anda sua vida? O que você está fazendo? Para onde você está indo? Quando você volta?* Perguntava mais: *Você já tem uma mulher? Eu vou ter netos?*

Max não precisava ouvir as perguntas. Estavam expressas no olhar aflito da mãe. Disfarçando a tensão, abraçou a mãe e beijou-lhe a face, em despedida. Desvencilhou-se, delicadamente, dirigindo-se ao veículo estacionado à frente da casa dos pais. Deu a partida e arrancou em disparada, sem olhar para trás.

Virou na primeira esquina para sair do campo visual da mãe, da rua de sua casa, da lembrança do pai e de toda a sua história construída naquele bairro. *Que merda de vida. Eu não queria que eles sofressem por mim. Coitados. Eles sofrem. Não sabem nada de mim. Eu não quero que sofram, mas não tem jeito.* Deu um longo suspiro. Passou as costas da mão esquerda nos olhos, segurando, com a outra, no volante, para limpar a umidade provocada pela emoção. *Mas, não dá para falar nada. Eles nunca compreenderiam. O que está feito, está feito. Não dá para voltar atrás. Até agora deu tudo certo,* encorajou-se. *É isso aí. Eles são eles e eu sou eu. Eu tenho que saber que eu sou o outro. É a minha vida. Eu sou o que sou e, por isso, faço o que quero, posso e gosto. Vamo prá frente que atrás vem gente,* arrematou, dispersando a aflição.

4

Já havia saído do bairro. O seu destino era o lado oposto da cidade. Longe dos pais. Uma casa pequena, localizada na rua principal, onde passava toda a corrente de tráfego, inclusive dos ônibus coletivos, que serviam de ligação do trecho bairro-centro. Ladeada por uma oficina mecânica e um açougue, a casa ficava permanentemente fechada, não chamando a atenção de ninguém, porque poderia ser uma defesa do barulho produzido pela rua e da fuligem dispensada no ar pelo motor dos carros e ônibus.

No interior, a casa era pouco mobiliada. Na sala, um sofá de dois lugares e uma poltrona, voltados para a televisão. Um rádio e um aparelho de vídeo completavam os utilitários eletrônicos. Encostado na parede, um móvel vazado de madeira, acomodava uns poucos discos e vídeos. Dois filmes eram guardados, separados, indicando a predileção de seu dono: *Dillinger – O inimigo Público nº 1* e *Lúcio Flávio – Passageiro da Agonia*.

Uma mesa redonda, duas cadeiras, no centro da copa; a cozinha com uma geladeira, quase vazia, um fogão e uma pia com torneira, sobre a qual repousavam, num aparador, quatro copos, dois pratos e alguns talheres, além de um filtro cerâmico de água.

A dispensa e área de serviço eram espaços desocupados. Apenas uma lixeira, forrada com um saco preto de plástico, uma vassoura e um rodo que trazia pendurado em seu cabo um pano de chão.

No andar de cima, dois quartos e um banheiro completavam a casa. Num, a cama de solteiro, arrumada. O guarda-roupas chamava a atenção pela quantidade e variedade das peças, de estilo e estampas diferentes. Entre elas, pendurados, dois ternos escuros. Na sapateira, via-se, também, uma grande quantidade de pares de sapatos, tênis e chinelos. Uns, chamavam a atenção, pelo pouco uso.

O outro quarto permanecia, o tempo todo, fechado a chave.

O ambiente interno da casa era muito simples e despojado. Dona Benedita, uma senhora negra, já de idade, fazia a faxina da casa três vezes por semana, na parte da manhã. Para Dona Benedita, Max, era conhecido pelo nome de Senhor Sebastião Moacir da Silva, como ele mesmo se anunciava e como era registrado nas contas e correspondências que ela recolhia do serviço postal. Raramente via Max, ou seja, seu patrão, Senhor Sebastião Moacir da Silva. Sabia apenas que ele era corretor autônomo, que atuava na venda de terras rurais e gado, o que explicava sua constante ausência em casa, as viagens que fazia para o interior e até para outros Estados, como ele lhe informava. Nos dias de vencimento do salário o patrão deixava o pagamento, em dinheiro, sobre a mesa redonda da copa, além de um valor excedente para compra de algum material de limpeza. Era generoso. Os valores excedentes superavam, em muito, as compras eventuais, às vezes triplicava o próprio salário, e o patrão nunca pediu prestação de contas. Dona Benedita agradecia silenciosamente a generosidade do patrão, retribuindo com pedido de proteção e orações que fazia ao Santo de sua devoção.

Naquela casa, Max era, definitivamente, outra pessoa. O nome registrado nas correspondências foi extraído do documento de identidade que usava, longe da casa dos pais, do bairro e dos amigos de infância e adolescência. Ali, em seu novo mundo, era Sebastião Moacir da Silva, nascido numa cidade do interior, filho de Pedro da Silva e Antonia Ribeiro da Silva. O nome Max pertencia a um mundo que já não existia mais, senão na saudade, no afeto e no forte sentimento de culpa que nutria em relação aos pais, a professora Arlinda e Américo, inspetor de alunos, ambos da escola municipal, onde estudou até completar o curso colegial, aos dezessete anos de idade.

Antes de chegar à casa guardou o carro no estacionamento, onde era mensalista. Andou meia quadra e ingressou, rapidamente, na casa. Subiu para o quarto. Fez uma mala para alguns dias. Foi ao quarto que permanecia fechado. Abriu-o. Apenas uma mesa sobre a qual se encontrava uma caixa, com tampa de madeira, uma cadeira e um armário de aço, mais alto que uma pessoa, trancado por um sistema eletrônico que exigia o uso de senha. A maçaneta giratória, na forma de uma roda de leme de barco, instalado logo abaixo do painel digital e o trilho fixado no piso denunciava que aquele armário abria-se para o lado, permitindo o ingresso de, pelo menos, duas pessoas em seu interior. Max abriu a tampa da caixa posta sobre a mesa.

Estava cheia de notas de dinheiro. Fez um cálculo rápido sobre o quanto precisaria para os dias em que ficaria fora, retirando um maço de notas. Fechou a tampa da caixa, saiu do quarto, fechando-o a chave, novamente.

Trocou-se. Tênis. Calça larga, cheia de bolsos. Uma camiseta colorida. Óculos escuros e um boné, com a aba voltada para trás. Saiu da casa, carregando o pequeno saco de viagem com suas roupas. Misturou-se rapidamente com as pessoas na calçada. Andou até o próximo quarteirão. Como mais um transeunte desconhecido, deu sinal para o táxi que se aproximava.

— Vila Galvão. Vamos aqui por dentro do bairro — anunciou o trajeto ao motorista.

— Ali, já é Guarulhos. É tabela dois, mais trinta por cento do taxímetro — respondeu o motorista.

— Tudo bem, vamos embora — concordou Max.

Não era distante de onde estavam. O caminho conduzia para o interior do bairro. Era a periferia mais distante do centro e fazia divisa com outro município englobado pela megalópole. A cada quadra que avançavam, o cenário urbano se modificava, expondo as chagas da pobreza até a mais extrema miséria, denunciando a ausência e o descaso das autoridades públicas. Ruas sujas e esburacadas. As pequenas casas populares de alvenaria, no avanço para o interior do bairro, eram substituídas pela ocupação irregular do solo, onde se erguiam, uns apoiados nos outros, barracos imundos, minúsculos, que abrigavam famílias inteiras. Para afastar qualquer vestígio de dignidade no local, corria livre, exposto a céu aberto, contornando os barracos e se esparramando pela rua, a água utilizada nos barracos, trazendo consigo os detritos misturados com fezes e urina.

Foi ali que Max desceu do táxi. Pagou a corrida em dinheiro, dispensando o motorista. Imediatamente foi cercado pela criançada que brincava na rua para lhe pedir alguma coisa. Com paciência, caminhou rodeado por aquelas crianças malvestidas, descalças que pisavam na água imunda, até um barraco que servia de vendinha. Comprou balas, chicletes e doces e distribuiu à meninada que, apanhando cada uma o seu quinhão, saíam em desabalada carreira, sorrindo e gritando, para as suas brincadeiras.

Max ingressou numa viela estreita, entrou num barraco. Toda vez que retornava, voltava às fantasias de infância, estimuladas pela mãe, que o acomodava no colo para contar histórias ou quando, à noite, lia para ele até adormecer. Ali, onde estava agora, era a Caverna, projetada por seu imaginário, em que ele, no papel do herói, se escondia para fugir de um perigo ou enganar seus inimigos ou até o Abre-te Sésamo, pronunciado por Ali Baba. O interior simples. Pobre. Um cubículo. Chão de terra batida. Ao lado da porta, um fogão, seguido de uma geladeira. Encaixada entre a parede e a geladeira, a cama. O colchão, rasgado, punha à mostra o recheio de espuma barata. No pé da cama, um caixote de madeira, sobre o qual repousava uma televisão pequena. Na parede de fundo um armário da largura de uma porta, com prateleiras de madeira, que vinham do alto que servia de guarda-roupas, despensa e depósito de todos os utensílios. No resto da parede e na outra lateral que fechava o barraco, havia uma pequena pia e pregos que serviam de suporte para panelas, frigideiras, sacola com legumes e aparador de material de limpeza. Não havia mesa. Apenas um banco e duas cadeiras.

Max enfiou a mão, entre as roupas acomodadas numa prateleira superior, fazendo um movimento. Em seguida, repetiu o procedimento numa prateleira inferior, após afastar umas garrafas escuras encostadas no fundo do armário. Puxou, levemente, a parte do móvel para frente, que se abriu, mostrando uma passagem. Atravessou a falsa parede e fechou-a, por trás. Tudo escureceu. Um passo à frente, à esquerda, brilhava uma minúscula luz vermelha de um sensor eletrônico. Tirou do bolso um dispositivo, apertando o botão. Ouviu o movimento da grade de aço movimentando-se, lentamente, até abrir uma passagem estreita.

Max estava em sua fortaleza. Oculta pelo ambiente pobre da favela, o espaço amplo revestido de piso cerâmico e grossas paredes de concreto.

De um lado das paredes, sobre os balcões de alvenaria, o arsenal: enfileiradas e penduradas na parede, metralhadoras, fuzis, escopetas e revólveres de todos os calibres. Nas prateleiras dos balcões, farta munição para as armas. Na outra parede, penduradas em cabides, coleções de jaquetas e uniformes da polícia, além de vários uniformes de empresas concessionárias de serviço público. No rodapé da parede, capacetes, coturnos e botas de borracha, também de várias cores. Num canto, uma pilha de capas amarelas, iguais às usadas pelos policiais de trânsito, em dia de chuva, além de outra pilha de coletes à prova de bala.

Naquele amplo espaço, sem divisão de paredes, uma cozinha, demarcada por uma mesa grande, doze cadeiras, um armário enorme, abarrotado de mantimentos. Um congelador, uma geladeira, um fogão e uma pia grande, instalada sobre um armário com gaveteiros. Fixada no alto da parede, uma televisão. Daquele ambiente, do lado direito, havia um corredor de acesso para seis quartos e um espaço aberto que dava para o quintal. À esquerda, da cozinha, uma sala fechada com portas de vidro. Tudo ali dentro era pintado com tinta branca. Os dois armários construídos na própria parede, em alvenaria, estavam abastecidos com várias caixas e vidros de medicamentos, além de aparelhos cirúrgicos. No centro, uma mesa cirúrgica e tripés de ferro, usados de aparadores, desses que se usam nos hospitais para pendurar sacos de soro fisiológico. A instalação, certamente, foi orientada por um médico. Era mais que um ambulatório. Era um micro centro cirúrgico.

5

Max dirigiu-se para o pequeno quintal. No centro, subia frondosa árvore cuja copa, vista de cima, nos voos rasantes dos helicópteros da polícia, que, por vezes, em investigação no local, exploravam aquele espaço aéreo, deixava à mostra, apenas, as exuberantes folhas verdes, em contraste com a cor cinza da fuligem que cobria os telhados da imensa favela, entrecortada por estreitas vielas.

— E aí, beleza? — disse Max, cumprimentando os parceiros. Estavam todos lá, fazendo um churrasco.

— Aí, King! (esse era nome pelo qual Max era conhecido). — disse um deles, encarregado de assar as carnes. — Chegou na hora. Pegue um prato, uma faca e um garfo que eu tô tirando essa picanha do fogo. Ela tá da hora. Só de espetar ela já se vê que tá macia.

— Vamo lá — vamo lá — respondeu Max, deixa eu chegar direito, completou, enquanto cumprimentava e era cumprimentado pelos outros.

O quintal estava cheio de gente. Quatorze companheiros e vinte meninas. Entre os homens, uns mais jovens, de dezoito a vinte anos. Outros, de vinte a vinte e quatro. Max e mais quatro, com idades próximas. As meninas, todas mais jovens, entre quatorze e vinte anos. As pernas de fora, saias ou shorts muito curtos e peças minúsculas que ocultavam apenas os seios. Todos, meninas e os jovens, no som alto do funk, impulsionados pela forte carga hormonal da juventude, entregavam-se à dança erótica, sugerida pelo ritmo e pelas letras, francamente pornográficas, explodindo em alegria e êxtase.

Nesse quase ritual, as meninas já tocadas pelo álcool das latinhas de cerveja que traziam à mão e pela liberdade reinante no ambiente, faziam coreografia, em que, uma atrás da outra, movimentavam, compassada e vigorosamente, os quadris, para frente e para trás, simulando a prática do ato sexual, convocando, com expressões sensuais na face, os homens a engrossarem aquela longa fileira, erotizando, de vez, todo o ambiente, oculto pela copa da frondosa árvore, que se sobressaía entre os telhados da imensa favela.

Max recolhido a um canto, ria dos gestos convidativos das meninas, em seus requebros eróticos e das respostas de seus companheiros, rebolando, num esfrega-esfrega, com as meninas naquela dança maluca que sugeria a prática de um verdadeiro bacanal.

6

Max conhecia as meninas ali da favela. Sabia onde moravam. Conhecia o pai ou mãe ou um irmão delas. Os moradores da favela sabiam bem quem era e o que fazia. Era respeitado por isso e Max, internamente, tinha consciência dessa relação e, para mantê-la, evitava intimidades. Tinha, no entanto, as suas preferidas. Mantinha, por sua conta, quatro barracos bem mobiliados e com fartura. Em cada um deles morava uma mulher que ele elegera como parceira e, nessa condição, eram respeitadas pela vizinhança. Todas sabiam da relação múltipla de Max e aceitavam essa situação pela generosidade, disposição física e amabilidade do parceiro, que sabia tratá-las como se cada uma delas fosse a sua preferida.

Max sabia agradar e manter as parceiras. Presenteava-as. Nos dias de visita, transformava a alcova em sítio de prolongada e inesgotável fonte de prazer. Ouvia, com paciência, as reclamações pela ausência e as cenas de ciúme. Cínica ou prazerosamente gostava de ouvir aquelas lamúrias, enchendo os ouvidos da parceira com elogios à sua beleza, à forma física, à sensualidade e ao desempenho dela na hora das intimidades, que o fazia esquecer de tudo, lembrando-se apenas dela. Do seu cheiro. Do prazer que ela dava e que o fazia se sentir um macho revigorado, para enfrentar toda e qualquer situação difícil.

Aos poucos, o bico dos lábios e o cenho franzido se transformavam em sorrisos e sussurros sensuais da parceira que se deixava conduzir, suave e delicadamente, para a cama, onde voltava a inundar o parceiro de prazer, aproveitando ao máximo os poucos dias em que ele passava para cumprir as cotas de visita marital.

Elas usufruíam, também, do prestígio da relação. Enquanto Max estava em visita no barraco, a vizinhança parecia cumprir o pacto de respeitar o descanso do guerreiro. Bastava Max ir embora, as companheiras começavam a receber as visitas pedindo dinheiro para a compra de remédio e mantimentos ou para enquadrar o marido que chegava em casa bêbado batendo na mulher e nos filhos ou até para aconselhar o filho adolescente que não queria procurar emprego para ajudar em casa.

Max nunca descuidou desses pedidos. Pela mão das parceiras fazia chegar às vizinhas remédio, cestas com alimentos e dinheiro. Por meio de seus companheiros enquadrava o marido bêbado e o filho desobediente. A presteza daqueles atendimentos trazia para Max importantes dividendos. Ao afirmar a influência das suas parceiras na vizinhança, ganhava a compreensão e tolerância delas para a múltipla convivência. Por outro lado, evitava que os conflitos familiares da vizinhança tomassem proporção, exigindo intervenção da polícia. Suprindo essas necessidades, Max entrava para o imaginário da população da favela como sendo um homem generoso, assumindo uma imagem de líder venerável, que devia ser protegido pelo voto do silêncio, que faziam, tanto sobre as suas atividades quanto aos locais onde poderia ser encontrado nas oportunidades em que a polícia realizava algum tipo de investigação.

Mais uma vez, as autoridades constituídas pagavam o seu desmoralizante tributo pelo descaso e falta de assistência àquela população que, nos arredores de uma rica e pujante metrópole, vivia abaixo da linha da miséria, tocando a vida, regida por outros códigos, signos e valores sociais.

7

No final da tarde, terminada a churrascada e antes que embriaguez tomasse conta de seus companheiros e das meninas, Max chamou um companheiro de lado.

— De leve, termina essa parada aí. Temo muito que conversá com todos. Amanhã é dia de trabalho e temo que tá ligado logo cedo. — Retirou-se do quintal, sentando-se à mesa grande da cozinha.

Aos poucos foi ouvindo a desarticulação da festa. O som foi desligado. Ouvia-se, agora, o murmúrio das vozes, acentuadamente femininas, indignadas pelo desligamento do som. Muzamba, braço direito de Max, assumindo o comando daquele fim de festa, foi dizendo:

— Parô, parô, parô, tava tudo muito bom, mas agora parô. — Em coro, as meninas, ainda agitadas, querendo a continuação da folia, começaram a cantar, em resposta a Muzamba:

— Por que parô? Parô por quê? Ô Muzamba, eu vim aqui só pra ti vê! — Sorrindo da graça das meninas, Muzamba abraçava uma e outra.

— Cabô hoje, mas logo vai tê mais. Precisa pará agora porque o chefe qué falá cum nóis. Não demora nós vai armá outra festa desta aqui, mas hoje cabô mesmo. Em seguida orientou:

— Ó. É prá saí um poco pra cada canto, prá num fazê muvuca lá na frente, na porta de um barraco só. Sai um poco aqui por essas duas porta do quintal, um poco lá pelas porta dos quartos e do corredor lá de dentro.

A fortaleza de Max era construída no centro de uma pequena quadra irregular da favela e era rodeada por barracos que faziam frente para as estreitas vielas. Era por intermédio das paredes falsas que se tinha acesso à fortaleza.

Muzamba continuava comandando a saída das meninas:

— Ô Zóio, ocê, o Pente, o Flô e o Dedo vai abri as tranca pras menina saí. Sai uma turma pra cada lado. Fala pra elas num fazê muvuca lá no porta. Fala pra elas, depois de saí, se encontrá lá pros lado da venda do Zé Macuco. Ninguém precisa sabê que elas tava aqui.

Aos poucos o silêncio. Não havia mais o murmúrio de vozes. Só passos e vozes que se despediam. As meninas que saíam despediam-se, recatadamente, de Max que, agora, só ouvia, sorrindo, sentado à mesa, os fricotes sensuais de uma ou outra defendendo-se do último assédio de algum companheiro, tentando roubar um beijo ou uma última bolinagem na despedida.

8

—A parada é a seguinte — disse Max, sentado à cabeceira, para os companheiros. — O meu contato me deu o serviço. Amanhã, um blindado vai entregar vinte milhão em sete agências de bancos. Vai ter sete malotes. Em seis malotes vai ter três milhão em cada um. No sétimo, vai ter dois milhão. O bom dessa parada é que essa grana toda vai estar tudo em nota de cem. Por isso os malotes não vão estar pesados. Dá para carregar na mão, por uma pessoa só.

Muzamba interrompeu Max, falando alto e sorrindo:

— Mamão com açúcar, hein King? É só í lá, pegá a grana e saí no pinote. — Todos riram.

Max continuou:

— É isso aí. Outra moleza dessa nós não vamos achar tão cedo. Sempre, o que a gente vê é aquela pacoteira de dinheiro miúdo. Um monte de nota. Quase não dá para carregar e no fim, uma merreca. Amanhã, não. Um montão de grana num malote leve.

Mais uma vez, Muzamba interferiu:

— Ô King, o blindado vai tê reforço de segurança ou é só os guardinha do blindado, mesmo?

— Normal. Só o pessoal do blindado mesmo, respondeu Max. O motorista e sete seguranças. É por isso que amanhã nós vamos ter que atuar com precisão.

Desta vez, quem interrompeu Max foi Pezão:

— Ô King. Pra nóis pegá essa grana toda nóis tem que pegá o blindado na primeira parada dele, sinão, cada veiz que ele fizé uma entrega nóis tá perdendo a nossa grana. Cê sabe qui hora e onde o blindado vai pará pra fazê a primeira entrega?

— Boa, Pezão. Meu contato falou que a primeira parada do blindado vai ser às sete e meia da manhã, na agência do banco na Avenida Paulista, quase esquina com a Rua Augusta. É lá que nós temos que atacar.

— Avenida Paulista? É ruim lá, né não, King? Ali tem muito movimento de gente na calçada e o trânsito lá é tudo intupido — falou Muzamba.

— Acorda Muzamba! disse Max. O blindado vai parar lá às sete e meia da manhã. Quem trabalha por ali é nego bacana. Só começa a trabalhar depois das oito, oito e meia. Sete e meia está bom. Vai ter gente na rua, mas não igual se fosse depois das oito.

— Verdade — concordou Muzamba.

Max continuou.

— Nós vamos ter que atacar com precisão. Não pode ter erro. Na hora que o blindado parar, vai descer um segurança que vai entrar no banco. Ele vai na frente para falar com o gerente e arrumar o caminho para fazer a entrega. Pedir para deixar o cofre aberto, essas coisas.

Quando esse segurança sair do blindado, para entrar no banco, desce com ele mais quatro que ficam ali, na rua, cuidando da porta do blindado, que fica aberta. Lá dentro ficam mais dois seguranças. Então, na hora que o segurança que entrou no banco voltar para o blindado, ele já vem acompanhado dos guardinhas do banco. São dois. Quando ele chegar na porta do banco e antes de abrir a porta é aí que nós vamos atacar. O Pezão e o Dedo vão ficar encarregados dessa parte.

Max, nessa hora, olhou firme para Pezão, esboçando um sorriso confiante.

— Pezão, maior firmeza, hein! Você tem que estar ligado nessa hora. É sangue nos zóio. Você tem que esperar o segurança até ele esticar a mão para pegar a maçaneta para abrir a porta. É nesta hora que você tem que ir para cima. Disparar a metranca na porta de vidro e ficar cuspindo bala. Se derrubar o segurança e os dois guardinhas do banco, fazer o quê? O Dedo, nesta hora, vai entrar correndo e tirar a arma do segurança e dos dois guardinhas. Enquanto o Dedo rende os caras, ali na porta, você, Pezão, vira a boca da metranca para cima e fica cuspindo bala. Não para. É para assustar todo mundo ali perto. Com isso nós trabalhamos sossegado.

Todos ouviam Max, em silêncio. Olhavam para Pezão, reconhecendo a importância de sua participação no assalto. Riram, apenas, quando Max determinou a Pezão que virasse a boca da metranca para o céu e ficasse cuspindo bala. Pezão e Dedo mostravam-se satisfeito com a determinação recebida.

Max continuou:

— Tem que estar tudo sincronizado. Na mesma hora que o Pezão disparar na porta, nós todos vamos para cima dos quatro vigilantes que estão na calçada e render eles. Quem vai comandar esse ataque é o Dico. Você está entendendo Dico? — perguntou Max, olhando para o companheiro.

— É você quem vai dar as ordem ali na hora e enquadrar os caras. Nós vamos estar ali junto, metendo as armas nos caras, mas é você quem vai dar os comandos para nós. Na mesma hora, o Flô vai recolher as armas dos seguranças. Se tiver resistência é para derrubar os caras. Mas só se tiver resistência. É por isso que tudo tem que estar sincronizado, porque na mesma hora que o Pezão derrubar a porta de vidro do banco, o Dico e todos nós vamos render os seguranças ali, na porta do blindado. Ainda, na mesma hora, vou cair para dentro do blindado e render os dois seguranças que ficam lá dentro, logo que eu entrar. — Max, escalando um companheiro, determinou:

— Você, Brejo, entra comigo no blindado para recolher as armas dos dois seguranças que estão lá dentro.

Nesta hora, Muzamba interrompeu Max.

— Ocê não, King. Ocê, no meu pensamento, é o primeiro qui tem de saí dalí. Ocê arrumô a parada. Tá planejando tudo aí pra nóis e vai tê que dá luz pra nóis depois, pra não dá bandera, escapá da pulícia e mexê, na hora boa, com a grana.

Max voltou-se para Muzamba, com ar de indignação.

— O que é isso Muzamba? Você acha que eu não dou conta deste serviço? Tá com medo de eu fazer cagada?

— Eu tô falando isto é prá tê protegê. Nóis precisa mais docê do que ocê de nóis. Ocê já fez a tua parte e vai continuá fazendo. Mesmo que tudo dá certo amanhã, aí é que nóis vai mesmo precisá mais docê, pra acertá os nosso caminho. — Todos concordavam. Muzamba continuou.

— O certo mesmo é eu entrá prá segurá os guardinha e o motorista lá dentro do blindado. O Brejo entra comigo pra desarmá os caboclo lá dentro. Em seguida, King, ocê entra e já leva um malote e sai no pinote. É o que eu acho — concluiu Muzamba. Todos concordaram, barulhentamente.

Max retomou a palavra.

— Tá bom, se é assim, tá bom. — Virando-se para o Brejo, disse:

— Brejo, você tem que recolher, rapidinho, as armas dos caras lá dentro do blindado e sair para fora o mais rápido possível, para que a gente possa pegar os malotes. Tem que ser tudo muito rápido.

— Ô Muzamba — disse Max — dirigindo-se ao companheiro. Você, depois que o Brejo tirar as armas lá de dentro, você empurra os dois seguranças para fora e entrega eles para o Dico. Você não pode sair do blindado. Você tem que ficar lá dentro vigiando o motorista. Ele está lá na cabina do blindado. A cabina é fechada. Não dá para entrar. O motorista tem uma função nessas horas de assalto. É a de acionar o alarme para central da empresa, dona do blindado e ligar para a polícia, avisando o local onde está sendo feito o assalto e falar o que está acontecendo, enquanto a polícia chega. Vamos admitir uma hipótese, disse Max, olhando para o grupo, que o motorista vendo que não tem ninguém dentro do blindado, para salvar a grana do banco, resolva sair andando. Aí fudeu tudo.

A quadrilha se agitou toda. Houve alguém que falou alto:

— Filho da puta... — referindo-se ao suposto motorista.

Max continuou com o plano.

— Então, Muzamba. Você não pode sair lá de dentro enquanto a gente não tirar todos os malotes. O motorista não vai sair com o blindado, Max amenizou. Ele não pode deixar os seguranças na rua. Se ele sair do local ele atrapalha a ação da polícia que está indo para lá. Se a polícia chegar e não encontrar o blindado é problema. O motorista passa a ser visto como suspeito. — Houve uma nova interrupção na fala de Max. Um dos presentes, provocando o riso de todos, disse:

— Só falta esse filho da puta, por virá suspeito, querê ganhá algum de nóis, depois.... — Max continuou:

— Ele não vai sair do local. Ele é treinado para isso. Mas, para a gente não correr risco, o Muzamba fica lá dentro, vigiando o motorista, até nós tirarmos os sete malotes. Fechado? — Todos concordaram.

Seguindo a exposição, Max falou:

— Dico, você põe os seguranças encostados no blindado, para deixar a porta livre. Enquanto a gente mantém eles rendido ali, você começa, também, a disparar a metranca para cima. Não para. É pá, pá, pá, pá, pá. É para assustar todo mundo que estiver passando pela rua. Desse jeito, todo mundo vai estar olhando para você e para o Pezão.

Dito isto, Max silenciou-se. Estava excitado. Passou vagarosamente a mão nos cabelos, como se rememorasse o plano daquele audacioso assalto, retornando à exposição:

— Toda essa barulheira que o Dico e o Pezão estão fazendo ali na rua é para assustar as pessoas que estão passando. As pessoas, assustadas pelos disparos, só prestarão atenção no Dico e no Pezão, que estão atirando. É por isso que, na hora que a gente for tirar os malotes do blindado, o Pezão e o Dico têm de fazer muito barulho porque assim as pessoas prestarão mais atenção nos tiros e no barulho, enquanto a gente, que estamos com os malotes, corremos e nos misturamos no meio dos carros e do povo sem ser percebidos.

Olhando para os companheiros, Max estimulou:

— Tá vendo, Pezão, tá vendo Dico? Amanhã é dedo mole. É cuspir bala para cima, sem dó. É só adrenalina. É sangue nos zóio. Max ria pelo estímulo que causava nos companheiros que também riam, confiantes, acreditando no sucesso da operação.

Compenetrando-se, novamente, Max passou a expor o plano de ataque para pegar os malotes de dinheiro, dentro do blindado, e a rota de fuga.

— Amanhã nós temos que estar ligados. Cada um na sua função. Na hora que o Muzamba tirar os dois vigilantes de dentro do blindado, quem vai entrar lá dentro para pegar os malotes são: primeiro eu. Depois o Pente, depois o Gê, aí vem o Veio, o Faísca, o Zóio e, por último o Muzamba. Tem que ser rápido. Nós vamos estar todos ali na calçada. A porta do blindado, aberta, é larga. É entrar rapidinho, pegar o bagulho com a grana e sair no pinote. Dá para fazer em meio minuto, cada um. Então, se a gente fizer tudo direito e rápido, nós vamos gastar no máximo, três minutos. O tempo do Muzamba vai ser o mesmo do último que sair. Quem é mesmo? — perguntou Max.

— Sou eu, — respondeu Zóio.

— Então, — Max continuou, — é — é pegar o malote e sair no pinote. Cada um para cada lado. Atravessar a rua, ir pela calçada se misturando com o povo. É para ir sem medo. O povo vai estar com medo e assustado pela barulheira do Pezão e do Dico. Na hora que a gente se misturar no meio do povo é ligar o radar, ficar esperto e deixar se perder nas ruas. Aí velho, um abraço. É vinte milhão na mão — disse Max, transmitindo segurança para aqueles ousados quadrilheiros, assaltantes de banco.

Max estava excitado. A sua expressão demonstrava que ele parecia que já estava em ação. Novamente, ele passou as duas mãos na cabeça, como se quisesse acalmar o seu entusiasmo. Continuou:

— O pessoal que ficar no local, atirando para cima e rendendo os seguranças do blindado vai sair dali de carro. O Samuca e o Feo vão para lá de carro. — Nesse momento,

Max, olhando para os dois, perguntou:

— Tá tudo em cima? — Samuca respondeu:

— Um Toyota preto e um Honda Branco. Quatro portas. Deixamos eles pronto hoje cedo. Placa trocada e abastecido. Eu e o Feo deixamos eles no estacionamento do Aeroporto. Tá tudo em cima.

— Beleza — respondeu Max. — Amanhã cedo, sete e meia, em ponto, vocês devem estar entrando na Paulista, no sentido da Consolação para a Praça Osvaldo Cruz. O banco fica na esquina com a Rua Augusta. Ali é problema. É corredor de ônibus. Por isso tem que chegar na hora para não ficar atrapalhando o trânsito. Ali tem muitas câmeras de fiscalização de trânsito. Não dá para ficar embaçando, senão a polícia do trânsito vem para multar, remover o carro, essas coisas. Tem que chegar na hora e ficar vendo direitinho. É entrar devagar na Paulista e ver se o blindado já chegou ou tá chegando. Na hora que vocês virem o Pezão meter bala na porta do banco e começar a atirar para cima é para chegar perto do blindado e deixar as portas abertas. O Brejo, o Flô e o Torto vão levar para dentro do carro as armas que foram recolhidas dos seguranças. Eles já ficam no carro. Aí, com os quatro lá dentro é para queimar o chão. O outro carro fica esperando. Quando o Muzamba sair com o último malote, o Pezão e o Dico, continuam atirando, mas já indo em direção ao carro. O Dedo entra no carro e em seguida o Pezão e o Dico. Aí, é pau na máquina. Sair voando de lá. É só virar na primeira esquina e se deixar perder nessas ruas de São Paulo, que Deus me deu. Daí para frente, é só alegria.

Todos riram. Concordavam com o plano de Max. Estavam confiantes no sucesso do assalto. A expressão de Max era vibrante. Confiava na coragem e habilidade de seus parceiros. Retomando o equilíbrio, Max continuou.

— Se der tudo certo, acho que da hora que o Pezão derrubar a porta de vidro do banco até a hora que o último carro sair, levando o Pezão, o Dico e o Dedo, nós vamos gastar, no máximo, cinco minutos. Por isso, quanto mais rápido a gente tirar os malotes de dentro do blindado melhor. Não podemos ficar de bobeira. Com esse tempo, se a polícia chegar, vai parar para ver o que aconteceu e nós, que estamos com os malotes, já estaremos no meio do povo e o último carro já estará saindo em velocidade. De qualquer forma, estaremos sempre à frente da polícia.

Max, mais uma vez, silenciou-se. Parecia que estava revisando o plano, mentalmente. Em seguida continuou:

— Agora, é aqui que temos de pensar. Samuca e Feo. Se vocês perceberem que não estão sendo seguidos, é melhor parar numa rua calma, descer todo mundo e abandonar o carro com as armas. Vamos fazer o quê? Mas, daí, é para se esparramar mesmo, na hora. Um para cada lado. Não quero ninguém junto, pois se cair um, na mão da polícia, cai todo mundo. Também não quero ninguém aqui amanhã. Nós só vamos nos encontrar aqui, de novo, daqui a trinta dias, porque amanhã vai ser aquele fuzuê da polícia. Sirene, batida nas favelas e o escambau. Nós temos que ficar alongado. No esquisito. Ninguém tem de saber onde vamos estar, porque, depois de amanhã, essa bronca vai para a polícia civil. Esses caras são foda. Vocês sabem disso. Muitos de nós, aqui, temos antecedentes. Já puxou cana. Eles pegam o patuá da gente, lá no computador deles. Eles têm as fichas de quem já caiu em assalto a banco. Vai que eles levantam um de nós. Então, não tem moleza. É puxar o carro e ficar num esquisito por aí. Que eles virão por aqui, eles virão. Então, não tem jeito. É área para todo mundo. Tá combinado? — perguntou Max.

— É isso aí, King — respondeu Muzamba, seguido por todos, que concordaram com a sugestão.

Max retomou:

— Agora, para quem saiu com os malotes, o negócio é o seguinte: tentar sair o mais rápido da região. O melhor é pegar um táxi e ir para uma estação do metrô ou pegar um buzão. Se pegar o metrô, depois de entrar, é ficar andando para a frente e para trás. Dá para descer nessas estações grandes, como a da Sé, do Tatuapé ou parar na Rodoviária. Quem resolver pegar o busão é mesma coisa. Ficar andando pela cidade. Ir trocando de ônibus sempre que puder, para não dar bandeira para o motorista e o cobrador. No final do dia, quando já estiver tudo calmo, vou telefonar para cada um de vocês. Vamos pegar um celular zerado que tem aí. — Nesse momento, Max deu uma ordem para um companheiro.

— Ô Feo, depois você pega os celulares que estão aí, tem um monte deles, um para cada um. Vê se está zerado, pois se alguém cair a polícia não vai saber o número dos outros. Faz uma lista para mim com todos os números. Não precisa indicar o nome de ninguém. — Em seguida retomou o assunto.

— Eu vou ligar para cada um de vocês, que estão com os malotes, e dar um endereço. Nós só vamos nos encontrar depois das oito da noite, quando for escuro. Eu arrumei uma casa. É de um camarada meu. Ele viajou para deixar a casa para nós. É lugar sossegado. Rua tranquila. É casa de gente de respeito. É para chegar a pé. Peça para o táxista deixar numa rua próxima. É ir para lá a pé. Nada de movimento. Eu já vou estar lá. Vou deixar a porta aberta. Nada de palma, tocar campainha. É ir entrando direto.

Max tomou uma expressão séria quando fez a advertência.

— Agora é o seguinte: Deus que me livre se na hora que eu ligar, algum de vocês tiver caído em cana. Vamos combinar o seguinte: a hora que eu ligar, se alguém estiver na mão da polícia, vamos inverter o motivo da ligação. Ao invés de eu falar, o que caiu é que vai perguntar: onde você está? Que hora nós vamos nos encontrar? Tá certo? — Os seis parceiros, escalados para pegarem os malotes de dinheiro do blindado, concordaram, fazendo movimentos com a cabeça.

Era Max falando. O King daquele bando de homens que teimosamente havia chegado à idade adulta pela sorte do destino. Abandonados desde a infância, não conheceram o significado do amor filial e a responsabilidade natural dessa relação existencial. Não experimentaram o convívio familiar. Sequer sabiam quem era o pai e a mãe. Aqueles que tiveram irmãos foram separados desde pequenos. Conheciam apenas as regras das instituições de amparo às crianças abandonadas e, mais tarde, quando adolescentes, os rigores da lei, a violência urbana, a fome, as agressões nas delegacias de polícia e os maus-tratos e descaso nas instituições correcionais de recuperação de menores infratores. Eram egressos do subterrâneo social.

Um bando de periféricos da sociedade organizada que regidos por valores e signos sociais próprios desconheciam a noção do limite, do respeito ao próximo, da liberdade e da própria vida. Para eles, a vida e a liberdade começavam a cada amanhecer, pouco se importando se, ao final do dia, estivessem mortos ou presos. Essa era a única perspectiva existencial que aqueles homens se igualavam aos homens comuns da sociedade organizada. Identificavam o mistério existencial de que o futuro somente a Deus pertence.

Max era King. Era o rei deles. Max conhecia a vida por um ângulo que nenhum deles sequer imaginavam. Max sabia ler. Escrever. Sabia falar corretamente. Sabia pensar. Manejava os talheres à moda da favela, mas também em restaurantes finos, quando ia se encontrar com os engravatados para trocar o dinheiro roubado, contratar advogados para soltar algum amigo preso ou arrumar um médico para cuidar de algum ferido, em troca de tiros com a polícia, ali no ambulatório da fortaleza. Sabia vestir terno. Aprendeu os bons modos com os pais, um inspetor de alunos e uma professora de escola, que queriam que ele fosse um universitário para se transformar num doutor.

Mas Max sabia, também, ser sangue ruim. Planejava com detalhes as operações. Encorajava todos a matar ou a morrer. Gostava de estar na linha de frente. Nunca fugiu dos embates com os guardas dos bancos, com os seguranças dos blindados que transportava dinheiro, com a polícia fardada e com os investigadores de polícia. Sabia atirar bem. Revolver, metralhadora, fuzil. Era bom de briga. Costumava dizer:

— Entre eu e os outros (referindo-se à polícia), eu sou mais eu. Quando, em algum assalto, a polícia chegava, Max fazia a resistência, disparando a metralhadora, para dar tempo do grupo fugir. Era sempre o último a escapar. Nunca foi preso. Não tinha sido fichado, ainda. Ninguém sabia quem era ele. Só o grupo. Max tinha o corpo fechado. Era, para o seu bando, o irmão que nenhum daqueles renegados sociais jamais tivera ou conhecera.

O plano estava posto. Discutiam, agora, pequenos detalhes. Max, com paciência, tirava as dúvidas com um e outro, sugerindo a melhor decisão. Estavam todos confiantes e eufóricos. Ainda conversavam, quando Max, mostrando cansaço, falou:

— Ô turma. Amanhã cedo, quero ver todo mundo esperto. Todo mundo ligado. A parada amanhã vai ser federal. Então, é melhor a gente ir descansar cedo porque amanhã vamos ter muito trabalho. Eu já vou dormir e acho bom todo muito fazer o mesmo. Boa noite, pra todos.

Levantou-se da mesa, e foi para um dos quartos da fortaleza. Aos poucos as vozes foram rareando. Não tardou, todos já estavam dormindo.

9

Dona Ticcina andava entristecida. Melhor, angustiada. Desde que sua filha, Maria Cláudia retornou para casa depois de desfazer o casamento, pegava-se, de vez em quando, chorando no quarto, depois que o marido saía para o trabalho e a filha permanecia dormindo, sem hora para acordar. O silêncio, a ausência de uma rotina e o olhar inexpressivo da filha, andando sem rumo pela casa, dilaceravam o coração daquela mãe que, liberando sua alma, chorava, escondida em algum canto, perguntando a Deus por que de todo aquele sofrimento.

Mulher madura. Já passava dos sessenta anos. Trazia, ainda, o brilho nos olhos azuis, os traços belos e porte que não escondiam a experiência de uma vida sólida, sedutora e feliz. Nesses momentos de angústia, retomava seu passado, rememorando os dias, procurando encontrar alguma falta que pudesse ter contribuído para aquele estado desinteressado da filha. Só encontrava alegria, ternura e felicidade. Lembrava-se do apelido Ticcina desde que se entendera por gente. Foi dado por seu pai logo que a registrou. Ticcina era o diminutivo carinhoso de Anunzziata Fantini D'Amore. Filha de um imigrante italiano que veio para o Brasil antes da Segunda Grande Guerra Mundial. Veio sozinho, de Milão, acompanhando a família de um amigo. Homem da cidade, de chão de fábrica, não se adaptou aos trabalhos da lavoura, para onde foi encaminhado, acompanhando a família do amigo. As noites escuras ou de lua cheia, que prateava os cafezais, não lhe diziam nada. Só ansiedade pelo futuro. Sentia falta do chão de fábrica. Do barulho das máquinas, do aço das peças fabricadas, das sirenas da fábrica, anunciando os horários de descanso e o final do expediente. Do cheiro do petróleo exalado pelas graxas, gasolina, querosene e dos panos de estopa, usados para limpar as mãos, durante a jornada de trabalho. Das conversas com os colegas operários, nas horas de descanso. Das luzes noturnas dos postes da cidade, das vitrinas das lojas, dos bares e até da meia luz dos cabarés e dos quartos dos prostíbulos. Era um ferramenteiro. Era um homem de chão de fábrica.

No ano seguinte, novamente, deixou tudo para trás. Desta vez, sozinho, atendendo ao chamado de seu destino. Chegou à cidade de São Paulo. Aos vinte e três anos, já estava empregado em uma fábrica de peças e motores. Morava numa pensão modesta. Economizou cada centavo do salário. Nos fins de semana passeava pela cidade, explorando a metrópole e experimentando amores fugazes para aquecer a alma solitária, repleta de saudades e esperanças. Cinco anos mais tarde comprou um terreno na periferia da área fabril da cidade. Instalou, ali, um pequeno galpão abrigando um torno e uma bancada para fabricação de peças e componentes para cilindros hidráulicos. Na parte externa, apegada ao galpão, um pequeno e modesto quarto. Cama, mesa e um armário improvisado com madeira de embalagem, onde guardava os macacões sujos de óleo e graxa, que usava diariamente e as poucas roupas de uso nos passeios de fim de semana. No pé da cama, as botas que pisavam, com vigor, todos os dias, de manhã à noite, o chão da fábrica de Domenico D'Amore.

A guerra, na Europa, estimulou o crescimento da indústria na América. Domenico aproveitou a oportunidade. Soube manter a fábrica e fazê-la crescer. Conheceu a filha de um comerciante italiano, Rosa Fantini, também imigrante italiana. Aos trinta e um anos, três anos depois de instalar o seu próprio chão de fábrica, Domenico D'Amore casou-se com Rosa Fantini. Um ano depois, em 1945, nascia Anunzziata Fantini D'Amore, a principesa de Domenico D'Amore.

Cresceu protegida e amada pelos pais. Foi à escola. Ajudou a mãe nos afazeres de casa. O crescimento da indústria do pai e a riqueza ostentada conduziram Anunzziata para o centro das atenções das famílias influentes, que estimulavam os filhos a cortejá-la.

Aos dezoito anos, a crise familiar.

Domenico D'Amore, ao fim dos estudos secundários da filha, decretou que ela não precisava mais ir à escola. A universidade era um centro deformador dos costumes, dos valores da família e na descrença em Deus. O papel da mulher não era o de conhecer a ciência. Era o de educar os filhos, amparar o marido nas dificuldades, tanto de casa quanto dos negócios, estimulando-o a superar as dificuldades. Para Domenico D'Amore a mulher era a âncora da família. Era ela quem organizava a casa, montando o cenário e a hierarquia familiar, para quando os homens retornassem de sua luta diária do trabalho encontrassem ali o conforto e a segurança do lar, espaço comum da família que, naquele domínio indevassável, reproduziam e se nutriam, com liberdade, da prática de seus hábitos, de suas tradições, de seus afetos e de suas esperanças.

Rosa Fantini D'Amore concordava com o marido. Anunzziata não se matriculou na universidade. Iniciou sua prática em busca dos conhecimentos do corte e costura, da gastronomia, da decoração e da educação pessoal para aprender como administrar uma casa e representar a família, quando tivesse um marido e depois os filhos. Autorizada e subsidiada pelo pai, Anunzziata, sempre acompanhada da mãe, foi mandada para Milão, terra dos ancestrais, conhecer, em viagens semestrais, o tratamento aplicado aos fios de fibras naturais, a tecelagem e a padronagem dos tecidos acabados. Conheceu os campos de plantação, a colheita, as formas de conservação dos alimentos, suas combinações, seus valores nutritivos e os aparelhos aplicados na elaboração dos pratos. Ouvia os produtores rurais, na época das colheitas, sobre o viço das plantas. Os comerciantes, sobre a melhor forma de armazenamento dos produtos.

Com a mãe, as tias e as primas, da Itália, aprendeu a manejar o forno, o fogão, os aparelhos e o ponto de cozimento dos alimentos. Visitando as lojas de Milão, Ticcina conheceu as toalhas de mesa, os guardanapos, os talheres, confeccionados com múltiplos materiais, os aparelhos de fina porcelana, os enfeites de mesa, os aparadores, os instrumentos de servir e toda variação dos copos de cristal, utilizados nos almoços informais, jantares e nos banquetes.

Nas viagens que se seguiram, a cada semestre, conheceu as vinícolas, as adegas, a multiplicidade dos vinhos e suas harmonizações. Conheceu também os laticínios, seu preparo e a imensa variedade de seus produtos e aplicação gastronômica. Sempre estimulada e financiada pelo pai, conheceu as oficinas de corte e costura e seus petrechos. Comprou moldes, revistas, tecidos e frequentou os disputados desfiles de moda de Milão.

Ganhando a confiança do pai, pelas habilidades já desenvolvidas, conheceu as glamurosas passarelas de Paris, com seus desfiles femininos, assinados pelas famosas casas da moda francesa.

Domenico D'Amore não tardou a se beneficiar das qualidades e aptidões da filha. Os almoços e jantares em família ou recepções formais, que fazia para convidados da sua classe industrial, eram comparados a sofisticados banquetes. Envaidecido, pela arrumação do cenário e das especiarias servidas, anunciava ser tudo obra de sua *Chef de Cousine*, a filha Ticcina. Nessas oportunidades, após a recepção dos convidados, sentado sozinho em sua confortável sala de estar, Domenico D'Amore deixava-se consumir pela alegria que a filha lhe causava. Afirmava para si mesmo, que não tinha uma doutora em casa. Tinha, sim, uma verdadeira dama que, com suas habilidades, sabia transformar o trivial em arte, enchendo a casa de conforto e alegria. Descrevia, para aqueles que participavam dos eventos, a ideia plena de que sua casa se constituía num verdadeiro lar, amparado na segurança, afeto e qualidade em tudo o que ali era produzido.

Foi num desses jantares, solicitado pelo pai, que Ticcina conheceu Luigi Di Luccatelli. Jovem gerente financeiro, contratado pelo pai para modernizar e tornar mais agressivo seu vitorioso conglomerado industrial. Luigi, filho de imigrantes, como ela havia acabado de retornar ao país. Concluíra os cursos de pós-graduação e doutorado, na área econômico-financeira na prestigiada Universidade de Harvard, nos Estados Unidos da América, onde estagiou por dois anos, em conhecida empresa multinacional. A saudade do país, no entanto, foi mais forte. Abandonou o estágio e retornou para casa. *Aqui é minha terra*, disse aos pais, logo que chegou. Não demorou a ser apresentado a Domenico D'Amore, que o contratou com a incumbência de inserir o seu conglomerado industrial no mercado globalizado. Luigi Di Luccatelli, com a coragem dos inteligentes e a ousadia dos jovens bem-preparados, aceitou o desafio.

Na noite do jantar, Ticcina, dois anos mais nova que Luigi, cumpriu à risca o pedido do pai. Os pratos, a porcelana pintada à mão e os vinhos eram, todos, de origem italiana. A toalha de linho branco, com apliques de renda, reproduzidos nos guardanapos, eram desenhados por ela, assim como o vestido da mãe e o seu próprio tinham a sua assinatura. A decoração da sala, enriquecida pelos três funcionários destacados para servir o jantar, revelava uma fina sofisticação, nada devendo às recepções que Ticcina presenciou, quando estagiou como assistente, nos palacetes dos condes italianos de Milão.

Na hora aprazada, um funcionário anunciou a chegada de Luigi Di Luccatelli. Domenico D'Amore foi recepcioná-lo e fez a apresentação à mulher e filha, de seu novo gerente financeiro, de notável formação acadêmica, com trabalhos realizados na América.

Atendendo, mais uma vez, ao pedido do pai, Ticcina comunicou aos funcionários que todos falariam italiano e que deveriam ficar atentos a ela, que sinalizaria os momentos para a intervenção de cada um.

O jantar transcorreu de maneira leve, agradável. Luigi, acostumado à boa mesa e ao refino dos ambientes, foi identificando, com admiração, os requintes da decoração, da mesa posta, da combinação dos paladares, a procedência dos vinhos, destacando, por fim, a aura de encanto, que dominou a recepção.

Já passava da meia-noite quando, educado e agradecido, despediu-se dos anfitriões.

Preparando-se para dormir, Rosa Fantini D'Amore, olhando firme para Domenico, como quando queria dizer alguma coisa séria, anunciou:

— Acho que esse Luigi se encantou com nossa filha. Eu vi como olhava para ela. O pior é que acho que ela gostou do jeito que ele olhava para ela.

Domenico, que já estava deitado, deu um pulo da cama. O rosto ruborizado e os olhos arregalados, mostrando extrema indignação, vociferou:

— O quê? Eu trago esse filho de um cane para dentro de minha casa e ele estica os olhos para a minha filha! Amanhã, vou despedi-lo antes mesmo que ele entre na porta da minha fábrica.

Andava irritado pelo quarto. Gesticulava as mãos, repetindo as expressões, filho de um cane, filho de um cane, filho de um cane, disgraciato, disgraciato, disgraciato...

Rosa Fantini D'Amore estava calma. Pedindo para que Domenico parasse com aquela postura e mais uma vez olhando séria para o marido, ponderou:

— É melhor que ela se engrace com um moço bom, educado e de confiança, como esse Luigi, do que se envolver com qualquer um que a gente nem conhece. Esse Luigi é de família boa, que você conhece. É de confiança, tanto que o trouxe para jantar em casa, na nossa mesa. Não se meta nisso. Isso é um problema que quem tem de resolver é Ticcina e ele.

Domenico quis replicar, mas Rosa, olhando séria para o marido, pôs fim à conversa:

— Deixe tudo como está. Esse é um problema da Ticcina. Vamos dormir.

Vencido, Domenico, já acalmado pelo ponto final dado pela mulher sobre o assunto, deitou-se e dormiu.

Um ano mais tarde, Domenico, emocionado, abraçava Luigi no pé do altar da igreja, entregando sua filha para o noivo, na cerimônia religiosa do casamento.

10

Eram as lembranças desse passado seguro, afetuoso e feliz que estimulavam Dona Ticcina a tirar a filha do marasmo existencial que a transformava num fantasma, vagueando pela casa, silenciosa, despojada, sem brilho. Era sozinha nessa luta. O marido, Luigi, entendia que a solução da filha só podia ser encontrada na aplicação de medicamentos, ainda que tarja preta ou nas terapias. Dona Ticcina acreditava, ainda, nos sentimentos e nos cuidados maternos. Esperançosa e paciente chamava a filha, sem sucesso, para o café da manhã. Determinava à governanta que deixasse a mesa posta para quando a filha acordasse. Mais tarde, sentada à mesa grande, assistida pela governanta e servida pelas empregadas, almoçava sozinha. Todos os dias, depois das refeições, sentava-se à sala, em permanente vigília, à espera dos movimentos da filha. Num desses dias, no meio da manhã, ouviu a filha saindo do quarto. Os passos eram ágeis, seguros. Dirigiam-se à sala, como se fossem ao encontro da mãe. Dona Ticcina emocionou-se ao ver a filha. Os olhos vibrantes, cheios de vida, iluminavam-na. Os cabelos brilhosos encimando o corpo bem-feito realçavam os movimentos, revelando a sua beleza.

Dona Ticcina levantou-se e foi ao encontro da filha para abraçá-la. Maria Cláudia estava calma e segura. Deixou-se abraçar, sentindo as emoções da mãe. Acalmou-a. Sentaram-se, em seguida, juntas no amplo sofá da sala. Conversaram muito. Maria Cláudia não era mais a filhinha de Dona Ticcina e de Luigi de Lucatelli. Era só ela, Maria Cláudia.

— Mãe, a pronúncia afetuosa, porém segura, substituiu os sussurros tímidos e as expressões furtivas da filha, desculpe-me pelo meu jeito aqui dentro de casa. Acho que passei por uma forte depressão. Aos poucos fui perdendo o entusiasmo pelas coisas. Parece que não sabia mais o que querer de mim mesmo e da própria vida. Na verdade, fui descobrindo que nunca soube o que fazer da vida. É horrível, mãe. Eu tentei usar as minhas forças enquanto pude. Quando voltei para casa eu me entreguei. Sentia-me feia, só...

— Só? Minha filha! — disse a mãe. — Eu e seu pai sempre cuidamos tanto de você!

— Sei, mãe! Eu sei que vocês sempre cuidaram de mim. Eu sei, porque vi. Mas, nunca eu me senti cuidada por vocês. Eu sei do seu esforço e do papai. Olhando para trás, não sei a partir de quando, passei a me sentir só. Sem vontade. Apenas acompanhava a minha turma e obedecia às ordens aqui de casa. Nem sei se o meu casamento foi porque eu quis ou porque, casando, eu atendia às expectativas de vocês...

— Mas você não gostava do Paulo Antonio? — perguntou a mãe, quase aflita pelo que ouvia.

— Pelo que percebo hoje, tanto o Paulo Antonio quanto eu, éramos dois loucos, procurando um sentido para a vida. Como só encontrávamos o vazio, todos os dias, transformamos nossas vidas numa repetição de futilidades, até que minhas forças se acabaram. Foi por isso que voltei para casa.

Dona Ticcina ouvia incrédula a filha. Abraçou-a carinhosamente.

— Fique sossegada, minha filha, a mamãe está aqui para te proteger. Não tenha medo da vida...

Antes que terminasse, Maria Cláudia desvencilhou-se. Com as duas mãos postas sobre os ombros da mãe e olhando-a determinada, disse:

— Mãe! Nós precisamos parar com esse erro que cometemos aqui em casa. Ninguém protege ninguém. Cada um vive a sua vida, experimentando suas angústias, sua solidão e suas frustrações. Foi obedecendo a você e ao papai, a vida inteira, comportando-me como vocês esperavam, que perdi a noção de mim mesma. Nunca soube o que é certo e o que é errado. Vivi, até agora, sem saber o que eu sou e o que eu quero da vida. Você não sabe disso, mãe! Ninguém protege ninguém. Cada um é cada um. Cada um tem o seu caminho. Eu vou, daqui para a frente, procurar o meu caminho. Descobrir o que eu sou e o que eu quero de mim mesma!

Em seguida, Maria Cláudia, com a autoridade de uma mulher segura, abraçou a mãe, com carinho. O rosto colado no rosto da mãe, deixou escapar, como se estivesse falando para si mesma:

— Amanhã, vou retomar as minhas coisas. Vou logo cedo para o clube. Fazer ginástica. Reencontrar meus amigos. Já é um começo.

Afastou-se da mãe. Levantou-se do sofá e anunciou:

— Mãe. Estou começando a ficar com fome. Vou comer alguma coisa.

Foram ambas para a cozinha. Dona Ticcina aplicou a primeira lição que acabara de aprender com a filha. Deixou para ela a iniciativa de servir-se. Pediu, com gestos, sem que a filha visse, que as empregadas e a governanta as deixassem sós. Apenas assistia aos movimentos da filha. Admirava a sua beleza e a sua disposição. Controlou uma emoção repentina. Vendo-a movimentar-se com liberdade e desenvoltura pela cozinha, assistia, com alegria, ao renascimento da filha.

11

Sete horas e quarenta e cinco minutos da manhã. Maria Cláudia descia no elevador do prédio para a garagem, carregando uma bolsa grande com os petrechos para a prática de ginástica. Estava determinada a retomar sua vida. Começaria pela prática do esporte, no clube que frequentava desde a infância.

Cinco minutos depois, aguardava a abertura dos portões eletrônicos da garagem. Já fora do prédio, ainda sobre a calçada, viu um homem, segurando uma sacola, aproximar-se de seu carro, no sentido do banco do passageiro. Percebeu que aquele homem olhou-a interrogativamente. Em seguida, viu-o apontando para o chão, como se indicasse que alguma coisa estava errada com o pneu dianteiro. O homem insistia em sinalizar alguma coisa na parte de baixo do carro. Maria Cláudia apertou o dispositivo elétrico que fez baixar o vidro da janela do passageiro.

Era Max.

Ele pôs a cabeça dentro do carro, pela janela e, ríspida e autoritariamente, ordenou:

— Eu tô armado. Destrave a porta do carro, senão morre. Rápido. Rápido. Não faça nenhum movimento. Não grite! Eu tô armado. Destrave a porta, já. Vamo! Vamo!

Ouviu-se o estalo provocado pelo acionamento do dispositivo eletrônico, destravando as portas. Max abriu a porta e sentou-se no banco do passageiro. Jogou no banco de trás a sacola com as inscrições do Banco do Brasil. Maria Cláudia não fazia a menor ideia do que estava acontecendo. Ciente do perigo, mantinha-se calma.

Max assumiu o comando no interior do carro, falando autoritariamente:

— Trava as porta e feche o vidro. Vamo, rápido! Isto. Agora vai entrando devagar e com cuidado e siga o trânsito. Não faça qualqué bobage. Se batê o carro, dé sinal de farol, qualqué vacilo, você morre. Olha aqui. Levantou a camisa, mostrando o revólver preso na cintura. Fica tranquila. Só quero saí daqui. Vamo procurá um lugar seguro para eu ficá. Depois você vai embora. Num quero fazê nenhum mal a você. Só quero saí daqui. Isto. Vá com calma. Assim tá bom. Fica tranquila. Vamo saí deste pedaço. Num precisa tê pressa.

As palavras de Max acalmaram Maria Cláudia que, agora, ouvia o rumor agitado das sirenes dos carros da polícia. Max cumpria, com êxito, sua rota de fuga. Seu objetivo, naquele momento, era atingir a pista marginal que circundava a cidade. O intenso tráfego de veículos, ônibus e caminhões de carga que chegavam e saíam da cidade tornava impossível, à polícia, paralisar o trânsito para revista pessoal dos motoristas e passageiros. Sua fuga no carro de Maria Cláudia era segura por não se tratar de veículo suspeito ou roubado. Ninguém havia notado a sua abordagem à Maria Cláudia, na saída da garagem.

Já na pista marginal, Max pôs-se a pensar como faria para chegar ao endereço eleito como esconderijo. Maria Cláudia, agora, era o problema. Não conhecia aquela mulher. Ela aparentava calma e obedecia ao seu comando porque estava sob pressão. Poderia deixá-lo em algum lugar. Mas... não, não! pensou Max. Não. Num dá prá confiá. Eu preciso de segurança.

Maria Cláudia percebeu a inquietação de Max, desviando o olhar do trânsito para ele. Viu um rosto apreensivo que estudava o panorama do trânsito.

Max viu uma placa grande, anunciando um motel. Mandou Maria Cláudia ir para a última faixa da direita e manter-se ali. A placa do motel serviu de sugestão, o motel serviria de refúgio temporário. Mais alguns minutos avistou outro motel.

— Ô Branca...

Antes mesmo que começasse a falar, Maria Cláudia interrompeu com indignação:

— Olha aqui. Meu nome não é Branca. Meu nome é Maria Cláudia. Até agora, estou fazendo tudo o que me pediu. Eu só estou aqui porque você está me sequestrando e não porque sou sua amiga ou conhecida.

Max respondeu com ar de zombaria:

— Pra mim você é Branca e vai continuá fazendo o que tô te mandando. O negócio é o seguinte. Nós vamo entrá no primeiro motel que aparecê aí....

Maria Cláudia desesperou-se:

— Não vou entrar em motel nenhum! disse, saindo da pista para o acostamento, parando o veículo.

Max manteve-se calmo. Com o olhar firme, as expressões endurecidas, falou pausadamente:

— Olha aqui, ó, Branca. Eu num pedi pra você ficá parada na minha frente na hora que passei na frente do prédio. Eu tô no meio duma parada federal e você num vai cumplicá as coisa pro meu lado. Meu negócio num é matá ninguém, mas se você ficá embaçando aqui, num me custa metê umas bala em você e segui o meu caminho no teu carro. Para com a frescura. Comece a andá aí com esse carro e vamo entra no primeiro motel que tivé aí pela frente.

— Pelo amor de Deus, moço. Não faça isso comigo. Pelo amor de Deus....

Max a interrompeu, ameaçadora e asperamente:

— Num me faça ti dá uns tiro aqui mesmo e ti empurrá pro meio da pista. Vamo pará com essa choradera já. Vamo, toque esse carro pra frente.

Maria Cláudia se recompôs. Ainda chorava quando iniciou a marcha do veículo.

— E tem mais, ô Branca. Pare de chorá já. Quando chegá lá na portaria do motel não quero ninguém com cara de cena. Tem que parecê tudo normal. Qualqué vacilo teu, passo fogo. Você sabe que eu tô saindo dum barulho forte. Você escutô o movimento da polícia. Eu num tô sozinho nessa parada. Se você fizé qualqué coisa e eu caí na mão da polícia, meus camarada vem atrás de você. Então, juízo nessa tua cabeça. Muito juízo.

Maria Cláudia se recompôs, mas ainda abatida, se aproximou do motel.

Max ordenou:

— Passe esse motel. Você tá ainda com a cara de assustada. Vamo pará no próximo.

12

Maria Cláudia entrou na garagem. Max, desceu do carro, aguardou o portão automático baixar-se, ocultando, de vez, o carro de Maria Cláudia. Ajudou-a a sair. Em seguida, abriu a porta traseira e retirou o malote do banco. Fechou as portas e, indicando o caminho para Maria Cláudia, subiu a escada de acesso ao quarto.

Depois de depositar o malote sobre uma mesa, Max ordenou a Maria Cláudia que tirasse a roupa. Maria Cláudia olhou-o indignada.

— Vamo, vamo, tire a roupa ou qué que eu tiro pra você? — disse Max, com indiferença.

— Você disse que não me faria mal. Eu fiz tudo o que você mandou. Por favor, moço, não me faça mal, — respondeu Maria Cláudia, indignada e constrangida.

— Eu num vô te fazê mal nenhum, ô Branca. Eu tenho as minha morena, da perna grossa e da bunda grande, pra me dá alegria. Você vai tirá a roupa pra minha segurança. Pelada você num vai tê corage de saí daqui. Vamo, vamo...

— Eu prometo que não vou tentar fugir daqui, moço. Eu não estou fazendo tudo o que você está mandando eu fazer?

— Vamo, vamo. Tire a roupa. Eu num tô ti mandando fazê isso pra fazê sacanagem. Fica tranquila. É só pra minha segurança. Eu tô ligado na minha parada. Eu tô trabalhando. Vamo, vamo...

Maria Cláudia, constrangida, obedeceu. Tirou a blusa, bermuda, as meias e o tênis, ficando, apenas com as roupas de baixo.

Max insistiu:

— Vamo. É pra tirá tudo. Pelada, você num vai querê saí do quarto. Vamo, tire tudo.

Maria Cláudia ainda buscou o pouco da força:

— Tudo não. A calcinha eu não tiro!

— Tá bom. Mas tira o sutiã.

Vencida, Maria Cláudia conseguiu, ainda, ordenar:

— Então vire de costas.

Pela primeira vez, naquele dia, Max sorriu.

— Deixa de bobage, ô Branca. Peito a gente vê todo dia na televisão. Vamo, tire esse sutiã aí.

Maria Cláudia obedeceu.

Em seguida, Max mandou Maria Cláudia dobrar suas roupas e, depois de juntá-las, depositou-as embaixo do malote do banco sobre a mesa do quarto. Tirou, também, o revólver da cintura e colocou-o dentro do malote. Voltou-se para Maria Cláudia, que tinha se agarrado a um travesseiro para ocultar os seios, sentou-se na ponta da cama, e disse, desta vez, amistosa e conciliadoramente:

— Maria Cláudia, não é isto? Esse é o seu nome? — Respirou fundo. Olhou-a fixamente. Sabia estar diante de uma mulher de recursos e bem posicionada no mundo dela. Bastava ver o endereço onde a sequestrou, o modelo do veículo e a sua própria condição pessoal de mulher bem tratada. Queria amenizar, para ela, a tensão. Escolheu as palavras, para não assustá-la mais, pronunciando-as corretamente.

— Por um azar, eu topei com você hoje. Amanhã você estará bem. Eu só quero que você compreenda que não posso correr risco. Preciso estar seguro. E aqui parece ser esse lugar. É por isso que eu mandei você tirar a roupa. É para você não tentar nada e não pôr em risco a minha segurança. Pode ficar tranquila. Não sou nenhum estuprador de mulheres. Eu não tenho irmã. Mas tenho mãe, de quem gosto muito e respeito. Se algum dia alguém estuprasse a irmã de um amigo meu ou a minha própria mãe, Deus que me livre, eu mataria o sujeito. Por isso, fique tranquila, que não vou mexer com você.

Maria Cláudia nada ouvia. Estava estupefata. Os olhos arregalados. O corpo todo estava tomado por um tremor. Parecia não ver nem ouvir nada. De repente, deixou irromper um choro convulsivo. Enfiou o rosto no travesseiro. Não tinha mais domínio de si. Era puro tremor, que parecia sintonizado com os urros abafados pelo travesseiro.

Max preocupou-se. Com calma e jeito aproximou-se de Maria Cláudia, passando levemente as mãos em sua cabeça, tentando acalmá-la. Não houve nenhuma resposta. O tremor e os urros de Maria Cláudia, revelando um estado de convulsão, eram assustadores. Max manteve a calma. Temia, apenas, que funcionários ou outros usuários do motel ouvissem o que estava acontecendo no quarto. Pegou um lençol e cobriu o corpo nu de Maria Cláudia, que ainda estava sentada na cama com o rosto afundado no travesseiro, apoiado nos joelhos dobrados. Em seguida, passou um dos braços sob as pernas de Maria Cláudia e outro, segurando firme os ombros, colocou-a em seu colo. Max, agora, tratava Maria Cláudia como a um bebezinho, movimentando as pernas e afagando, carinhosamente, as costas e os braços, sussurrando palavras tranquilizadoras, para reanimá-la. Ficou assim por um bom tempo. Aos poucos, veio um estado de relaxamento, quebrado, apenas, por profundos soluços. Max, com Maria Cláudia no colo, permaneceu silencioso, apenas afagando as costas e o braço daquela mulher, coberta pelo lençol, esperando a sua recuperação.

Maria Cláudia foi recobrando a consciência. Percebia, agora, que estava coberta, no colo de seu sequestrador, que a afagava, com cuidado e delicadeza. Não se mexeu. Permaneceu aninhada no colo de Max. Não sabia se era por vergonha de estar nua no colo de um desconhecido ou pelo conforto propiciado pelos braços fortes que a seguravam. Não quis pensar em nada. Entregou-se às sensações dos afagos e do ritmado balançar das pernas de Max. Vítima de um homem perigoso e violento, era, agora, cuidada, com delicadeza e paciência, pelo próprio algoz. Retomou o controle. Constrangida, movimentou os braços. Retirou o travesseiro do rosto. Olhou para Max, com agradecimento. Imediatamente, Max, com cuidado, repôs Maria Cláudia na cama, acautelando-se em mantê-la coberta pelo lençol.

— Calma, menina — disse Max com autoridade, porém, atencioso. — Não precisa se assustar. Nada de mal vai acontecer com você, fique tranquila. Você quer que eu pegue alguma coisa para beber? Veja aí no cardápio se tem alguma coisa que você quer, eu peço para o serviço de quarto.

— Não. Muito obrigada — respondeu Maria Cláudia, com voz meiga e educada. — Estou bem, completou, oferecendo um sorriso recatado e de sincero agradecimento.

Max, empenhado no conforto de Maria Cláudia, ainda perguntou:

— Você quer dormir um pouco? Deite-se aí. Descanse um pouco. Vai lhe fazer bem. Você ficou muito nervosa. Descanse um pouco.

— Não, não. Está tudo bem comigo. Eu já estou melhor. Muito obrigada — respondeu, com um sorriso débil, conferindo um caráter amistoso naquele início de conversação.

— Ô Branca...

Antes que continuasse, Maria Cláudia interrompeu-o, com voz firme, porém amistosa:

—Você poderia me chamar pelo meu nome? Quando você diz ô Branca, fico assustada. Tenho medo de você, quando me chama assim.

— Tá bom, Maria Cláudia, — disse Max. — Eu preciso ligar a televisão.

Pegou o controle remoto sobre a cabeceira da cama e apertou o botão.

Foi passando os canais locais, conferindo os programas. Depois, sintonizou num canal de grande audiência.

No intervalo do programa sobre culinária, veio a chamada do noticiário, que começaria logo após. A música foi interrompida e apareceu, na tela, a imagem do apresentador. Com a expressão séria e a voz grave, anunciou:

"Assalto milionário. Terror e pânico na Avenida Paulista. Quadrilha fortemente armada surpreendeu guardas de segurança de carro-forte, que entregavam malotes de dinheiro em agência bancária na Avenida Paulista. Nossa equipe de repórteres está no local. Vamos até lá para novas informações e imagens. Luiz Augusto, você está me ouvindo?"

A tela da televisão foi dividida ao meio, aparecendo, agora, ao lado do apresentador o repórter que fazia a cobertura da matéria no local.

"Estou sim, Ferreira, hoje, pelas oito horas da manhã, uma quadrilha fortemente armada assaltou o carro forte (está aí na imagem), parado nesta agência para fazer entrega de malotes de dinheiro. – a câmera mostrava a calçada da Avenida Paulista e as fitas de isolamento da polícia. No meio-fio o carro-forte com a porta aberta e a calçada coberta de estilhaços dos vidros quebrados da fachada do prédio. Os bandidos conseguiram levar todos os malotes do carro forte, roubando uma verdadeira fortuna, avaliada em vinte milhões de reais. Durante o assalto, segundo testemunhas, os bandidos promoveram um verdadeiro festival de tiros de metralhadora destruindo totalmente a fachada de vidro da agência bancária, como vocês podem ver pelos cartuchos esparramados pela calçada. Felizmente, não houve feridos, senão pelos estilhaços de vidro. Na fuga, os bandidos foram mais ousados ainda. Pararam o trânsito no sentido da Consolação-Praça Oswaldo Cruz e metralharam os pneus dos carros, fechando o trânsito, que dificultou a chegada das viaturas da polícia ao local, que ficaram presas no enorme congestionamento na região. Não há notícia de prisão de nenhum dos bandidos, nem dos dois veículos utilizados na fuga".

A imagem voltou ao apresentador.

"Obrigado, Luiz Augusto. Não percam, em nossa edição das doze horas, a reportagem completa sobre esse audacioso assalto numa das principais avenidas da cidade de São Paulo".

Max estava imóvel. Maria Cláudia quebrou o silêncio:

— Você fez isto? Você estava lá? É disto que você está fugindo?

Max voltou-se para Maria Cláudia. Seus sentimentos flutuavam. Sabia que se estivesse com seus parceiros a reação pela notícia seria de afirmação e alegria, comemorando a vitória. Porém, foi educado numa família simples, de gente séria. Foi ensinado a respeitar os vizinhos, as professoras, os mais velhos e até as pessoas mais pobres. Ouvia a conversa dos pais sobre o pouco dinheiro que sobrava do salário para guardar no banco. Quando assistia televisão com os pais, notícias como aquela eram seguidas, sempre, de comentários negativos. Olhando para Maria Cláudia, sabia que ela vinha de uma família organizada, como foi a sua. Um assaltante, visto por essas pessoas, era sempre uma pessoa perigosa, assustadora. Procurando equilibrar essas informações que povoavam o seu pensamento, começou a responder:

— Maria Cláudia. O que acabou de assistir fui eu que planejei. Chamei cada um dos meus parceiros. Organizei as tarefas de cada um e comandei o início do assalto. Fui o primeiro a retirar o malote de dinheiro daquele carro-forte. É aquele malote que está em cima da mesa. Sou assaltante de bancos e carros-fortes. Essa é a minha profissão. É isso o que eu sou.

Max continuou sério. Não exaltava a profissão. Tampouco banalizava sua condição pessoal. Procurou falar correta e educadamente.

— Mas não se assuste. Eu assalto bancos e carros-fortes que transportam valores. Não pessoas. Da mesma forma que os homens escolhem ser políticos, médicos, advogados, empresários escolhi essa profissão. Faço porque quero, posso e gosto. Só uso armas em situação de perigo. Aqui estou em segurança. Por isso, fique tranquila. Não vou fazer nenhum mal a você.

Maria Cláudia estava surpresa. Não pela crueza com que Max falava de seu feito e da sua profissão. Impactou-a a fluência verbal e a clareza de Max em revelar a opção que fizera para a sua vida. Aquele homem se iluminava ao narrar suas confidências, assumindo, com naturalidade, a imagem de uma pessoa diferenciada. Não parecia mais, aos olhos de Maria Cláudia, o sequestrador perigoso e ameaçador. Era um homem que se revelava seguro, confiante nas pessoas, educado e que sabia o que queria para a sua vida. Rompeu o medo:

— Qual o seu nome?

— Pode me chamar de King.

— Esse não pode ser o nome do documento que você apresentou na portaria, quando entramos no motel — disse Maria Cláudia, esboçando um sorriso.

— É melhor você conhecer pouco de mim. Meu nome não pode constar na agenda de pessoas como você. É só problema. Pode me chamar de King — respondeu Max, já descontraído.

— Está bem, King — falou Maria Cláudia, demonstrando algum constrangimento ao chamar aquele homem desconhecido pelo apelido. — Você não me parece esse homem perigoso, capaz de fazer um assalto deste que a televisão mostrou. Você me parece uma pessoa educada, franca e até amiga, como vi há pouco, enquanto cuidava de mim, quando me descontrolei. Eu nunca vi, nem entre pessoas que conheço, quem me falasse coisas tão íntimas quanto você me falou. Você é sempre assim com as pessoas, mesmo com aquelas que você acaba de conhecer?

Max olhou para Maria Cláudia. Deixou escapar um sorriso, como se fosse para ele mesmo. Achou engraçado ouvir aquela mulher identificando qualidades nele.

— Maria Cláudia. Eu nasci numa casa de gente séria. Era uma casa humilde, porém, de gente séria. Eu sei o que é ter um bom pai. Sei, também, o que é ter uma boa mãe. Eu sou filho único dos meus pais. Eles me deram de tudo. Proteção. Educação. Bons modos...

Numa postura descontraída, sentado na cadeira, Max esticou as duas pernas para frente, pôs as duas mãos atrás da cabeça e continuou:

— Eu me lembro da minha mãe me ensinando, na hora do jantar, a manusear os talheres e usar o guardanapo. Às vezes, ela me mandava pôr a mesa para ela. Tinha que pôr os talheres certos. Faca de corte e faca para peixe. Colher grande e pratos fundos quando ela fazia sopa. Mandava pôr aparadores para que o fundo quente das louças não estragasse a mesa ou que, se derramassem, não sujassem a toalha. — Max sorria, com alegria, dessas lembranças

— Minha mãe me ensinou a ler e a escrever inglês. Depois do jantar corrigia as lições de casa que eu tinha feito, à tarde, e depois me dava as lições de inglês. Em alguns dias ela punha um filme no DVD, tirava a legenda e mandava eu traduzir as falas dos personagens. Na escola, onde ela era professora, eu era o melhor aluno. Eu estudava, na verdade, para ela. Para não fazer feio. Meu pai, também, foi muito bom comigo. Nos domingos, me levava para andar de bicicleta no Parque do Ibirapuera ou no campo de futebol, onde ele jogava com os amigos. Meus pais cuidaram de mim. Mas depois dos dezessete anos, não sei o que aconteceu comigo. Eu não queria mais fazer o que meus pais queriam. Eles queriam que eu fosse para a faculdade.

Queriam que eu fosse médico e eu queria fazer o que meus amigos faziam. Primeiro, roubar carro para dar uns rolê pela cidade. Eu era, ainda, menor. Depois vieram os assaltos. Eu era bom piloto. Nunca a polícia me pegou em qualquer perseguição. Eu sempre deixei eles pra trás. Era viver na adrenalina. Pura emoção. Mas, me sentia culpado quando chegava em casa. Sofria muito. Tinha medo de decepcionar meus pais, que sempre me deram de tudo. Foi um período difícil. Foi daí que fui descobrindo que meu pai é meu pai, minha mãe é minha mãe e eu sou eu. Cada um de nós é um. Não dá pra gente querer ser o outro. É como se diz aí na malandragem: "cada cabeça é uma sentença". Foi difícil, mas eu descobri que eu tinha de decidir o que fazer da vida por mim mesmo. Foi assim que entrei pro crime. É viver na emoção. É o que eu faço. Você está vendo aquele malote ali em cima da mesa? — perguntou Max. — Então. Ali deve ter uns dois ou três milhões de reais. Para mim, não valem mais nada. O meu gosto foi planejar o assalto. Escolher os parceiros. Orientar as ações. Pegar o malote no carro-forte. Fugir e não ser preso, até chegar num lugar seguro. Depois, nada mais tem graça. Só o próximo assalto.

Maria Cláudia estava relaxada. Não se dava mais conta de sua nudez. Seus temores, decorrentes da confusão mental, haviam desaparecido enquanto ouvia Max. Cresceu protegida contra o ataque de ladrões, sequestradores e todos os tipos de bandidos. Homens que matavam para roubar uma simples bolsa ou que mutilavam suas vítimas, mandando os pedaços do corpo para as famílias, exigindo, em troca, o pagamento do resgate. As notícias veiculadas pela imprensa eram pródigas na transmissão desses fatos.

Cresceu cercada de cuidados. Motorista particular. Carro blindado. Pagou o enorme preço de não ter privacidade.

Não podia andar livremente pelas ruas com as amigas, nem quando pequena e mesmo depois de casada. Sempre vigiada. Nunca se sentiu perdida em lugar nenhum. Ouvindo Max, que representava todos aqueles perigos, percebeu que, talvez, nunca tivesse conhecido o sentido da liberdade. Não queria ser, obviamente, uma bandida. Não tinha coragem para isso. Mas gravou bem a passagem em que Max contou que aos dezessete anos não queria mais fazer o que seus pais queriam que ele fizesse. Ouviu Max falar das culpas e do sofrimento. Impressionou-a a descoberta de Max de que os pais são os outros.

Que outros? Perguntou-se. Pais são pais e os filhos são a extensão deles. É isto o que é a família. Negar isto é possível? Mas o que fiz na minha vida? Sempre obediente. Viajei para o mundo, sempre com meus pais e, depois, com o marido. Não conheci as ruas. Sempre as vi pela janela do banco traseiro do carro blindado, conduzido pelo motorista da família. Quando me enchi de tudo, larguei o marido por não saber se ele era uma escolha minha e voltei para a casa dos meus pais. Ao invés da liberdade, noites insones e dias estirada na cama, sempre em silêncio.

Isolados naquele quarto, Maria Cláudia constatava que estava diante de um homem que, mesmo sendo um bandido perigoso, sabia ser gentil e solidário, como percebeu ao ser por ele socorrida em sua crise de choro. Ao rememorar sua infância, aquele homem revelou a gratidão aos pais e o afeto familiar. Entre o médico projetado pela família e a sua efetiva realização, aquele homem fez sua própria opção. Escolheu a vida bandida. Maria Cláudia sabia que estava diante de um homem decidido. Ele poderia ser qualquer coisa. Até mesmo o médico que a família projetou. Mas ele fez a sua própria opção. O assaltante de bancos que era. Era isto que intrigava Maria Cláudia ouvindo Max. *E eu? Fiz alguma escolha para a minha vida ou sigo, ainda, os modelos da família?*

Max continuou:

— Assim é a vida, Maria Cláudia. Eu penso que a vida é como uma pista de corrida de cavalos. Eu corro na minha raia. Não me importa saber se os cavalos das outras raias estão na minha frente ou atrás. Eu tenho que cuidar da minha raia. Na corrida da vida não tem ponto de chegada. É tentar correr bem, sem deixar nada para trás. Por isso, não tenho nada a esconder de ninguém. Claro que não vou anunciar à polícia que sou um assaltante de banco. Mas, em conversas como essa que estou tendo com você, agora, porque vou me esconder? Falar o que não sou? Como nós não nos veremos mais, pelo menos você fica sabendo que existe assaltante de banco que é, antes de tudo, um homem. Eu respeito as pessoas. O meu negócio é saber onde está o cofre do banco. Saber quanto tem lá dentro. Daí pra frente é só adrenalina. Planejar. Organizar os companheiros. Escolher as armas. Rota de fuga...

Nesse momento foi anunciado, pela televisão, o início do noticiário do meio-dia. Ambos se silenciaram. O apresentador do jornal, sério, repetindo a voz grave, anunciou a matéria.

Narrou os fatos. Chamou, para imagens e depoimentos no local, o repórter de rua. Fazendo a cobertura total dos fatos, a emissora destacou outros repórteres para entrevista com o governador, o secretário da Segurança Pública, o delegado geral e o delegado da Polícia Especializada de Roubo a Bancos. Nas entrevistas, apareceram, também, o gerente do banco e o diretor da empresa de valores, proprietária do carro-forte atacado naquela manhã.

Nenhuma informação sobre a identidade ou prisão dos assaltantes. Maria Cláudia ouviu a notícia sem qualquer impacto. Sentia, apenas, um estranho entusiasmo, como se fizesse parte daquele evento. Intimamente, sem saber explicar, se por defesa ou pela proximidade de Max, torcia pelo sucesso do roubo. Não se sentia mais ameaçada nem aflita naquele quarto.

Olhou para Max e perguntou:

— E agora, o que vai acontecer?

— É melhor você não saber, para não se envolver — respondeu Max.

Fez-se silêncio, só quebrado por Max, revelando entusiasmo, ao lembrar-se de que estava na hora de comerem alguma coisa.

— Afinal são quase meio-dia e meia.

Max tomou a iniciativa. Pegou os cardápios sobre a mesa entregando um para Maria Cláudia que continuava nua.

— Veja aí o que você quer pedir — disse Max.

Leram as opções. Max estimulava Maria Cláudia indicando uma ou outra opção. Escolheram os pratos. Max, pelo interfone, fez os pedidos.

A conversa, enquanto esperavam, era sobre a expectativa do que seria servido e da intensidade da fome que já se fazia presente. Riam um para o outro. Descontraíam, afastando a tensão até então existente. A imobilidade de Maria Cláudia, na cama, ainda nua, coberta pelo lençol, nem a constrangia mais, nem lhe tirava a autoridade naquela relação desenvolvida com Max que se mantinha atento, respeitoso e bem-humorado.

Tocou a campainha. Imediatamente, a tensão restaurou-se. Olharam-se com interrogação. Ouviram, em seguida, um barulho eletrônico vindo do lado da porta. Olharam para o lugar e viram um aparador giratório, ainda em movimento, expondo os pratos cobertos, as bebidas, os copos, os talheres e os guardanapos. Riram, aliviados, afastando a tensão, criando, pela primeira vez, uma sincronia em suas expectativas e um inegável vínculo de cumplicidade.

Max tirou o malote da mesa. Em seguida pegou as roupas de Maria Cláudia e, numa demonstração de confiança, entregou-as.

—Vá se trocar no banheiro, Maria Cláudia. Enquanto isso eu ponho a mesa para o almoço.

Quando retornou, já vestida, a mesa estava posta.

Max, em pé, cerimonioso, antes de convidá-la para se sentar, depois de ter afastado a cadeira para ela, falou:

— Desculpe-me pela falta de uma toalha bonita e um vasinho com flores, além das velas. Tirando as velas, minha mãe me mandava fazer isso quando tinha visita em casa, ou quando vinha alguém que eles achavam importante.

Afastou-se, sentando-se no outro lado da mesa.

Conversaram. Riram. Investigaram-se. Descobriram que, mesmo sendo pessoas de mundos tão diferentes, tinham gostos e preferências comuns sobre cores, música e momentos pessoais.

Depois de almoçarem, Maria Cláudia exteriorizou uma manifestação de susto.

— Meu Deus! Eu preciso telefonar para casa. São quase três horas da tarde. Preciso pegar meu celular. Está na minha bolsa, lá no carro.

— É sério isto? — Indagou Max.

— Preciso mesmo. Saí de casa àquela hora e fiquei de almoçar em casa, com minha mãe. É capaz dela achar que aconteceu alguma coisa comigo. Eu preciso mesmo telefonar, King — disse Maria Cláudia levantando-se da mesa.

Ao passar por Max, em direção à porta, Maria Cláudia pediu a chave do carro. Max enfiou a mão no bolso. Tirou o chaveiro e, antes de entregá-lo, olhou fixamente nos olhos dela, dizendo:

— Muito juízo com o que você vai fazer. Eu prometi que não ia te fazer nenhum mal. Até agora eu cumpri. Não me ponha em risco. Você sabe que estou com muita coisa em jogo. Não vá me fazer quebrar a promessa que fiz para você.

Maria Cláudia respondeu, com naturalidade:

— Fique tranquilo, King. Eu estou calma. Já estou até torcendo para o seu sucesso. Vem comigo até o carro, convidou-o.

Max abriu a porta do quarto. Desceram a escada para a garagem. Maria Cláudia apertou o dispositivo eletrônico do chaveiro que destravou as portas do carro. Abriu a porta traseira, retirando do banco sua bolsa. Depois de travar as portas do carro, entregou o chaveiro a Max. Subiu os degraus, de volta para o quarto, vasculhando a bolsa, em busca do celular. Já no quarto, constatou o registro de três ligações perdidas. Todas da mãe.

Max percebeu que se tratava de um aparelho sofisticado

— O que foi, King?

— Maria Cláudia, esse bagulho aí é perigoso, disse, em tom autoritário e ameaçador. Não media mais as palavras. Estava em ação. Essa porra tem localizador e pode me fudê. Se eu me fudê você pode tê certeza que você vai junto. É melhor desligá esse bagulho aí e deixá ele guardado na sua bolsa, como tava.

Maria Cláudia, desta vez não se assustou com a agressividade de Max. Manteve a calma e, mostrando indignação com a grosseria do palavreado respondeu, com autoridade:

— King. Até agora você se empenhou em me deixar tranquila. Você soube cuidar de mim. Foi atencioso e delicado quando cai naquele choro. Devolveu a minha roupa. Me serviu o almoço. Eu sou agradecida por isso. Então, fique tranquilo que não vou nem quero te prejudicar. Você já me falou o que fez. Eu vi pela televisão. É o seu negócio. Eu não tenho nada a ver com isso. Cada um é cada um. Faz o que quer da vida. Sei lá por que vim parar aqui com você. Estou sabendo que você precisa escapar disso tudo. Quer saber? Estou torcendo para você sair disso tudo numa boa. Não sou nenhuma estúpida nem sou polícia. Sei que tanto você quanto eu precisamos sair daqui sem risco, até a hora em que cada um de nós for para o seu lado. Eu acredito que isso vai acontecer. Então, King, gostaria de te pedir que não me falasse mais comigo desse jeito e parasse de fazer ameaças. Você é uma pessoa educada, sabe se relacionar com pessoas diferentes e tem nível para isso.

Maria Cláudia estava segura. Internamente, exultava. O ser trôpego e depressivo, que a habitava naqueles últimos meses, se desvanecia naquele momento, refém de um perigoso assaltante num quarto de motel. As reações internas repercutiam nos seus gestos, timbre de voz e expressões faciais, conferindo-lhe segurança e autoridade.

Max percebeu o crescimento de Maria Cláudia. Sentiu estar diante de uma mulher inteligente e determinada que, em situação de perigo, sabia firmar, com convicção, pactos de cumplicidade. Cedeu.

— Tá bom, Maria Cláudia. Desculpe-me. Mas toma cuidado com isso aí — disse, afastando-se dela, indo sentar-se na cama.

Determinada, Maria Cláudia anunciou:

— Eu preciso ligar. Minha mãe já me ligou três vezes. Se eu não responder é aí que ela vai se preocupar. Ela deve ter a senha do localizador do meu celular. É melhor eu falar com ela antes que comece a me procurar.

Falou com a mãe. Justificou o atraso, com naturalidade, dizendo ter encontrado amigas do clube e resolveu almoçar com elas. Falou, ainda, que ia se atrasar porque estava combinando de irem ao cinema. Estaria em casa para o jantar. Mostrava-se segura, paciente e carinhosa com a mãe que parecia não querer fazer perguntas.

Desligou o aparelho. Gestos vagarosos e explícitos, guardou-o na bolsa, como se cumprisse um ritual. Fechou-a. Voltou-se para Max, expondo um sorriso sutil, denunciando a sua cumplicidade na segurança e êxito da fuga de ambos daquele local.

Max percebeu os gestos de Maria Cláudia e a sutileza da insinuação estampada. Sabia identificar, em situação de perigo, a confiabilidade de seus parceiros. Retribuiu àquela percepção, selando, intimamente, a cumplicidade nascida naquele quarto de motel com uma mulher estranha que ele usava como refém para alcançar êxito no seu assalto.

O ambiente do quarto foi tomado por um silêncio agudo, entretanto, reconfortante. Maria Cláudia controlava a excitação que dominava seus pensamentos. A lembrança da violência a que fora submetida e a condição de refém de um assaltante perigoso foi substituída por uma sensação de autoestima. Essa percepção de si própria dividia Maria Cláudia. De um lado, a menina obediente, protegida, trôpega e deprimida que, por desconhecer a si mesma, reprima as sensações positivas de suas possibilidades. De outro, a mulher adulta que, diante daquela situação de perigo, se redescobria, sabendo transformar em ferramentas as possibilidades estimuladas pelas abstrações de seu mundo interior.

Contida naquela reflexão, constatou que havia conseguido dialogar com aquele homem. Mais. Mesmo refém e fragilizada soube impor limites ao sequestrador, pois, até ali, estava sendo tratada com respeito. Recuperou as roupas. Quando quis telefonar para a mãe enfrentou a resistência, mas conseguiu. Sentia que no transcorrer daquele dia, pelas conversas, gestos e expressões, no interior daquele quarto, findou por assumir um outro papel: de refém a parceira de fuga do perigoso assaltante de banco. *Meu Deus! De onde estou tirando essas ideias? Parceira de fuga! Deus que me livre! O que vão pensar de mim? Quer saber? Este homem tem me respeitado e é por isso que estou torcendo mesmo para conseguir fugir. Se não fosse ele, eu nunca saberia que posso reagir a uma situação de perigo. O certo é que ele me fez pensar em coisas que nunca pensei antes. Quer saber, acho que sou muito melhor hoje do que jamais fui!*

Max, em seu canto, aguardava, paciente, o passar das horas.

Às dezessete horas, Max ligou a televisão. Procurou os programas com as ocorrências policiais do dia. O assalto de seu bando era o destaque de todas as transmissoras. Até aquele momento, nenhum dos assaltantes havia sido capturado.

Uma hora depois, Max levantou-se e foi até o malote. Abriu-o, retirando dele um aparelho de telefone celular. Enfiou a mão no bolso da calça tirando dele um papel contendo a lista dos telefones de seus parceiros. Para cada número de telefone havia indicado, na frente, apenas a letra inicial dos nomes.

Max desligou a televisão. Em seguida, olhou sério para Maria Cláudia, advertindo-a:

— Maria Cláudia. Eu vou falar com meus parceiros. Procure não ouvir nada. Se ouvir, esqueça, pois pode envolver você com a polícia ou com nóis mesmo. Se você procurar a polícia ou a polícia te pegar eles podem fazer uma perícia no seu telefone e ver que você não avisou a família que estava refém, nem fez nenhum sinal que poderia estar em perigo. A polícia pode pensar que você correu junto com a gente nesta parada. Até você provar que focinho de porco não é tomada você pode passar por muito aperto. Cair na mão da polícia é pra gente que nem nós. Você não vai aguentar. Se, agora, eu ou qualquer um dos meus parceiros cair, vou achar que foi você quem caguetou. Aí, minha filha, você morre. É assim. Então, fique esperta. Procure não ouvir nem guardar nada do que vou falar daqui pra frente. Combinado?

Maria Cláudia, desta vez, não se atemorizou com as ameaças de Max. Suas reflexões sobre si mesma, ajudaram a ter melhor compreensão de tudo o que se passava com ela. Descobriu outras formas de se relacionar. O medo, levado ao extremo, se transformou em coragem. A crença em suas possibilidades internas, extraídas de suas reflexões, levaram-na a um outro patamar existencial. Com a segurança de uma verdadeira parceira, respondeu:

— King. Há quase dez horas estou aqui. Tive muito medo, mas você soube me tranquilizar. Aprendi muito hoje. Por isso sou grata a você. Fique sossegado. Tanto eu quanto você precisamos sair disso. Eu vou para minha casa e você para a sua vida. Tenha a certeza de que se você ou seus amigos, Deus que me livre, caírem nas mãos da polícia, não terá sido por minha causa, já falei que estou torcendo por você. Não se preocupe comigo. Fale com quem você quiser que eu saberei guardar segredo disto.

Max ouviu Maria Cláudia em silêncio. Fez a primeira ligação.

— E aí, beleza? ... é, é. Eu vi pela televisão. Tá todo mundo falando disso.... Seguinte, ó. Anote aí. — falou o endereço. — Bairro de Pinheiros.... isto, isto...... Depois das oito, daqui a pouco... Vô tá lá esperando. Até lá... Deixa eu ligá pros outro. — falou.

Desligou. Estava contente. Sua expressão vibrava. Iniciou as outras ligações até a última da lista.

Eram dezoito horas e trinta minutos quando Max anunciou:

— Vamos embora. Daqui a pouco vai escurecer e eu preciso estar no lugar combinado. Tá pronta?

Max recolheu o malote. Abriu a porta do quarto e esperou Maria Cláudia sair. Retirou a chave do bolso e entregou-a a Maria Cláudia.

Max abriu a porta da garagem. Retornando para o carro, sentou-se no banco do passageiro. Desta vez, manteve o malote no colo. Saíram confiantes do motel para as ruas, tomadas, naquele final do dia, pelo intenso tráfego dos veículos.

Monitorando Maria Cláudia no volante, Max cruzou a rua da casa que serviria de esconderijo. Esperou passar mais uma quadra e pediu para Maria Cláudia parar. A despedida foi rápida. Max agradeceu a Maria Cláudia pela ajuda na fuga e companhia. Reconheceu e elogiou a coragem de Maria Cláudia. Disse ter pensado ser ela uma *barbiezinha,* mas sentiu que se tratava de uma mulher forte que sabia administrar situações de perigo. Pediu a ela, ainda, que torcesse por ele. Saiu do carro e esperou Maria Cláudia ingressar no fluxo do intenso trânsito. Rumou, rápido, em sentido contrário, perdendo-se na noite entre os transeuntes que voltavam para suas casas.

13

A noite maldormida ora parecia um sonho inacabado ora se transformava numa busca incessante para compreender o que estava acontecendo.

Ainda era cedo. Passava das seis horas da manhã. O físico, cansado, era estimulado, a cada instante, pela mente ativa e fértil. Sabia que tinha vivido um momento singular, no dia anterior. Rolava na cama, tomada por indecisões. Sentia-se dividida. De um lado, o medo de seguir os caminhos indicados por seus sentimentos. O preconceito e a insegurança de ir atrás de um homem errante, que sequer conhecia. De outro, a sensação da liberdade, da livre escolha, do rompimento de tudo e de todos, em busca de um futuro que assegurasse a certeza de ser a senhora de si mesma. Essa perspectiva lhe dava força.

Como um clarão, vislumbrava um futuro construído pela sua vontade, arquivando, de vez, o passado de proteção familiar que a acompanhou desde a infância até o fim do casamento. Concentrada nesses pensamentos, conferindo, insistentemente, o relógio sobre o criado-mudo, decidiu-se. De um salto, levantou-se. Dirigiu-se ao banheiro. Ágil e desenvolta, sem perder tempo, mas não abrindo mão dos cuidados femininos, na construção de uma imagem sedutora, aprontou-se. Quieta, atravessou o amplo apartamento dos pais, silencioso naquela hora da manhã, tomando a direção dos elevadores. Tinha pressa. Sabia que podia chegar ao endereço, que ouviu o seu sequestrador falar para os seus comparsas, e não encontrar ninguém.

Homens, como aqueles, não tinham parada. Viviam em fuga. Queria reencontrá-lo. Conversar com ele. Queria descobrir a origem da ansiedade que a punha em movimento, em busca da sua identidade e da própria salvação.

Com o trânsito fluindo rápido e o endereço fixado na memória, dirigiu-se ao local.

Em frente à casa, procurando controlar-se, tocou a campainha. Não ouviu nenhum movimento. Contou alguns segundos. Tocou novamente. Desta vez, percebeu movimentos no interior da casa. Empertigou-se, à frente do portão, aguardando ser atendida.

Aos quatro homens que estavam na sala, assistindo televisão com o som baixo, juntaram-se mais três, vindo dos quartos. Movimentavam-se em silêncio. Mostravam-se surpresos e apreensivos com aquela visita. Quem será? Ninguém sabia que eles estavam ali. O morador da casa havia viajado, por isso havia emprestado a casa. Quem será? Perguntavam-se. Um deles assumindo o comando, pondo o dedo nos lábios, sinalizando silêncio, aproximou-se da janela e abriu uma fresta na cortina. Viu uma mulher bonita, corpo bem-feito, traços finos e bem cuidada. Era muito diferente das pessoas de seu mundo. Mostrava-se determinada, com a certeza de que procurava o endereço certo. Com a demora, insistiu na campainha. O homem, atrás da cortina, fez sinal para o outro que estava junto à porta, para que atendesse aquela mulher.

Abrindo a porta o suficiente, apenas para a cabeça, o homem perguntou, rude:

— O qui a senhora qué?

Reafirmando a sua determinação, Maria Cláudia respondeu:

— Eu vim falar com o King. Eu sei que ele está aí.

O homem que havia assumido o comando, no interior da casa, ordenou, rápido, para o companheiro:

— Manda ela entrá. Vamo vê qualé a dela!

O outro que havia atendido à porta disse, então:

— Vamo entrá.

Abriu a porta, deixando o espaço suficiente para a passagem de Maria Cláudia. Os demais, nervosos e armados, esconderam-se.

Ao entrar, Maria Cláudia foi logo imobilizada pelo homem que tinha aberto a porta, agarrando-a por trás, tapando a sua boca. Em seguida, o homem que havia assumido o comando pôs o revólver na cabeça de Maria Cláudia, passando a interrogá-la:

— Aí, madame. Quem mandô ocê aqui? Cê tá ca polícia, aí fora? Como ocê sabia que nóis tava aqui? Quem te falô? Como ocê conhece o King? Quem entregô ele procê? Olha aqui, eu vo mandá tirá a mão da tua boca. Cê ocê gritá, antes de qualquer barulho eu vô mete uma bala na tua cabeça. Tá entendendo? Tá entendendo? Repetiu.

Maria Cláudia assentiu com um gesto de cabeça. Em seguida, o homem que a imobilizava tirou a mão de sua boca, deixando-a falar.:

— Eu conheci o King ontem. Passei o dia todo com ele, esperando esfriar a perseguição, depois do assalto. Eu soube deste endereço porque o ouvi falando no celular com cada um de vocês. Eu vim aqui para falar com ele. É sobre um assunto particular meu e dele. Não tem nada de polícia. Eu quero falar com ele. Cadê ele? Eu sei que ele está aqui porque eu o deixei, ontem à noite, aqui perto.

Maria Cláudia assustou-se com a sua autoconfiança. Olhava para todos com firmeza. Não havia qualquer vestígio de medo em sua face, senão a meiguice e a beleza.

O homem que havia assumido o comando do interrogatório, desconfiado da coragem e determinação daquela mulher, ainda, ameaçou:

— Olha aqui, madame! É bom ocê falá logo que é pau mandado da polícia porque sinão cê vai si fudê do mesmo jeito. Em seguida, ordenou para alguém do grupo:

— Dá uma olhada aí na rua. Vê si tem nego na rua com jeito de polícia. Essa filha da puta foi mandada pra cá como isca. Vamu aí, madame, fala logo aí pra nóis o que cê qué aqui e quem mandô ocê pra nóis?

O homem que verificou a rua, pela janela, aproximou-se e falou:

— Num tem ninguém aí na rua. Nem carro de polícia, nem carro disfarçado. Os carro que tem tá tudo nas garage. Os home e as mulher que tão passando aí tem tudo jeito de gente que tá indo pro trabalho.

Os assaltantes olhavam para ela e para o homem que havia assumido o comando. Já trazia em seus antecedentes criminais uma investigação policial que resultou no cumprimento de pena, dos vinte aos vinte e cinco anos. Ouvira muitas histórias de bandidos experientes, quando cumpriu pena na penitenciária. O assalto do dia anterior tinha sido bem-sucedido. Rendera muitos milhões. Estavam todos ali, na casa, guardados, ainda, nos malotes do próprio banco. Sabia que a polícia, nos casos de grandes assaltos, usavam, primeiro, a inteligência para, depois, usar da violência na hora da prisão. Sabia, também, pelo que ouvia dizer no meio da bandidagem que a polícia não registrava todo o dinheiro que apreendia. Parte, e a parte maior, ficava com a própria polícia. Sabia, também, que os donos dos bancos financiavam a ação da polícia. Já ouvira falar, também, que os donos dos bancos davam ordem para a polícia matar os assaltantes que faziam grandes roubos, como aquele, para mostrar que eles eram os maiores. Quem era aquela mulher? Indagava-se. Não parecia ser da polícia. Era muito fina. Era mulher da turma dos banqueiros. Foram os donos dos bancos que descobriram eles ali.

Alimentando esses pensamentos, em silêncio, enquanto olhava para Maria Cláudia, procurando descobrir alguma coisa, deixou explodir o pensamento: *Devolvê a grana e í pra cadeia. Isto se os dono dos banco não mandou a polícia matá nóis tudo aqui dentro. Puta que pariu, puta qui pariu, eu vô matá essa filha da puta. Vô dá um teco bem no meio dos zóio dela e deixa ela estendida bem no meio da rua, prá mostrá pra esses banqueiro que nóis também é fóda. Vô queimá tudo esse dinheiro que tai, já que a polícia vai manda nóis tudo pro inferno. Foda-se a polícia, foda-se os banqueiro.*

Saindo do quarto, a expressão sonolenta, como se tivesse acordado naquela hora, King deparou-se com a cena ameaçadora. Firmando as expressões da face e com os olhos endurecidos, gritou para o seu companheiro:

— Cê tá maluco, cara? Tira o cano da cabeça da mina. Ela num falô que veio me procurá? Então...

King tirou Maria Cláudia do meio de seus parceiros e, pegando-a pelo braço, foi para o quarto em que estava, avisando:

— Eu vou trocá uma ideia com a mina aqui. Não quero nenhuma interrupção.

Entrou no quarto e fechou a porta. Pediu para Maria Cláudia sentar-se na cama enquanto ele ia lavar o rosto e escovar os dentes. Antes de se ausentar, interrogou:

— Tem polícia nessa parada aí?

Maria Cláudia respondeu, não escondendo a indignação:

— Claro que não. Eu vim falar com você.

Surpreso com a inesperada visita, King retirou-se para o banheiro. Movimentava-se rápido ao lavar o rosto e escovar os dentes. Ao enxugar o rosto, comprimiu tão fortemente a toalha que sentiu dor. *O que essa mulher veio fazer aqui, no meio dessa bandidagem toda? Ou é muito corajosa ou é doida de tudo. Como ela soube que a casa era essa? Polícia?* Sentiu-se tomado por uma forte sensação negativa. *Não,* acalmou-se. *Ela é mulher fina. Não passa perto desses filho da puta. Se tivesse polícia eles já teriam metido o pé na porta e já estavam mandando bala pra cima de nóis.*

Saiu do banheiro e, retomando a calma, encarou Maria Cláudia. *De doida ela não tem nada. Essa mulher é mesmo muito corajosa, pensou.* Rompendo o silêncio, já acalmado, King perguntou:

— Como é que você achou a casa, se me deixou, ontem, no quarteirão de baixo?

Maria Cláudia respondeu, com naturalidade:

— Eu ouvi você falando pelo celular, com os seus amigos, o nome da rua e o número da casa.

A resposta impactou King, como se tivesse cometido um erro grave e posto seus companheiros em risco.

Sentada na cama desarrumada onde, debaixo dela, via-se o malote do banco que ele carregara quando a sequestrou, no dia anterior, Maria Cláudia, percebendo o abatimento de King, asseverou:

— Fique tranquilo King. Ninguém sabe que estou aqui. Nem eu sei por que vim. Mas, estou aqui. Não sei se estou com raiva por ontem ou se estou contente por tudo o que aprendi nas conversas que tivemos naquele quarto do motel. Eu estou confusa. Sei disso, mas preciso conversar com você. Vamos dar uma saída, procurar um lugar? Aqui tem muita gente, seus amigos... — disse, levantando-se.

Max surpreendeu-se. *Falar o quê?* Pensou. Rememorou o dia anterior. As imagens recuperadas mostravam-lhe uma mulher inicialmente frágil, mas que soube, durante o período em que estiveram juntos, superar o medo e adaptar-se à situação. Lembrou-se do almoço. *Foi bom. Rimos muito.* Reviu as expressões de Maria Cláudia fazendo o pacto de solidariedade: "*Nós temos que sair juntos disto. Eu para a minha casa e você para a sua vida. Quer saber? Estou torcendo para que tudo dê certo para você, pois não sou polícia nem dona do banco*".

As lembranças aproximavam Max de Maria Cláudia. Mas tinha muito, ainda, o que fazer. Tinha que dispersar o grupo. O dinheiro todo do assalto já estava recolhido na casa. Não podiam mais ficar juntos. O trabalho, agora, era só dele. Guardar o dinheiro num lugar seguro e aguardar o momento certo para fazer a divisão. A hora, agora, era de dispersar, para evitar que, se houvesse polícia, todos fossem presos juntos com o dinheiro.

— Mas, onde você quer conversar?

— Em qualquer lugar. Vamos sair daqui que a gente arruma um lugar — respondeu.

Max decidiu-se. Não sabia o porquê, mas não queria dizer não àquela mulher.

— Pera aí, disse, vou falá com os meu parceiro. Já eu volto — disse, saindo do quarto e fechando a porta.

Estavam todos juntos, na sala, Max explicou:

— Essa mulher é aquela que eu falei ontem. Diz que qué falá comigo. Ela é firmeza, podem ficá tranquilo. Ela escutô, ontem, eu falá o endereço quando falei com voceis no celular. Se quisesse me fudê ela já tinha me entregado pra polícia ontem mesmo. Ela é firmeza. Ontem eu vi. Ela tava falando que tava torcendo pra tudo dá certo. Tá tudo certo. Deixa ela comigo.

Mudando de assunto, continuou:

— O seguinte, ó. A pacoteira tá tudo aí. Ô Zóio, traz uma aqui, mandou Max. — Logo que o parceiro trouxe o malote, Max, depois de abri-lo, continuou: — seguinte, ó, nóis tem que sumí. Ficá no isquisito. Sem bandera. Os home tão arrepiando tudo por aí, pra sabe quem fez a parada ontem. Quanto mais tempo nóis ficá junto, ainda mais com a pacoteira, o risco é maior ainda. Não vamo facilitá. Então é área pra todo mundo. Eu vô tirá quinhentinho pra cada um, porque tá tudo em nota de cem e tá tudo novinha. Vê se voceis vão trocando elas rapidinho, mas num é pra trocá tudo no mesmo lugar. É fria ficá andando com essas nota novinha por aí.

Voltando-se para o parceiro Muzamba, chamando a atenção de todos, Max anunciou:

— Ô Muzamba. Daqui uns dez dia, acho que já troquei uma parte da grana em nota miúda e usada. Conforme for trocando eu vou entregando pro Muzamba, até completá a parte de todos. Combinado?

Todos concordaram.

Em seguida, Max tirou de um malote um pacote de dinheiro, fechado por uma fita de papel, indicando a quantia de dez mil reais. Todas as notas novas. Rasgou a fita e tirou as primeiras cinco notas de cem reais. Sorriu. Entregou o dinheiro para o parceiro que estava mais próximo.

— Tá tudo em cima? — perguntou. O parceiro respondeu que sim. Então cara, agora é pinote. Sai de mansinho, pra não chamá a atenção da vizinhança, e cai no mundo. A gente se vê daqui uns trinta ou quarenta dia. Falô?

— Falô, King. Até lá!

Despediram-se batendo, primeiro, com a mão aberta, uma na do outro e, em seguida, repetindo o gesto, com as mãos fechadas. O parceiro começou a despedir-se dos demais, enquanto Max continuou com a distribuição do dinheiro, até o último.

Não demorou muito, todos os parceiros já tinham ido embora. Só, Max retornou para o quarto, onde Maria Cláudia o esperava.

Meia hora depois, Max e Maria Cláudia estavam numa padaria do bairro, sentados em banco altos, fixados no piso, acomodados no balcão, tomando café com leite e pão com manteiga. Escolha de Max. Maria Cláudia acompanhava Max, porém, a contragosto. Preferia outros espaços da cidade, mais sofisticados e confortáveis. Max recusava explicando:

— Esses lugares de bacana são todos filmados. Tem seguranças. Além do mais, você sabe que eu tenho que ficar no sossego. Ainda não terminei o meu trabalho.

Maria Cláudia insistiu:

— O que quero falar com você é sobre ontem. Não dá para falar em público, você sabe.

Max concordou. Pensou um pouco. Tinha muito o que fazer naquele dia. Retirar os malotes da casa e levá-los para um lugar seguro, para iniciar a troca das notas. O plano estava todo na sua cabeça. Sabia, no entanto, que depois de remover o dinheiro não teria mais o que fazer, senão esperar o dia seguinte para iniciar os contatos. Seria bom, nesta hora, ter alguém para conversar. Maria Cláudia podia ser essa pessoa. *Por que não? Ela é firmeza. Sabe me valorizar. Se amolda, rápido, às situações. É expressiva. Jeito de inteligente e fina. Cara de gente confiável. Talvez eu até aprenda alguma coisa com ela.* Max respondeu:

— Hoje tenho muita coisa para fazer. Vamos fazer o seguinte, vem comigo, afirmou, pedindo a conta para o balconista da padaria.

Maria Cláudia olhou séria para Max.

— Hoje é só coisa direita. Dentro da lei.

Recebeu o troco, deixando uma generosa gorjeta para o balconista. Em seguida, levantou-se do banco e aguardou Maria Cláudia fazer o mesmo. Saíram da padaria, recebendo, ainda, os agradecimentos do balconista.

Caminhando pela calçada, Max perguntou a Maria Cláudia:

— Preciso comprar um jogo de malas e roupas. Calças, camisas, um terno e sapato. Você conhece algum lugar por aqui?

— Vamos ali para os Jardins — Maria Cláudia indicou, com naturalidade, o templo das compras de gente endinheirada e insuspeita. — Vamos pegar o carro — disse animada.

— Não, não — disse Max. Vamos pegar um táxi. É melhor não misturar as suas coisas comigo, Maria Cláudia. Quanto menos nós formos vistos juntos é melhor para você. Eu sou risco para você. Vamos pegar um táxi. Assim ninguém sabe quem a gente é.

Maria Cláudia compreendeu. Mudou o lugar das compras:

— Tem um shopping aqui perto. Lá é grande e tem muita gente. Já passou das dez horas, disse, olhando para o relógio. As lojas já estão abertas.

Max fez sinal para o primeiro táxi que passou.

14

Max comprou as malas. Maria Cláudia o vestiu. Roupas caras. Etiquetas famosas. O terno ficou para o dia seguinte. Tinha que fazer ajustes. Para os vendedores, Max era um homem de negócio bem-sucedido e de bom porte físico, pois todas as roupas lhe caíam bem, ainda mais assessorado por uma mulher de bom gosto, como diziam. Pagou as compras em dinheiro. Notas de cem reais novinhas...

De táxi, retornaram para a casa. Max, no caminho, observou um apart-hotel. Registrou na memória o nome e a rua. Ao chegar à casa, aceitou a ajuda de Maria Cláudia em trazer, do táxi, as sacolas com as roupas. Maria Cláudia insistiu para que Max se vestisse, separando o par de sapatos, as meias, a calça, a camisa e o cinto. A roupa de baixo, Maria Cláudia entregou-a na própria embalagem. Max retirou-se para o quarto. Não demorou muito, retornou. O corpo atlético, vestido com roupas bem cortadas davam a ele a aparência de um homem jovem e bem apessoado. Max sentia-se à vontade naquelas roupas. Filho de família modesta, porém, rigorosa nos hábitos sociais.

Vestiu o primeiro costume branco, de calças curtas, na cerimônia religiosa da primeira comunhão, realizada na igreja do bairro que cresceu. Aos quatorze anos ganhou o par de sapatos pretos, lustrosos, com sola de couro e vestiu o primeiro terno e gravata para dançar a valsa de formatura do ginasial, no baile organizado pela escola. Aos dezessete anos, vestiu o primeiro smoking, com gravata borboleta para dançar a valsa de formatura do colegial, com a mãe orgulhosa que apostava, junto com o pai, no futuro universitário de Max.

Agora, adulto, Max conhecia bem as roupas compradas por Maria Cláudia. Usava-as, com desenvoltura, nos saguões e restaurantes de hotéis caros da cidade de São Paulo, escolhidos pelos homens de finanças para tratarem da troca do dinheiro que Max arrebatava em seus bem-sucedidos assaltos.

Maria Cláudia ao vê-lo sair vestido do quarto não ocultou a aprovação. Gestos afetados exaltavam o caimento e a combinação das roupas, envolvendo o físico bem-feito de Max. Riram. Agradeceram-se. Em seguida, Max assumiu o comando na casa.

— Maria Cláudia. Na volta para cá vi um apart-hotel, aqui perto. Você viu? Eu vou me hospedar lá. Faça o seguinte, vá para lá e me espere na rua. Não entre no hotel. Fique na rua. Eu vou chegar lá daqui a pouco. Só vou dar uma arrumada aqui e vou para lá. Você vai me ver chegando de táxi. Não faça nada. Fique por ali para que eu te veja. Depois que eu fizer a ficha de entrada e subir para o quarto, calcule uns dez minutos e me procure na portaria. É melhor assim, porque se você aparecer comigo eles podem querer fazer a ficha sua também. Você precisa ter muito cuidado para não deixar rastro comigo. E você sabe bem o porquê, não é mesmo? Na portaria procure pelo hóspede Sebastião Moacir da Silva. Guardou o nome?. Deixa eu terminar rápido o que tenho que fazer aqui que logo, logo, nós poderemos sentar e conversar o que for preciso, até porque, depois que eu entrar no hotel, não tenho mais nada a fazer.

— Está bem. Então eu já vou indo para lá.

Max dirigiu-se para a porta, abrindo-a. Despediram-se rápida e informalmente.

Retornando para o interior da casa, Max pôs-se em ação. Abriu o jogo de malas, tirando uma de dentro da outra. Com as três malas abertas Max começou a repassar os maços de dinheiro dos malotes do banco para o interior delas. Esvaziados os malotes, Max recolheu-os e levou-os para o quintal da casa, onde havia uma churrasqueira. Levantou a grelha pela manivela, depositou os malotes no interior, derramando sobre eles uma garrafa de álcool. Ateou fogo. Aguardou o tecido ser consumido pelas chamas. Com o pega-brasas remexeu as cinzas, retirando os pequenos rebites de metal que reforçavam as costuras dos malotes. Retirou-os, um a um, colocando-os numa pia. Abriu a torneira, deixando correr a água até esfriá-los. Recolheu-os num saco plástico, levando-o para o interior da casa. Lá dentro, fez as últimas arrumações. Saiu, levando o saco plástico com os rebites de metal. Andando pelo quarteirão foi dispensando, nos bueiros de drenagem da rua, os rebites. Últimos vestígios dos malotes de dinheiro roubados no assalto do dia anterior.

Voltando para a casa, Max deu sinal para o táxi que passava.

15

Maria Cláudia estacionou o veículo próximo do edifício do apart-hotel. Dava para ver o movimento dos veículos e dos hóspedes que entravam e saíam. Aguardou. Pensando sobre si, ora ria ora fechava-se. Refletia. *Será que enlouqueci? O que estou fazendo aqui?* Passou a manhã toda atrás de um desconhecido. Pior. Um assaltante perigoso. Manchete de jornal e com a polícia toda querendo capturá-lo. *O que estou fazendo?* Não parava de perguntar-se. Para ela, Max era a representação de tudo o que assombrou a sua infância e adolescência. Sequestro, mutilação do corpo, agressão, estupro e morte. Resultados comuns da ação de um sequestrador ou de um assaltante perigosos. *Mas o King não é nada disso. Está bem. Ele é assaltante. Me sequestrou, é verdade, mas foi gentil comigo. Soube me respeitar. Me fez sentir uma pessoa confiável. Tem me protegido, na medida em que evita eu ser identificada com ele ou de estar próxima de suas coisas. Bobagem. O que ele quer é que você não saiba das coisas dele. Bandido é bandido. Não demora ele vai te cobrar um preço muito maior.*

Maria Cláudia respirou fundo, procurando acalmar o seu conflito. Sabia muito bem por que estava à procura daquele homem. King, para ela, lhe mostrou o significado da existência. Rompeu com tudo e com todos. Trouxe em sua bagagem os afetos e os ensinamentos dos pais. Porém, entre a projeção deles e a sua, para a vida, ele fez a sua própria escolha. Era isto que Maria Cláudia procurava em Max. Como fazer a escolha para a vida.

Naquele momento em que retomava a sua busca queria aprender os caminhos que a levassem a ser senhora de si mesma. Envolta nessas reflexões, sem perder de vista a entrada do apart-hotel, viu um táxi estacionar em frente ao edifício. O motorista do táxi saiu do veículo e abriu o porta-malas. Max desceu do veículo. Funcionários aproximaram-se, empurrando um bagageiro para acomodar as três pesadas malas. Max, carregando duas sacolas de mão, com a marca da loja, onde Maria Cláudia havia comprado as roupas, ingressou no edifício. Algum tempo depois retornou para a frente do prédio. Conversou com o motorista de táxi. O gesto de enfiar a mão no bolso e entregar alguma coisa ao táxista pareceu o pagamento pela corrida. O motorista despediu-se com repetidos movimentos de cabeça. Parecia sorrir, agradecido. Entrou no táxi e saiu para a rua, em busca de novo passageiro.

Max, pelo caminho de pedestres do apart-hotel, atravessou o jardim, até a calçada. Olhou, calmamente, para os dois lados da rua, até identificar o carro de Maria Cláudia, estacionado sob uma árvore. Fez um leve movimento com a cabeça, retornando para o interior do prédio. Maria Cláudia saiu do carro. Estava ansiosa. Precisava dar um tempo, como combinado. Começou a caminhar pela calçada, em sentido contrário, até o final da quadra. Atravessou a rua com calma, retornando, agora, pela mesma calçada, em direção ao edifício. Tentou compassar o tempo com a contagem mental que fazia da subida de Max, pelo elevador, até o último andar do prédio.

Chegou à recepção. Foi atendida por uma moça bonita. Os cabelos arranjados com sofisticação. Vestia um uniforme bem cortado. No peito, o crachá, pendurado em um cordão de seda, com a indicação do nome da rede internacional de hotelaria e o seu nome: Andrea. Treinada no trato com o público, a recepcionista, com simpatia, sorriso fácil e olhar expressivo, indagou:

— Boa tarde. Em que posso servi-la, senhora?

— Eu queria falar com um hóspede. Senhor Sebastião Moacir da Silva — respondeu Maria Cláudia.

— Acho que acabei de fazer o *check-in* dele, respondeu a recepcionista. Movimentando-se, atenta, atrás do balcão, a recepcionista pesquisou o nome no computador. É isso mesmo. Ele acabou de se hospedar conosco. Apartamento número 8511. Oitavo andar. Um minutinho, por favor. — Pegou o telefone e, expondo as mãos bem cuidadas e as unhas pintadas e bem-feitas, digitou os números do apartamento de Max. Indagou:

— Seu nome, por favor?

— Maria Cláudia.

Voltando a atenção para a ligação feita, a recepcionista agradeceu. Em seguida, falou ao telefone:

— Sr. Sebastião. A senhora Maria Cláudia está aqui na recepção.... Ok. Eu peço para ela subir. De nada, senhor. Disponha.

Em seguida, a recepcionista, sempre muito disposta e educada, orientou Maria Cláudia:

— Oitavo andar. Apartamento oitenta e cinco onze. Os elevadores estão à direita. Na saída do elevador há indicação dos números dos apartamentos.

Maria Cláudia agradeceu a recepcionista.

16

Sentada numa confortável poltrona, voltada para a sacada do apartamento, de onde se via o dia ensolarado e a vastidão dos prédios da cidade de São Paulo, Maria Cláudia aguardava Max que vasculhava a geladeira em busca de alguma coisa para servir.

Maria Cláudia, novamente, se analisava. Estranhava, com entusiasmo, sua desenvoltura. Nunca esteve, antes, num quarto de hotel com um homem desconhecido. *Desconhecido não! Um assaltante. Um marginal!*

No entanto, sentia-se bem. Conseguia dialogar com naturalidade. Mais que isso. Sentia que ele reconhecia valores nela. Fazia confidências de sua vida pessoal. Seguramente confiava nela. Não demorava muito, entrava em cena uma outra voz interna, asseverando, *você quer o quê? Que ele te trate de igual para igual? Você não vê que é uma princesa para ele? Essa gente nunca viu nada parecido a você. São marginais. Roubam para viver. Vivem o dia a dia. Matam, sem piedade, quem se opõe a eles. Essa gente não tem educação. Não tem noção de futuro. São gente sem destino. Quem faz o destino dessa gente é a polícia e o poder judiciário que os manda para a cadeia, pois lá é o lugar deles.*

Max interrompeu os pensamentos de Maria Cláudia, ao acomodar, na pequena mesa de centro, um pires com castanhas de caju e, nas próprias embalagens, pequenas barras de cereais e chocolate.

— Desculpe, Maria Cláudia, era o que tinha aí para servir, você aceita uma cerveja ou um refrigerante?

— Não se preocupe comigo. Muito obrigada, King. Aliás, Senhor Sebastião Moacir da Silva — disse Maria Cláudia, sorrindo, ao soletrar o nome que anunciou na recepção.

Max riu, também.

— Melhor ficar com o King, com esse eu me identifico.

Max acomodou-se na outra poltrona. Deu um longo suspiro, anunciando em seguida:

— Bem, Maria Cláudia. Estou começando a entrar de férias. Que bom que esteja aqui comigo. Parece até que você virou minha parceira. Aliás, hoje, aqui, está muito melhor que ontem, não é mesmo?

— Nem diga. Ontem foi assustador — respondeu Maria Cláudia, sem qualquer ressentimento.

Conversaram sobre o dia anterior, rememorando os episódios mais tensos. Riram. Conheciam-se a cada explicação que davam para as suas reações.

Maria Cláudia estudava Max. Impressionava-a a forma como ele se relacionava com ela. Não havia constrangimento, malícia ou segredo. Conversavam com naturalidade. Max, espontâneo nos gestos e na abordagem dos assuntos, deixava Maria Cláudia à vontade, conduzindo a conversa como se fossem velhos conhecidos, criando, entre eles, uma aura agradável e aconchegante.

Max já não lembrava mais o homem perigoso e violento do dia anterior. Atencioso e educado sentia-se à vontade no apartamento. Nas roupas escolhidas por Maria Cláudia, parecia que delas nunca havia se separado. Era um homem amistoso que sabia eliminar as diferenças. Não havia revanche nem disputa em suas manifestações. Conformava-se ao ambiente e às circunstâncias. Vivia o momento, exteriorizando um inegável e intenso prazer pela vida. Esse era o homem que Maria Cláudia observava à sua frente.

De repente, Max, mudando o assunto, anunciou:

— Maria Cláudia. Já deve passar das treze. Acho que está na hora de comermos alguma coisa. Vamos olhar o cardápio? Levantou-se. Foi até a cozinha e voltou com o cardápio e vários anúncios de restaurantes próximos, que faziam entrega. Tem essas opções também. Eu prefiro almoçar aqui. Se você concordar podemos fazer o pedido para esses restaurantes que fazem entrega — disse, passando os anúncios para Maria Cláudia.

Maria Cláudia concordou com Max em almoçarem no próprio apartamento. Leu as várias opções e fez a escolha.

— Eu vou de comida árabe. Você gosta?

— Eu fecho com você, disse Max. O que você pedir eu gosto — completou com entusiasmo.

Maria Cláudia compôs os pratos, equilibrando as quantidades. Feitas as escolhas, Max ligou para o restaurante fazendo o pedido.

— Pagamento em dinheiro... troco para cem reais. Já tem a gorjeta do entregador? ... tá bom. Meia hora? OK. Estamos esperando... isso. No apart-hotel. Apartamento oitenta e cinco onze. Isso.... Isso... Obrigado. — Desligou o telefone.

Voltaram à conversa. Max selecionava os assuntos. Procurava ser agradável. Sentia que Maria Cláudia além de mulher fina e educada, tinha conteúdo. A sua presença exigia, de Max, modificação de comportamento. Ouvia Maria Cláudia com atenção. Resgatava os ensinamentos do pai e da mãe quando criança e adolescente. Mostrava-se interessado na conversa, procurando palavras para formular as respostas ou as imagens de sua compreensão. O bom humor era próprio de Max. Lutava, apenas, para manter-se espontâneo perante aquela mulher bonita e surpreendente.

Maria Cláudia observava Max. Não se lembrava de ter experimentado a sensação de estima, bem-estar e entusiasmo em conversas anteriores, com quem quer que fosse. *Esse homem não pode ser o bandido que é*, afirmava em seu pensamento. *É inteligente, educado. Sabe ser agradável, parece até uma criança, pela pureza com que enxerga as coisas da vida. É gentil. Espontâneo. Mas é um homem corajoso. Sabe decidir quando quer alguma coisa.* Maria Cláudia estava inebriada por aquela conversa que mantinha com Max, só acordando daquele enlevo quando soou a campainha. Era a entrega dos pratos que haviam pedido.

Rapidamente, Maria Cláudia assumiu o comando no interior do apartamento. Recepcionou o entregador, acompanhando-o até à pequena cozinha. Enquanto Max fazia o pagamento e dispensava o entregador, Maria Cláudia preparou a mesa, dispondo os pratos, os talheres, os copos e os guardanapos de papel. Sentaram-se à mesa. Almoçaram com prazer.

Após o demorado almoço, já relaxados, Max falou:

— Vamos para a sala. O sofá de lá é mais confortável que essas cadeiras aqui da cozinha.

Recolheram os pratos, os talheres, os garfos, os copos. As embalagens de plástico e papel foram colocadas na cesta de lixo. Em seguida, foram para a sala. Sentados, Maria Cláudia começou:

— King, eu não sei bem porque te procurei. Não sei se foi para reclamar ou se para me inteirar do que percebi de tudo o que aconteceu. Mesmo diante de tanta violência e ultraje...

Max interrompeu:

— Ô Maria Cláudia, me desculpe. Eu tô ficando constrangido, me desculpe...

— ... Deixe terminar, King. Eu estou exatamente tentando te explicar por que estou aqui. O que foi ontem, foi ontem. Já passou. Esqueça. Eu estou aqui para tirar algumas dúvidas sobre coisas que senti. Então, mesmo diante de toda violência e ultraje a que você me submeteu, percebi que você me fez concessões em determinados momentos, que você confiou em mim. Eu senti que você estava me tratando como uma parceira, como se estivesse envolvida naquilo tudo...

— Não, não, não, Maria Cláudia — interrompeu Max. — Nunca deixaria você se envolver com o que aconteceu ontem. Eu não quis andar no seu carro hoje nem quis fazer as comprar em lugares em que você é conhecida, exatamente para você não ser vista comigo. Até aqui, no hotel, tomei o cuidado de evitar que você viesse comigo para não ter que abrir ficha sua na recepção....

— Eu sei disso tudo, Max. Eu estou percebendo. Mas não é disso que estou falando. O que estou querendo dizer é que você confiou em mim, ontem, quando devolveu minhas roupas; foi no carro comigo buscar o meu telefone celular para eu ligar para minha mãe; quando telefonou para seus amigos, falando o endereço e quando pediu para te deixar na rua, ontem à noite. Depois que você devolveu minhas roupas, eu poderia ter tentado alguma coisa. É verdade que você poderia ter me dado um tiro, feito algum mal a mim. Depois que te deixei, poderia ter denunciado você à polícia, indicando o endereço da casa. Eu sabia o endereço...

— Mas você não fez — concluiu Max.

— ... e é por isso que estou aqui, Max. Eu fui protegida a vida inteira, tanto para não ser assaltada quanto para não ser sequestrada. Um ladrão, um sequestrador sempre foi, para mim, a representação de todos os males. Ontem, no entanto, diante de você e vendo a notícia da televisão, senti que, ao invés do mal, eu estava diante de um homem que, mesmo depois da violência e do constrangimento de me mandar tirar a roupa, soube me explicar por que estava fazendo aquilo. Soube me acalmar. Mudou o jeito de falar. Foi gentil comigo. E, no final de tudo, confiou em mim e continua confiando, tanto que estou aqui.

Maria Cláudia parecia confusa. Ansiosa. Gesticulava as mãos. Falava rápido. Max a ouvia com atenção. Procurava entender o que Maria Cláudia queria com ele.

Ela continuou:

— Não é nada disso o que eu quero falar para você.

Respirou fundo. Acalmou-se. Suas expressões tornaram-se leves, expondo os traços e o porte da mulher bonita, fina e educada que era. Continuou a conversa. Serena, às vezes com a expressão triste, falou a Max dos dias difíceis e sofridos que tinha passado nos últimos meses, quando voltou para a casa dos pais. Comentou alguma coisa de seu casamento. Uma experiência vazia. Sem sentido. Rememorou algumas passagens da adolescência e da infância. A proteção familiar. Exaltou-se nessa memória. Compreendia os cuidados dos pais. Não compreendia, no entanto, ter deixado de fazer coisas que queria em nome de uma obediência cega. Cresceu assim. Uma mulher obediente.

— Foi aí, King, que pela primeira vez ouvi alguém me falar que para fazermos a nossa própria escolha para a vida, sofremos e experimentamos a dor da culpa por desobedecermos a nossos pais. Pronto. É isso que me trouxe aqui.

As expressões de Maria Cláudia brilhavam. Revelando questões tão íntimas de sua formação, para um desconhecido, ela experimentava um sentimento de intensa alegria provocada pela consciência de seu renascimento existencial.

— Eu sei o que você está dizendo, Maria Cláudia, você está querendo ser aquilo que você é. Obedecer a si mesma e mandar um foda-se para todo mundo. Max interrompeu-se. A expressão vazia de sua face, sugada pela compreensão de seu mundo interior, parecia voltada para o seu próprio passado. — Pausadamente, com vigorosa segurança, continuou:

— Para sermos o que nós queremos ser, é preciso saber o que queremos. Mas, para isso, Maria Cláudia, é preciso muita coragem...

— Coragem? — interrompeu Maria Cláudia. Como você acha que eu segurei a barra ontem, o dia todo, com suas ameaças? E hoje, de manhã? Entrar naquela casa e enfrentar todos os seus amigos, enfiando o revólver na minha cabeça, dizendo que iam atirar em mim? E estar aqui, agora, falando de mim, para você? O que é isso senão coragem?

— Não é dessa coragem que estou falando, Maria Cláudia. Ontem, você não agiu com coragem. Você agiu com inteligência. Aplicou os seus recursos pessoais para administrar a situação de perigo. Na verdade, você, ontem, jogou o jogo e soube jogar bem. Mostrou que tem jogo de cintura. Soube perceber que só se aliando a mim você poderia sair daquela situação numa boa. Isso é inteligência. É saber usar seus recursos pessoais. Você é uma garota muito esperta...

Maria Cláudia, continha o entusiasmo que a fala de Max provocava. Nunca soube, por ninguém, que era inteligente, que tinha recursos pessoais para lidar com o perigo e que, além de tudo, era uma garota esperta. A lembrança, no entanto, de suas desilusões e dos últimos meses que ficou enfiada na casa dos pais quebravam o encanto das palavras de Max.

— Mas, coragem, Maria Cláudia, é outra coisa. É atender a vontade que vem de dentro da gente. É saber o que estamos fazendo e o que queremos disso. Não é uma coisa fácil, pois nem sempre o que queremos fazer tem a concordância dos pais, dos irmãos, dos parentes, dos vizinhos e dos amigos. Lembro que quando tinha dezesseis para dezessete anos, meus pais queriam que me preparasse para o vestibular. Eu queria ficar com meus amigos. Roubava carros para dar um *rolê* pela cidade. Teve uma hora que tive que fazer a escolha: ouvir meus pais e estudar para ser médico ou ficar com meus amigos. Eu fiz a minha escolha. Fiquei com a vida bandida. Mas não é fácil. É muito sofrimento. Culpa por contrariar os pais. Ainda hoje é ruim. Quando volto para casa, eles ficam me cercando, como se quisessem perguntar o que eu faço. Parece que estou traindo eles. Só quando saio de lá, do bairro e deixo tudo para trás é que me sinto aliviado. No meu mundo eu sou eu, pois foi isso que eu escolhi para mim. Não tem volta e, sabe por quê? Porque é isso que eu sei fazer e é disto que eu gosto. O resto é o resto.

Maria Cláudia absorvia cada palavra. Compreendia o impulso que a trouxera ali. Era um ato de sua vontade. Compreendia, no entanto, que contrariar tudo e todos, ir ao encontro de um homem desconhecido, entrar numa casa e enfrentar um bando de assaltantes de banco, como fizera naquela manhã, era só um ato de coragem. *E a escolha? O que é uma escolha? Certamente não é ir atrás de gente desconhecida e enfrentar um bando armado de assaltantes.*

Max percebeu o silêncio de Maria Cláudia.

— Você mudou. Eu falei alguma coisa que te chateou?

— Não, não, King. Eu não estou chateada. Estou pensando no que você falou. Estou um pouco cansada. Preciso ficar um pouco só. Eu vou embora. Podemos nos ver amanhã?

— Claro. Eu vou ficar mais uns dias aqui. Estarei sozinho. Vem amanhã cedo que a gente toma café juntos e depois você vai comigo retirar o terno que ficou para ajustar.

— Está bem. Às nove horas. É bom horário?

— Te espero às nove.

Levantaram-se. Max acompanhou Maria Cláudia até a porta e até o elevador.

Despediram-se. Max, gentil, desejou um bom final de tarde e cuidados no retorno.

17

Olhou para o relógio. Dezesseis e trinta. Ainda havia tempo para trabalhar. Precisava tirar as malas de dinheiro do quarto. Precisava trocar parte para entregar aos parceiros, como combinado. Leu as instruções coladas no aparelho de telefone pousado sobre o criado mudo. Decidido, discou zero. Com o sinal liberado, foi discando os números guardados na memória. Uma voz feminina, educada, porém, com firme empenho profissional, atendeu:

— Crédito e Investimento Ofek, boa tarde.

— Boa tarde — respondeu Max, automaticamente. — Eu queria falar com o Sr. Yonatan Bar.

— O seu nome, por favor, senhor — perguntou a atendente.

— Diz para o Sr. Yonatan que é o King. Ele sabe quem é — respondeu com a segurança de quem não quer ser indagado.

— Um momento, por favor — acatou a atendente.

Em alguns segundos uma voz afável, de um homem maduro, reveladora de intimidade, ecoou no aparelho, com o seu inconfundível sotaque:

— E aí, Max, de onde você está falando?

Yonatan ben Bar, o Judeu, como era conhecido no submundo do crime.

— Oi, Seu Yonatan — respondeu Max, não ocultando o sentimento de respeito e alegria pelo reencontro. — Estou falando aqui mesmo de São Paulo.

Lembranças de um tempo longínquo tomaram conta de Max. Cooptado por uma quadrilha de ladrões de carro, pelas mãos de seu amigo Muzamba, passou a levar os veículos roubados para o Paraguai. Foi lá, logo que completou dezoito anos, que conheceu a figura de Yonatan Bar, o Judeu. Passava dos quarenta anos quando o viu pela primeira vez. Homem alto, pele clara, olhos azuis e cabelos ruivos, sempre bem aparados. Falava várias línguas. O castelhano, quando conversava com os paraguaios, bolivianos e colombianos. Português, quando falava com os brasileiros, chefes da quadrilha de Max, que iam para o Paraguai tratar de assuntos com os compradores dos carros roubados. Ao telefone, Max ouviu Yonatan falar várias outras línguas, que nunca tinha ouvido, nem fazia ideia de qual a sua procedência, com a exceção do inglês, que Max tinha uma noção avançada.

A condição de puxador de carro, como era conhecida a sua atividade, não lhe permitia participar das conversas com os chefes do negócio, nem saber do que tratavam. Por ser jovem e gostar daquela aventura, era o único que fazia quase duas viagens, por semana, de São Paulo a Capitán Bado, no Paraguai, levando, em viagens alucinadas, por atalhos de estradas clandestinas, para escapar das rondas da polícia rodoviária, os carros e caminhões roubados. A presença contínua de Max, no galpão da fazenda de Capitán

Bado, aproximou-o dos chefes paraguaios, receptadores dos veículos roubados no Brasil e do próprio Yonatan Bar.

Não demorou, passou a ser levado pelos chefes a jantares e festas regadas com bebidas caras e recepcionadas por mulheres que se encarregavam de alegrar os eventos. Yonatan Bar estava sempre presente. Bem-vestido e discreto, distinguia-se. Foi nos almoços e jantares realizados em restaurantes controlados pelos chefes das quadrilhas paraguaias que Max conheceu a função de Yonatan naquelas engrenagens criminosas. Era o financista de todas as operações ilegais. Sua rede de contatos se estendia aos Estados Unidos, América Central e países da Europa, de onde realizava as operações de pagamento local ou remessa de valores de suas contas bancárias, em Zurich, às margens da Bahnhofstrasse, onde gostava de passear na época da primavera.

As viagens não eram só de passeio para Yonatan Bar. Aproveitava, também, para atualizar, pessoalmente, as conversas com os banqueiros suíços e os donos das empresas especializadas em investimentos, que representavam os detentores de fortunas pessoais esparramados pelos quatro cantos do mundo. Yonatan Bar, sem dúvida, era uma dessas pessoas. Sua fortuna pessoal, entregue à administração daqueles bancos e empresas especializadas em investimentos, já sinalizava a possibilidade de se chegar à marca do bilhão, representado por euro, dólar americano e franco suíço, incluindo moedas brasileiras, paraguaias, bolivianas e colombianas.

Mas, a agenda de Yonatan Bar não se esgotava naqueles encontros oficiais, ocorridos em salas reservadas dos bancos suíços e das empresas de investimento.

Caminhando pelas ruas, nas margens do grande lago ou do rio que banhava a cidade, ou em restaurantes, saguão de hotéis ou bares, Yonatan Bar recebia seus parceiros, vindos de vários pontos do mundo, em viagens pré-agendadas. Atualizava novas formas de legalização do dinheiro, que era canalizado para os bancos suíços, abertura de novas fontes fornecedoras de armamento e de logística para a entrega em qualquer país da América do Sul e América Central, bem como a identificação de novos distribuidores da pasta pura ou da cocaína já processada.

Yonatan Bar não comprava nem vendia armamentos. Muito menos comprava, vendia ou distribuía qualquer entorpecente. Apenas coletava as informações junto aos seus parceiros, sediados em vários pontos do mundo, para oferecê-las aos chefes do tráfico de armas e entorpecentes, assegurando, no entanto, para si, a intermediação e a realização financeira do negócio. Era isso o que fazia o Judeu.

Essas lembranças, que se passaram numa fração de segundos, foram imediatamente interrompidas pela voz estimulante de Yonatan:

— Que bom, Max! Tanto tempo. Temos algum bom negócio para ver? — perguntou, pois conhecia o vigor, a ousadia e a disciplina de Max.

— É por isso que estou ligando para o senhor. Precisamos conversar. Como estou hospedado num desses apart-hotel, gostaria de resolver logo isto para cair no mundo....

— Você está carregado? — perguntou Yonatan.

— Esse é que é o problema. Tá tudo aqui comigo. Será que a gente pode se ver ainda hoje?

— Não. Hoje não dá. Tenho um compromisso em casa....

Max não deixou Yonatan concluir.

— Compromisso de casa não tem jeito, é cumprir e cumprir.

— Essas coisas não tem jeito. Mas amanhã, à hora que você quiser, podemos nos ver — Yonatan falou afirmativamente.

— Seu Yonatan, deixe perguntar uma coisa para o senhor. Quem sabe o senhor pode me ajudar. Como eu estou carregado aqui, tem como mandar alguém, ainda hoje, tirar a pacoteira?

— É muita coisa? — perguntou Yonatan.

— É. Um pouco. Três malas grandes, mas cabem numa van — respondeu Max.

— Eu vou mandar retirar, agora. Me dá o endereço.

O almoço do dia seguinte já estava agendado. Restaurante de hotel. População flutuante, com baixo risco de Yonatan encontrar gente conhecida. O homem de confiança de Yonatan passaria a qualquer momento, dali para a frente. A combinação era que, antes de chegar, o homem ligaria para o apartamento. Max desceria até a garagem do apart-hotel, franqueada ao público e subiria, diretamente para o quarto, com o mensageiro de Yonatan, sem passar pela portaria, para evitar qualquer registro de visitante.

18

Nove horas. O interfone tocou. Era a recepcionista anunciando a presença de Maria Cláudia.

— Pode subir. Muito obrigado — autorizou Max.

Tinha acordado mais cedo. Aproveitando-se dos folhetos solicitou, pelo serviço de entrega, uma cesta de pãezinhos diversificados, anunciados por uma confeitaria, além de fatias de queijo fresco, para duas pessoas, com a recomendação de que a cesta ficasse vistosa para despertar o apetite.

Havia, também, feito o pedido para a cozinha, que preparasse água, café, leite, geleia e frutas, para serem servidas às nove horas e dez minutos, daquela manhã.

Enquanto aguardava a subida de Maria Cláudia, interfonou para a cozinha autorizando o serviço de quarto.

Não demorou muito, após a chegada de Maria Cláudia e do serviço de quarto, estavam os dois sentados à mesa, arranjada pelo atendente que, aplicando suas habilidades profissionais, soube dispor os talheres, os pratos, os aparelhos do café da manhã com a cesta de pães, frutas de maneira sofisticada, estimulando os comensais àquele desjejum.

A conversa amena, de ambos, gravitou em torno do encanto provocado por esses arranjos da mesa e qualidade diferenciada do sabor e aspectos dos alimentos, além da beleza da porcelana das xícaras e dos talheres. Mas Max estava focado em seus compromissos do dia, buscar o terno e o almoço com Yonatan Bar.

Passava das dez horas da manhã, quando anunciou:

— Maria Cláudia, precisamos buscar o terno. Depois, eu tenho um encontro com um amigo, lá pela uma hora da tarde, e depois vou retornar aqui, fechar a conta, e me alongar para algum esquisito por aí.

— O que significa alongar para algum esquisito? — indagou Maria Cláudia, sorrindo, por desconhecer aqueles significados.

— Alongar é sair daqui, de São Paulo, e esquisito é um lugar onde ninguém me conhece ou perceba a minha presença. É como me esconder sem estar trancado numa casa ou no mato. Estou pensando em ir para uma praia, pois nesses lugares sempre está saindo e chegando gente, de forma que ninguém fica conhecendo ninguém.

Maria Cláudia nunca tinha ouvido a expressão alongar--se para algum esquisito. Por mais que tentasse encontrar alguma associação para a frase jamais concluiria o esclarecimento dado por Max. Querendo ajudá-lo, ofereceu:

— Você pode ir para Maresias ou Paraty. Eu tenho casas lá. Talvez Paraty seja melhor ainda para esse esquisito que você está falando, pois a minha casa em Paraty não fica na cidade. Está fora, quilômetros depois, numa chácara, à beira mar. Depois que se entra lá, ninguém sabe quem está na casa. Só o caseiro e a família dele. Mais ninguém. Não precisa nem de carro, pois tem um píer e de lá é só pegar o barco e voltar para a cidade ou ir para as praias das ilhas.

Max, olhando sério para Maria Cláudia, respondeu:

— Você precisa saber que não sou, nesse momento, uma boa companhia. A polícia e os bancos devem estar querendo saber quem fez aquilo ontem. Se eu for encontrado com você numa casa da sua família nem você nem seus pais terão como explicar. Por outro lado, não conheço seus pais. Não saberia conviver com eles. Ficaria muito constrangido. Eu sei que aceitar esse convite é muito seguro e cômodo, mas não quero te envolver nas minhas coisas. Quanto menos pessoas eu conviver por esses dias é melhor. Eu sou, nesse momento, muito perigoso para você.

— Eu tenho consciência disso, mas Paraty, para você, nesta hora, é um lugar muito seguro e, se você decidir, iremos somente você e eu. Meus pais nem moram nem estarão por lá. Por outro lado, King, preciso dizer que estou passando por um momento diferente na vida. Parece que estou precisando reaprender um monte de coisa. Espantar meus medos. Discutir essas coisas sobre individualidade, escolhas... de antes de ontem para hoje, passei por horas de muito medo, mas, é verdade, que experimentei momentos de uma alegria nunca sentida. Uma alegria íntima, de vitória, de afirmação, de coragem que parecia que não tinha antes. Se, no primeiro momento, você me aterrorizou muito, durante a nossa convivência, ainda que forçada, você falou coisas como escolhas, limites, como lidar com a culpa, que às vezes sentimos, que me estimularam a pensar sobre isto. Essa é a motivação que me conduziu àquela casa, ontem, e me fez retornar hoje para esse café da manhã, que, por sinal, estava maravilhoso. É por isso que eu gostaria que você aceitasse ir para Paraty pois, assim, eu iria junto e continuaríamos essa conversa que pode ser importante nessa busca que estou fazendo de mim mesma.

— Não sei, não, Maria Cláudia. Mas se você diz que é seguro...

— Então está bem, vamos sair amanhã cedo, porque hoje, até você voltar do seu compromisso e eu, ir para casa, avisar que vou passar uns dias fora, arrumar as coisas, não vai dar tempo. Daqui a Paraty vamos gastar pelo menos umas cinco ou seis horas, por isso é melhor sairmos amanhã cedo e irmos com calma, sem hora para chegar.

— Se é assim, vamos embora. Vamos começar a alongar amanhã cedo — disse Max.

Desta vez, foi Maria Cláudia que apresentou uma expressão séria, revelando grande preocupação, dizendo:

— King, acho que não devemos levar as malas. Eu não gostaria de andar com elas nem ficar com elas na casa de Paraty. Eu não vou ficar bem com elas por perto. Dá medo, por mim e por meus pais.

— Já mandei prá frente. Tô limpo. Agora é ficar quieto no esquisito e esperar o tempo passar. Sem problemas.

— Vamos buscar seu terno e aproveitar para comprar umas bermudas, calções de banho, camisas, camisetas e chinelos, pois você não tem nada disto, afirmou, assumindo o comando daquela operação de "alongar-se para o esquisito".

Após as compras, Maria Cláudia arrumou a mala de viagem de Max, enquanto aprovava o contraste dos punhos da camisa com as mangas do paletó, o perfeito ajuste do colarinho, nó da gravata, e o correto caimento da bainha sobre os sapatos, novos e lustrosos.

Max estava pronto para o almoço. Maria Cláudia acabava de fechar o zíper da mala de viagem de Max, para o dia seguinte, deixando fora, apenas, as roupas e um tênis.

Antes de saírem do quarto, combinaram o mesmo horário para o mesmo café na manhã do dia seguinte.

19

A imponência e sofisticação refletida no saguão do hotel, expondo os efeitos do projeto arquitetônico e da boa decoração do ambiente não inibiram Max. Com passos seguros, atravessou aquele espaço em direção à recepção.

— Boa tarde, vou ao restaurante Centenário. Tenho um horário agendado com um amigo. Como faço para chegar lá? — perguntou Max.

— Boa tarde. O restaurante fica no 6º andar. O senhor siga em frente, até os elevadores — disse a recepcionista, apontando o caminho. — No 6º andar, à sua direita fica o bar e à esquerda o restaurante. Tenha um bom almoço e uma boa estada conosco — despediu-se a recepcionista com um sorriso.

Antes que terminasse a água que havia pedido, Max viu Yonatan chegar à porta. Levantou-se, rapidamente, indo ao encontro do amigo que já vinha com os braços abertos e um largo sorriso. Max, gentilmente, conduziu Yonatan à mesa, não escondendo, em seus gestos, apreço e respeito ao amigo, nitidamente, mais velho.

A conversa entre ambos foi a retomada de fatos pitorescos do passado, quando se conheceram nos galpões em que Max, pilotando carros roubados em São Paulo, os entregava em Capitán Bado, no Paraguai, nos restaurantes e nas festas, realizadas em alguma fazenda dos quadrilheiros, muita música ao vivo e muita mulher bonita que traziam dos grandes centros, em seus aviões particulares.

Yonatan, repetindo o que já dissera muitas vezes, via Max como um menino que, em sua ingenuidade, narrava fugas espetaculares das polícias de estrada, pilotando o *cabrito*[1], por estradas secundárias atravessando fazendas e outros caminhos que só ele conhecia.

Antes de irem para o restaurante, Yonatan informou:

— Recebi as malas. Faltavam uns quebrados para os 20.

Max adiantou-se:

— Foi o que tirei para a rapaziada e para minhas despesas desses dias, que vou ficar por aí...

— Sem problema, King, é coisa pequena. Como estou precisando disso, em espécie, vamos considerar, para devolução, o total dos 20 mesmo. Essas malas vieram em boa hora, para mim. Quando você vai precisar da devolução total da grana?

— Sem pressa. Daqui a uns 20 dias, que é quando vou iniciar o contato com a rapaziada, eu vou precisar de uns 200 mil em notas usadas, que não podem ser dessas aí. Daí para a frente, vou saber quando precisar do resto. De qualquer forma, 60%, os doze milhões, o senhor pode acertar no seu tempo e pode ser em dólar ou euro, até para não fazer muito volume. Essa será a minha parte. Assim não tem pressa — informou Max.

[1] carro roubado

— Ok — disse Yonatan, prolongando a pronúncia daquela pequena palavra, com o olhar perdido no espaço, fazendo um cálculo mental, para em seguida, retomar o melhor da sua expressão:

— 200 mil daqui a uns 20 dias. 7.800.000 você vai me dizer a data depois desses vinte dias e 12.000.000 para depois, sem data aprazada. Confere? Max assentiu com um gesto de cabeça. No mais tardar, King, em dois meses estou liquidando a sua parte, em dólar e euro. Fechado?

— Fechado, Seu Yonatan. Se é bom para o senhor é bom para mim. Se o senhor precisar de mais tempo não tem problema, porque não vou precisar desse dinheiro — respondeu Max.

Yonatan movimentou-se na cadeira, aproximando-se de Max, até que seu braço alcançasse as suas costas, para bater levemente, sem a pronúncia de qualquer palavra, em sinal de agradecimento pelo reconhecimento da confiança, da reafirmação da amizade e da consolidação da aliança entre eles.

—Vamos deixar os negócios pra lá — disse Yonatan, informalmente. — Tá na hora de comermos alguma coisa. Vamos para o restaurante.

O que não faltava para os dois era tempo e dinheiro. Enriquecidos e disfarçados em roupas finas, bem cortadas, revelando o bom gosto, mostravam, também, que haviam aprendido a frequentar espaços sociais insuspeitos, como aquele sofisticado restaurante. Yonatan Bar, com seu sotaque, traços pessoais e cultura européia, confundia-se com os turistas e homens estrangeiros de negócios que se hospedavam no hotel. Max, trajando as roupas finas escolhidas por Maria Cláudia, que tinha refinada leitura social, aplicava, disciplinadamente, as regras da etiqueta social ensinada por sua mãe, que preparou o filho com conteúdos e modos sociais que serviriam de ponte para a travessia da periferia para os grandes palcos da cidade, para exercer uma atividade respeitável. O destino, entretanto, cumprindo o mistério da vida, mesmo preservando os conteúdos e os modos, deu rumo diferente para a vida de Max.

O maître-d'hotel, os garçons, os hóspedes e demais frequentadores do restaurante não podiam imaginar que, entre eles, estavam um financiador e colaborador do crime organizado nacional e internacional e o homem que havia planejado e participado do ousado assalto numa das principais avenidas da cidade, dois dias antes, que ainda ocupava a pauta de todos os noticiários e a agenda dos vários órgãos governamentais e dos banqueiros da cidade.

Yonatan assumiu o comando dos pedidos. Embora Max se comportasse com desinibição naquele ambiente sofisticado, não tinha, entretanto, conhecimentos sobre o cardápio oferecido pelo restaurante que, como era conhecido, praticava a alta gastronomia. Desincumbindo-se da função, Yonatan interagiu com Max e o garçom, tanto na escolha do prato quanto dos acompanhamentos, destacando a combinação dos sabores e textura dos alimentos, obtendo a aprovação de Max e do garçom que sentiu estar na presença de um refinado gourmet.

Servidos os pratos de entrada, que já prenunciavam a riqueza gastronômica do almoço, o maître veio à mesa, certamente avisado pelo garçom, para elogiar Yonatan e Max pelos pedidos. Almoço longo. Suspiros de aprovação. Manuseio dos talheres. Degustação. Gestos delicados e suaves do guardanapo aos lábios. Goles intercalados do bom vinho. Harmonização dos sabores. Conversa animada. Lembranças de reuniões, fatos criminosos e parceiros ausentes. Sorrisos de cumplicidade. Intervenção dos garçons. Troca de pratos e talheres após entrada, prato principal e sobremesa. Renovação do serviço do vinho, águas e acompanhamentos. Retorno à conversa animada. Alegre. Fluida. Às vezes, quase cochicho. Segredos de uma vida errante ou intimidades não dizíveis publicamente. Repetição das rodadas de água e cafés.

A tarde avançou. Poucas mesas ainda ocupadas por outros frequentadores. A luz do sol, da visão panorâmica, prenuncia a chegada do fim da tarde. Hora de pedir a conta. Max encarregou-se da obrigação. Pagamento em dinheiro. Notas novas e graúdas. Hora da gorjeta. Breve discurso de reconhecimento pelos serviços. Valor exacerbado. Quase igual ao valor da despesa principal. Surpresa e alegria dos garçons. Novos gestos e palavras de agradecimento, com mesuras e gestos reverenciosos.

20

Cabelos desalinhados. Camisa, de mangas compridas, colorida. Múltiplas estampas. Colarinho aberto. Gravata monocromática, afrouxada. Mangas dobradas. Calça jeans. Na cintura, o cabo do revólver. Sapatos esportivos. Ainda jovem. Quarenta e cinco anos, mais ou menos. Estatura média alta. Corpo bem delineado. Paletó sobre o espaldar da cadeira. Cor vinho. Fios finos, amarelo e azul claro, desenhavam pequenos quadrados. Na face, olhos claros. Argutos. Sorriso ora afável, concorde, ora cínico, duvidoso. Voz audível. Palavras bem pronunciadas. Frases diretas, invasivas, indiscretas. Às vezes, ameaçadoras.

O delegado geral de Polícia.

No início da carreira, aprendeu com os tiras mais velhos que, primeiro, prendia-se o suspeito e, a partir dali, iniciava-se a busca do crime cometido. Escondido atrás de sua função, submetia suspeitos de crimes a sessões de humilhação, maus-tratos e a toda sorte de violações de direitos e garantias individuais, sempre em busca de uma confissão. Quando a obtinha, passava o caso para o Cartório da Delegacia, entregando o suspeito ao Escrivão que se encarregaria de formalizar a autoincriminação, pouco se importando se o fato confessado era verdadeiro ou uma forma de estancar o sofrimento.

O caso estava solucionado!

Não ocultava, nessas oportunidades, uma sensação de desprezo por esses bandidos "confessos", como se esperasse deles uma resistência olímpica, capaz de suportar as humilhantes e intermináveis sessões onde eram espancados, meticulosamente, para não deixar as marcas da tortura.

Havia ingressado na Polícia, como investigador, ainda muito jovem. Aos vinte e um anos.

Entusiasmou-se, pessoal e existencialmente, pela nova profissão.

No ano seguinte, prestou exame vestibular para ingresso no Curso de Direito. Tinha sonhos elevados. Elegeu, como opção única, a mais antiga Faculdade de Direito de seu Estado.

Aprovado, viu-se envolto por um novo mundo, compartilhado por jovens transbordando sonhos, esperanças e crenças que prometiam transformar o mundo.

No caminhar desse início da vida universitária, não tardou o bater, à sua porta, da primeira crise existencial, que nunca mais se afastou, por toda a vida.

Não prender um colega da faculdade por uso de substância entorpecente, fechar os olhos para pequenos furtos de objetos em restaurantes, levados como lembrança, ou o não pagamento das despesas feitas em bares ou na cantina do Centro Acadêmico não eram problemas com que se devesse preocupar.

O conflito existencial tomou vulto na relação que passou a estabelecer entre a sua condição de investigador de polícia e os conhecimentos adquiridos no próprio curso de Direito.

Enquanto aprendia que o crime é um fenômeno inerente a todo agrupamento social, competindo ao Estado a sua repressão e prevenção, aprendia, também, que o suspeito ou o autor evidente da prática do delito, quando submetido à investigação, era titular de direitos que tinham a sua origem nos históricos das religiões e consolidados na Declaração Universal dos Direitos do Homem.

Não eram privilégios concedidos ao malfeitor. Era o andar da história, produzindo os avanços civilizatórios.

Algum professor, falando sobre a investigação criminal, chegava a dizer que o suspeito do crime era absolutamente secundário ou meramente coadjuvante na busca do esclarecimento do fato. A relevância do suspeito, para o professor, no curso da investigação criminal, residia em dados individualizadores, como a cor e tipo dos cabelos, cor dos olhos, da pele, a estatura, sinais particulares como tatuagens, cicatrizes, defeito físico, modo de andar, timbre da voz, idade, local de nascimento, grau de escolaridade, profissão, meio social frequentado, além de outras características sociais e físico-biológicas, como impressões digitais, tipo sanguíneo, arcada dentária e tantas outras peculiaridades que poderiam ser objeto de perícias, fossem na busca da identificação de uma vítima ou de um suspeito da prática de crime.

Enfatizando a relevância das perícias, na investigação criminal, o professor reproduzia a expressão que se já havia celebrizado nos meios forenses "Na cena do crime e na investigação criminal os indícios, as circunstâncias e as provas falam", numa crítica evidente às práticas policiais que partiam do ponto exatamente oposto, do suspeito para a descoberta do crime.

Espremido entre as práticas aprendidas na polícia e as teorias lecionadas no curso de Direito, as certezas daquele jovem estudante e investigador de polícia começaram a se desconstruir.

A lembrança de suas ações, na polícia, gerava, agora, um silencioso constrangimento. Mais constrangedor, ainda, era a possibilidade de compreender, pelo avanço de sua formação jurídica, as motivações dos grupos sociais organizados, incluindo o meio universitário, de defesa dos Direitos Humanos que, em suas ostensivas manifestações, pareciam subverter o entendimento pelo qual perigosos bandidos, que punham em risco a segurança pública, se tornassem reféns de uma polícia violenta e autoritária.

A memória de outras práticas policiais potencializava o conflito, pois, embora delas não tivesse participado, nunca, entretanto, as havia denunciado, como os "acertos" policiais com bandidos para minimizar o alcance da investigação, desconstruindo flagrantes, alterando depoimentos, suprimindo provas materiais, soltando os bandidos presos, impossibilitando, definitivamente, a apuração da autoria do caso, mediante recebimento de dinheiro ou do próprio produto do crime.

O aprofundamento do estudo jurídico estimulava o conflito. As teorias jurídicas, embasadas em estudos filosóficos, sociológicos e do próprio Direito Natural, sinalizavam caminhos diferentes para as práticas exercidas por ele e sua equipe, tanto em relação aos suspeitos quanto aos meios utilizados nas investigações.

Não sabia mais se continuava o curso ou se pedia exoneração do serviço público. Entretanto, não fez nenhum nem outro. Seguiu o seu caminho tentando conciliar o conflito que, na prática profissional, mostrou-se, definitivamente, inconciliável.

Pragmático, pôs limite aos excessos praticados na investigação criminal e nas teorias libertadoras do Direito Penal, sustentadas por advogados, alardeadas pela imprensa, grupo organizados de defesa dos direitos humanos e até partidos políticos.

Na ampla sala, o delegado geral da Polícia preparava-se para receber os diretores dos bancos e da transportadora de valores, assaltados por King e seus comandados.

Ouviu o leve bater à porta. Era a secretária anunciando a chegada de todos. Pediu a ela que os introduzisse à sala e que solicitasse o serviço de água, café e acompanhamentos.

Levantou-se da cadeira e dirigiu-se à porta da sala para recebê-los. Cinco diretores dos bancos e o diretor da transportadora de valores, vestidos em ternos escuros que variavam das tonalidades do preto, azul e cinza, realçados por finas gravatas, ajustadas ao colarinho, em nós bem delineados, que caíam sobre as camisas monocromáticas, que traziam bordadas no bolso, as iniciais de seus nomes, indicando a exclusividade dos feitios, costurados por hábeis camiseiros e alfaiates que atendiam aquela classe social abastada, contrastando com os ternos e camisas feitos em série e vendidos nas grandes lojas de moda masculinas, trajados pelos delegados de polícia que também participariam da reunião. Após os cumprimentos, o delegado geral, a despeito da aparência informal de suas vestes coloridas, com a gravata afrouxada e punhos arregaçados, mostrou o seu lado formal e educado, conduzindo com gestos, palavras gentis e bem-humoradas, para a mesa de reunião, onde poderiam, com maior conforto, fazerem a troca dos cartões e apreciarem o café.

O café não descontraiu os executivos. Silenciosos, porém, atentos, revelavam visível ansiedade para iniciarem a discussão. Percebendo a expectativa, o delegado geral, depois de apresentar os demais delegados de polícia, também convocados para a reunião, assumiu o comando:

— Bem, vamos começar a nossa reunião. Eu a convoquei, primeiro, para participar aos senhores, do setor financeiro, a indignação e a preocupação do governo com esse bárbaro, ousado e inaceitável assalto ocorrido na agência bancária de uma das principais avenidas da cidade. Se os senhores foram atingidos no patrimônio e na própria segurança dos funcionários e dos negócios, o Estado foi atingido na sua própria autoridade ...

O delegado geral fez repassar a cada um a cópia do ofício que recebeu, em que constavam os seguintes despachos do governador e do secretário da Segurança Pública:

"Senhor Secretário. Os fatos ocorridos nesta manhã, na Avenida Paulista, são inaceitáveis. Determino a imediata tomada de todas as providências legais e necessárias visando a identificação e, se for o caso, prisão dos autores desse bárbaro e escandaloso assalto. Data supra...". No verso do ofício, em papel timbrado do governo, havia o seguinte despacho do secretário da Segurança Pública:

"Nesta data. Ao delegado geral, URGENTE, para cumprimento da determinação do Senhor Governador, conforme despacho lançado no rosto deste ofício. Diante da peculiaridade do caso, solicito à Vossa Senhoria informação diária sobre a condução e fatos apurados por essa Delegacia Geral, relativos ao evento em tela, para subsidiar o Sr. Governador ou essa Secretária de Governo em caso de eventual solicitação de entrevista pela imprensa".

O delegado geral aguardou que todos lessem o documento e continuou:

"...de ontem para hoje, enquanto aguardo alguma resposta do aparato policial da cidade, que pode, a qualquer hora, prender ou obter alguma informação sobre o assalto de ontem, convoquei os delegados aqui presentes, meus colegas, para iniciarmos a discussão do caso visando a elaboração de um plano estratégico para nortear a investigação. Como os senhores sabem, todo plano estratégico é sigiloso, porém, pela perda do dinheiro e experiência em roubos anteriores que os senhores já vivenciaram, eu achei importante convidá-los não só para expor a preocupação do governo com o fato, mas também para abrir um canal de comunicação com os senhores e eliminar qualquer entrave no fluxo de informações que será necessário entre nós, no curso das investigações. O fato já está consumado. Ninguém foi preso e conseguiram levar todo o dinheiro. E é por isso que não vamos pôr a polícia na rua à procura de quem nem sabemos quem é. Esse é um caso que vai exigir inteligência. Daí a necessidade da elaboração de um plano estratégico e formação de um quadro composto por pessoas qualificadas, conhecedoras e dispostas para a coordenação e execução dos atos investigatórios. Hoje é o marco zero dos nossos trabalhos e estamos abertos a colaborações e sugestões".

Os executivos dos bancos e da transportadora de valores, já descontraídos, agradeceram a participação naquele evento, parabenizando a iniciativa, colocando-se à disposição do delegado geral e do colegiado para a providência de documentos, suporte para toda e qualquer necessidade, inclusive as de ordem financeira. Aproveitando a transparência e franqueza com que o delegado geral conduzia a reunião, os executivos dos bancos, no afã de melhor contribuírem para o sucesso da investigação, sinalizaram a possibilidade de disponibilizarem seus homens de segurança pessoal, treinados por aparatosas agências de inteligência internacional que combatem tanto na prevenção quanto na repressão e destruição de células terroristas, que atuam no mundo moderno, o que os tornam em exímios conhecedores das tramas de ataque e defesa além das armas e tecnologias usadas nesses combates. Entusiasmados com o discurso e com as qualificações de seus homens de segurança, os executivos dos bancos evoluíram nas projeções para a investigação, passando, agora, a defender a possibilidade de desenvolverem a própria investigação, repassando os resultados para o delegado geral e sua equipe para a formalização dos documentos em papéis e práticas públicas para evitarem a identificação de qualquer ilegalidade.

Não se ocultava, nas falas dos executivos, o desejo ambíguo, dissimulado, não declarado, mas que, submetido a uma interpretação razoável, levava à conclusão de que queriam que, senão todos, os organizadores do assalto fossem justiçados antes do término das investigações, como demonstração da pronta e rápida ação do Estado.

O delegado geral ouviu atentamente. Obviamente, aquela pretensão era extremamente agressiva, pois implicava numa inversão de valores inconcebível, delegar ao particular uma função pública essencial do Estado, no caso, a investigação criminal. Teve de controlar as emoções. Embora conseguisse manter o semblante impassível, mentalmente as indagações que eram possíveis extrair daquela reunião faziam fervilhar as suas emoções. *Será que esses caras, por serem os donos do dinheiro, acham que podem tudo? Será que não percebem que estão numa sala do Estado, falando ao delegado geral, que neste momento representa o secretário da Segurança Pública e o próprio governador? Será que pelo fato de eu ser mais novo que alguns, acham que vou me intimidar? Ou pelo fato de me vestir informalmente, acham que estou aqui por política ou porque não estou preparado para responder pelo meu cargo?*

As indagações não paravam, exigindo dele um controle cada vez maior para não deixar transparecer as inquietações.

Não fez nenhuma intervenção, limitando-se, vez por outra, a concordar, mediante acenos de cabeça, mais pela lógica do argumento do que pelo mérito da questão posta, assim permanecendo até o fim da exposição dos executivos dos bancos, quando, então, reassumindo o comando, se posicionou:

— Eu entendi bem a sugestão dos senhores. Tenho conhecimento do preparo dos homens que fazem a segurança dos senhores e do próprio banco. Já estive com alguns deles em outras ocorrências. Conheci, também, alguns trabalhos investigativos realizados por auditorias de bancos, em desvios praticados por funcionários, cujas ocorrências vieram parar na polícia civil. Sem dúvida, são bons trabalhos, mas nesse caso não tenho como aceitar a sugestão dos senhores. Delegar a investigação criminal para o particular é violar princípios elementares da própria organização do Estado. A investigação criminal é o exercício do direito de punir e esta função é do Estado. Portanto, indelegável. Eu posso entender o sentimento dos senhores, vítimas desse assalto ousado, escandaloso, brutal. Entretanto, nós, policiais, no comando da apuração dos fatos não podemos nos deixar contaminar por esse sentimento de perda, mas, sim, o de atingir o nosso objetivo que é o de identificar os autores do crime, colher todas as provas possíveis, fazer a conexão material entre os autores e os fatos investigados, apreender o provento da infração e, uma vez identificado os autores da infração, requerer a prisão preventiva de todos, por sua elevada periculosidade. Concluídas essas etapas da investigação o inquérito será encaminhado ao Poder Judiciário para o regular processamento e julgamento do caso. Qualquer coisa fora deste cenário pode permitir o surgimento de indesejáveis especulações sobre a regularidade institucional da investigação uma vez que este fato está centrado aqui na Delegacia Geral do Estado, sob o meu comando, por ordem expressa do Senhor Secretário da Segurança Pública, com conhecimento do Senhor Governador. Um erro, desta natureza, favorecendo uma parte em detrimento de outra, por delegação da função pública ao particular, num caso que abalou a segurança de toda a população da nossa Capital, pode ter sérias consequências a mim, como a imputação da prática da prevaricação, corrupção e todos os demais crimes praticados pelo funcionário público contra a administração pública, além da exposição política do governador em eventuais ações judiciais de improbidade administrativa que poderá levá-lo à perda do mandato, seja por decisão judicial seja pela via política do *impeachment*. Dessa forma, por questões absolutamente jurídicas e institucionais não tenho condições de atender ao pleito dos senhores, o que não significa, no entanto, um fechamento de portas, pois precisaremos, e muito, dos senhores no fornecimento de informações que poderão nos ajudar tanto no início quanto no curso das investigações.

Com um aceno de mão, um dos banqueiros pediu a palavra:

— Ouvindo as suas razões, me convenço de que o seu posicionamento, além de esclarecedor, é o mais prudente e o mais correto. Certamente por sua formação jurídica e pelo seu envolvimento na administração pública o senhor tem uma visão mais ampla das repercussões que uma investigação criminal pode causar, tendo em vista os vários interesses que nela atuam, assim como das expectativas políticas e sociais do crime, pela sua brutalidade e ousadia, que assustou até mesmo o nosso setor. Temos que compreender que não dá para sobrepormos o nosso interesse particular aos vários outros interesses acumulados neste caso. Nós só oferecemos os trabalhos da nossa equipe de segurança e inteligência porque sabemos do seu preparo e competência, mas devemos concordar com as ponderações do senhor delegado geral — disse, voltando-se para os demais banqueiros que compunham a mesa – reafirmando, no entanto, o nosso maior interesse em colaborar com a investigação, como sugerido pelo senhor.

Um outro banqueiro, mais novo, com idade aparente do delegado geral, pediu a palavra:

— Os meus colegas de setor conhecem o meu posicionamento sobre esta questão público e privado. Entretanto, vou ratificar o meu posicionamento para que eu não insista na violação das minhas convicções. Por essa razão, senhor delegado, quero que o senhor compreenda que a minha manifestação não é, absolutamente, contra o seu entendimento, mas, sim, a prática de um ato de cidadania, da minha parte, em busca do avanço e aprimoramento da autodeterminação da nossa sociedade. O resumo do que penso é o seguinte, o ato praticado por esses bandidos foi brutal, assustador. Pararam na Avenida Paulista, uma das principais vias de trânsito da capital. Humilharam trabalhadores que transitavam pelas calçadas e aqueles que dirigiam seus veículos na avenida, levando os filhos para a escola ou indo para o trabalho. Dispararam contra o prédio do banco e contra os pneus dos carros para paralisar o trânsito, impedindo o acesso rápido da polícia ao local...

O banqueiro era enfático, uma oratória contida, quase professoral, emprestando credibilidade a cada palavra pronunciada, afastando o aparente mal-estar gerado pelo contraponto de ideias anunciado quando pediu a palavra.

— ... praticaram um crime a céu aberto e à vista de todos. Nesta cena que estou descrevendo e que, de fato, ocorreu, está quebrada a ideia da organização e do pacto social. E o que aconteceu? Nada! Por quê? É exatamente sobre isto que estou falando. Nós somos educados, desde os primeiros bancos escolares, em nome da boa educação e da civilidade, a transferir para o Estado e para as instituições a solução dos nossos conflitos. Para as pequenas e irrelevantes brigas de crianças no pátio do colégio, somos orientados a nos conter, deixando a apuração dos fatos e consequente reparação do malfeito por conta dos professores e pela própria direção da escola. Fraudes praticadas contra os bancos, mediante uso de documento falso para levantar dinheiro, mesmo quando comprovada a inidoneidade do documento usado, não podemos ir até o estelionatário e resgatar o dinheiro que ele levou ilegalmente. Em roubos pessoais, somos orientados pelos próprios agentes de segurança pública a entregarmos tudo que temos, sem reação. Há casos piores, como o estupro de uma jovem ou o homicídio de um menino, por causa de um par de tênis. Por mais tendencioso que tenha sido o julgamento e por maior que tenha a sido a pena aplicada, não conforta nem repara o sentimento dos pais, avós, irmãos, amigos, vizinhos, professores e até mesmo da comunidade, pois as pobres vítimas jamais se curarão ou retornarão para o convívio dos seus. É sobre isso que estou falando. Nós, enquanto cidadãos, somos a base dessa grande célula que é a sociedade, de onde emanam todos os direitos que dão vida às nossas instituições, como o Poder Executivo, que nós elegemos, Poder Legislativo, que nós elegemos, também, e o Poder Judiciário que embora não seja eleito pelo povo é do povo, no entanto, que emana o poder para que possam nos julgar. Estamos aqui, hoje, tanto como cidadãos quanto representantes das instituições. Exercemos uma função essencial para a sociedade e, por essa razão, somos rigorosamente fiscalizados pelo Estado. E, no entanto, com toda a nossa credibilidade, sustentada e avalizada pelo próprio Estado, possuindo núcleos de segurança treinados, cumprimos aqui esse papel de dependência, transferindo para o Estado uma atividade que poderíamos resolver por conta própria. Bem sei, senhor delegado geral, que é o nosso sistema, jurídico, político e administrativo. A minha manifestação não guarda qualquer insubordinação às suas sinalizações e muito menos oposição à condução das investigações, mas por me encontrar num espaço público e na presença de uma autoridade do seu porte, entendo ser o tema pertinente diante de sua inegável natureza política.

Encerrando a fala, o banqueiro, com entonação de voz branda, quase coloquial, desculpou-se pelo desvio do tema e do tempo tomado de todos e por eventuais excessos, recebeu dos colegas os acenos de concordância.

Durante a exposição do banqueiro, o delegado geral havia identificado uma divergência insuperável. *Esse cara é doido*, foi o que ruminou. Compreendia que muitas ocorrências policiais poderiam ser definitivamente descriminalizadas, pela própria dificuldade de solucioná-las, como eram os conflitos de vizinhança, brigas em grandes manifestações públicas ou festas de rua. Concordava, também, com o banqueiro, em que a solução ficasse entre as partes, nos casos de pequenas fraudes praticadas pelo particular contra o comércio, bancos, companhias de seguro e outras atividades, além dos pequenos delitos, sem violência, praticados, principalmente, por jovens adolescentes, nas dependências de seus condomínios, reduzindo a solução judicial à reparação de danos e somente quando não fosse possível a composição entre as partes.

Entretanto, não era esse o caso que discutiam naquela reunião. Os interesses envolvidos não se restringiam, apenas, ao patrimônio dos banqueiros. Envolvia a própria ordem pública. Pela posição sustentada pelo banqueiro todo e qualquer cidadão ou a instituição privada, que tivesse à sua disposição serviços de inteligência, guarda e vigilância pessoal ou patrimonial, podia solucionar, por conta própria, os conflitos nos quais viessem a ser envolvidos, com fundamento no direito da autodeterminação da sociedade.

O delegado geral avaliou a oportunidade ou não de refutar as divergências. Mantendo a lucidez, indagava-se se era razoável estabelecer um debate. Afinal, a pauta da reunião visava eleger uma estratégia para a investigação do audacioso assalto. Ponderou, também, que não seria delicado de sua parte contestar o banqueiro, em sua sala, na Delegacia Geral de Polícia do Estado, porque todos ali eram seus convidados.

Mas também não falar nada pode levar esses caras a pensarem que sou só um polícia que vive prendendo bandido pequeno, aí pelas quebradas, ou desses que vivem recebendo agrado de gente grande e que cheguei à Delegacia Geral por mera indicação política. Esse banqueiro aí tem bala na agulha, pensou. *Tem sensibilidade política e social. Deve ser desses carinhas ricos, preparados com cursos e vivência no exterior, para retornar e assumir o comando dos negócios da família. Além do mais o cara foi peitudo. Falar pro delegado geral que não precisa da polícia porque tem um serviço de inteligência, guarda e segurança patrimonial própria? Em que mundo esse cara vive? Na ótica dele, a polícia do Estado é um grande cabide de emprego que não serve para nada?* Estancou esses pensamentos.

Não queria inflamar a divergência. Era preciso manter a calma e a polidez. Mas, tinha que se posicionar. Isto estava definido. Tinha consciência da sua condição profissional e, sobretudo, de sua formação acadêmica. Não chegara ao topo da carreira, ainda novo, por interesses de grupo ou por bajulação aos políticos de plantão, que assumiam, periodicamente, os cargos públicos, por eleição ou nomeação.

Se aqueles homens, presentes em sua sala, não escondiam seus conhecimentos, que indicavam a sua boa formação intelectual, ele, também, se sentia no direito de se sustentar no mesmo patamar.

Tinha sido funcionário público, na condição de investigador de polícia, antes de iniciar o curso de Direito, e, agora, no topo da carreira pública, como delegado geral, tinha a convicção de que os assuntos de segurança pública eram funções exclusivas do Estado, portanto da polícia e dos seus órgãos de inteligência.

Rememorou as aulas de Direito Constitucional, Teoria Geral do Estado, Introdução à Ciência do Direito, os estudos, os trabalhos acadêmicos e as intermináveis e inconciliáveis discussões tanto no pátio da faculdade quanto nas reuniões do centro estudantil em torno da maior ou menor intervenção do Estado no meio econômico e social. Este era o tema central da divergência entre as ideologias dominantes da época de estudante, e, pelo que podia identificar, ela retornava, agora, na fala do banqueiro, que, sob o pretexto da autodeterminação social, propunha a institucionalização das milícias armadas, para proteção do patrimônio privado.

— Eu penso que o seu posicionamento, disse, voltando-se para o banqueiro, é mais de ordem sociocultural do que organização do Estado. No nosso sistema jurídico, político e institucional, qualquer cidadão poderá prender em flagrante quem esteja praticando um crime como também pode e deve comunicar à autoridade policial sobre a ocorrência de um delito que tenha chegado ao seu conhecimento. Aí estão os pressupostos e as motivações da autodeterminação da sociedade, pelo evidente interesse de todos em proteger e defender o meio social em que vive. É correto que a sociedade delega funções ao Estado, mas ela reserva para si o direito de se insurgir contra os desvios e desmandos do governo e das instituições públicas. Basta um breve olhar para a história para se constatar que revoltas e revoluções promoveram reformas e transformações agudas nos regimes governamentais esparramados pelo mundo afora. Nada impedia, no caso desse bárbaro assalto que estamos discutindo, que a população que ocupava as ruas investisse contra os assaltantes. Muitas delas, certamente, teriam morrido ou ficariam feridas. Mas, caso a população conseguisse dominar os assaltantes e chegasse à prática de um linchamento, por exemplo, penso que a multidão não teria praticado crime algum, por reconhecimento da autodeterminação social. Claro que não dá para exigirmos da sociedade esse enfrentamento. Ela não está obrigada nem preparada para isso. É por essa razão que compreendo que parte do seu posicionamento é mais de ordem sociocultural do que efetivo monopólio do Estado nas áreas dos interesses privados da sociedade.

Agora a outra questão posta, de utilização de serviços privados de inteligência, guarda e vigilância patrimonial para solucionar interesses das empresas, sem a mediação do Estado, parece-me não ser possível, porque o nosso regime governamental destacou o Poder Judiciário para a solução destes conflitos. A utilização de serviços particulares de investigação, ação e solução de conflitos é ilegal no nosso sistema jurídico, político e institucional em razão de sua natureza miliciana ou paramilitar. Questões que envolvam ordem pública, compete à polícia investigar. Questões particulares, os interessados podem resolver entre si, senão tudo vai para o Poder Judiciário que é o órgão competente para julgar os conflitos sociais. Qualquer alteração nessa situação ingressa no campo político e ideológico e não é de fácil solução, pois sempre haverá divergência de entendimento, de tal sorte que tomo a liberdade de propor o retorno ao objeto de nossa reunião.

Finalizou, em tom resoluto. Os murmúrios de concordância dos presentes autorizaram o delegado geral a prosseguir. Expôs, então, seu plano de investigação. A partir das cinco regiões da cidade, centro, norte, sul, leste e oeste, seriam levantados os endereços de maior concentração de moradia, de encontro de bandidos e incidência criminal, conforme levantamento estatístico à disposição, tanto das delegacias regionais quanto dos distritos policiais.

— Eu proponho que esses pontos sejam atacados à distância, mediante infiltração de informantes para sabermos se houve participação no assalto de algum membro ou grupo que atuam nessas comunidades. Esse é o objetivo. A abordagem deve ser iniciada rapidamente e com muita discrição, pois se identificarmos a área de concentração dessa quadrilha poderemos focar na investigação. Esse levantamento preliminar e urgente que estou propondo deve ser feito apenas por informantes e monitorados, à distância, pelos nossos delegados regionais aqui presentes e suas chefias de investigação. A presença da polícia nesses locais, agora, pode sinalizar o início da investigação. Por óbvio, os bandidos, se perceberem nossa presença, poderão, inclusive, sair do bairro, pondo em risco nosso objetivo imediato que é o de identificar em qual região da cidade a quadrilha pode ser encontrada, para concentrarmos o nosso trabalho.

Com a adesão de todos, o delegado geral, já iniciando atos próprios de investigação, solicitou de todos os diretores presentes, que fizessem um levantamento interno sobre todas as comunicações e autorizações dos bancos com a companhia de valores e desta com os bancos, que tratassem dos valores transportados no dia do assalto. O delegado geral pediu também que fossem anotados os nomes de todos os funcionários que tiveram conhecimento da operação. Pediu aos diretores que designassem um funcionário qualificado e conhecedor da operação dos bancos com a empresa transportadora de valores e desta com os bancos para receberem os delegados e os investigadores, identificando os documentos gerados em cada passo da operação e os funcionários responsáveis, apresentando, inclusive, o contrato de prestação de serviços entre os bancos e a empresa transportadora de valores. Acrescentou, ainda, o nome, filiação, idade, grau de escolaridade, salário e endereço de todos os funcionários que de alguma forma atuaram naquela operação. Justificou aos diretores dos bancos e da transportadora de valores que embora invasiva e violadora da confidencialidade, essas informações eram necessárias pois impunha-se verificar a existência de parentesco, compadrio ou qualquer outra afinidade entre funcionários para se saber se não houve vazamento de informação do transporte dos valores naquela data. Ele disse que não tinha nenhuma suspeita disso, porém, enquanto polícia, não podia descartar nenhuma circunstância passível de investigação.

Todos, satisfeitos e estimulados pelo plano e ações sugeridas pelo delegado geral, que, no encerramento da reunião, marcou novo encontro para quinze dias após, caso não ocorressem fatos novos.

Só, em seu gabinete, depois de se despedir, o delegado geral estava confiante em seu plano. Contava com os documentos solicitados e eventual apoio dos banqueiros, além das informações que haveriam de ser acrescidas pela rede de informantes da polícia. Prostitutas de todos os níveis, mulheres desesperançadas ou entediadas, de todas as camadas sociais, induzidas pelas cenas espetaculares dos filmes e reportagem policiais de televisão, desbaratando e prendendo quadrilheiros e perigosos bandidos, deixavam-se seduzir pelo assédio desses agentes da polícia judiciária prometendo falso amor e desejo. Pequenos criminosos que aumentavam o prestígio no submundo, por nunca serem presos, conseguiam, na verdade, essas proezas pela troca de informações com a polícia. Donos de bares, botequins e biroscas, pequenos comerciantes, moradores de favelas, sob o pretexto de atenderem a intimações, compareciam nas delegacias de polícia para contar o que sabiam ou o que se passava no bairro, cansados e ofendidos pela ação truculenta, invasiva e autoritária dos meliantes. Havia, ainda, o programa eletrônico do disque-denúncia com que, a despeito dos muitos trotes, a polícia conseguia importantes informações.

Era deste universo de pessoas que o delegado geral esperava receber as informações do audacioso assalto que mobilizou o governador, secretarias do Estado, a Polícia Militar, a Polícia Civil, a imprensa em geral e a sensação de terror que dominava a cidade naquele instante.

Estava iniciada a caçada a King e seus companheiros.

21

Nove horas. O telefone tocou. Era Maria Cláudia na recepção, anunciou a recepcionista.

Max já estava pronto. Desta vez, não encomendou o café da manhã. Estava apenas aguardando a chegada dela. Vistoriou o apartamento e pegando, em seguida, a mala sobre uma poltrona, dirigiu-se para a recepção. O café da manhã seria tomado em algum lugar da cidade

São Paulo tem desde pequenos bares, servindo, no balcão, o pingado com pão e manteiga na chapa, passando por padarias, cafés, confeitarias, além da rede hoteleira que se transformou em verdadeiros e sofisticados centros gastronômicos e também em espaços sociais de encontros para se jogar conversa fora.

Maria Cláudia não teve dificuldade na escolha. Rumou logo para o estacionamento da padaria, não muito distante dali que conhecia desde pequena e abastecia, ainda, a casa de seus pais, principalmente aos domingos à noite, com bandejas de finas fatias de frios, queijos variados, conservas de todos os tipos, como azeitonas pretas graúdas, do mediterrâneo ou chilenas, tomates secos, pepinos, fundos de alcachofra, frios e pães crocantes de todos os tipos, acrescidos, ainda, de outras especiarias. que sua mãe mantinha preparadas em casa.

Conduzindo Max, ingressou no estabelecimento, com desenvoltura, sendo cumprimentada, com deferência, pelo proprietário e atendentes que já a conheciam. Depois de se acomodarem numa mesa levantaram-se à procura, nos balcões e vitrines, das guloseimas para o desjejum matinal.

Foram momentos alegres e prazerosos, tanto pelo sabor dos alimentos que degustavam quanto pela conversa descontraída que mantinham. Maria Cláudia punha em prática a independência e a segurança social que sempre desejou ter, sem horário para voltar. Sem aviso de onde estava e, principalmente, sem o motorista ou o ex-marido para conduzi-la de volta para casa. Transbordava alegria que iluminava a beleza da mulher ainda jovem e a inteligência desenvolvida durante toda vida social e estudantil até a conclusão do curso universitário.

Foi preciso Max lembrá-la de se levantar da mesa, pois tinham pela frente, ainda, o caminho a Paraty.

Aquela parada para o café da manhã fez bem tanto a Maria Cláudia quanto a Max. A viagem a Paraty, prolongada por horas, dentro de um veículo, mais tantos outros dias, sem data marcada para voltar, era um desafio para a falta de convivência deles. A relação entre ambos tinha um histórico muito curto. Menos de uma semana. Entretanto, a força das circunstâncias os contrastes aparentemente insuperáveis, como a conversão da brutalidade em cuidados, a desconfiança em cumplicidade, a deformação social de um com a tibiez existencial da outra, findou por tecer um fio resistente, pelo qual deram início à urdidura de uma trama existencial forte que pavimentava e alimentava, agora, a densidade daquela relação.

Saindo da cidade, com Maria Cláudia ao volante do veículo, optaram pelo caminho da estrada litorânea, espremida, em alguns trechos, entre as costas íngremes das montanhas, cobertas pela densa Mata Atlântica, e o permanente embate das ondas com as paredes rochosas que adentram o mar. Às vezes, a paisagem mudava para panorâmicos vales em que as montanhas se distanciavam do mar, permitindo retas prolongadas, praias convidativas, retornando, em seguida, ao traçado das curvas, subidas e descidas, expondo, visto do alto da estrada, o permanente choque das ondas com as pedras, provocado pelo movimento constante das águas do mar.

A rica paisagem contínua da natureza, onde a flora exuberante cobria toda a encosta da serra, estendendo-se até às águas verdes, trazia para Max a sensação de conforto e paz, muito diferente das suas andanças pelas quebradas urbanas ou da travessia das planícies bucólicas dos tempos em que ainda levava carros roubados para o Paraguai.

Sob a condução cautelosa e prestativa de Maria Cláudia, parando nas áreas de descanso da estrada para verem, ao longe, o horizonte formado pela infinitude do céu e do mar; tomarem água, café e almoçarem o peixe fresco, à moda da região, Max rememorou os passeios feitos nas férias, ao fim dos períodos letivos, ou nos feriados prolongados, quando seus pais, empenhados em sua educação e desenvolvimento social, gastavam as economias em viagens de ônibus, hospedando-se em hotéis modestos, para mostrar a diversidade sociocultural, as características geográficas, a disparidade da culinária, os pontos turísticos e tantas outras coisas, que compunham, agora, a história da sua matriz familiar, como uma herança boa e feliz.

Deixando-se levar por essas ingênuas lembranças que povoavam seus pensamentos naquele momento, Max dividiu com Maria Cláudia os sentimentos que lhe afloravam, revelando suas intimidades familiares, sobretudo os esforços dos pais em lhe oferecer oportunidades para a sua boa formação social, cultural e educacional com o intuito de bem prepará-lo para a vida adulta. Constatava, naquele passeio, dirigido por Maria Cláudia, que as pessoas inseridas no cotidiano social, com rotinas bem definidas, como casamento, filhos, morando num endereço fixo, acordando todos os dias no mesmo horário, levar crianças à escola, ir para o trabalho, encontrar colegas ou parceiros de profissão, marcar encontros com amigos para almoços, jantares ou viagens com a namorada ou com outros casais ou até a família, podia dar às pessoas momentos de realização pessoal, de alegria, de bem estar e paz, como aqueles que experimentava naquele momento.

Só que o destino quis diferente para ele. Aprendeu bem os gestos e as práticas sociais que lhe foram ensinadas. Sabia bem como aplicá-las. Desenvolveu-se intelectualmente. Afetivamente, ainda que agindo como um animal poligâmico, convivia bem com as parceiras, nos períodos estabelecidos em que se dedicava a cada uma delas, retribuindo os assédios, os tratos, a segurança das relações e do mútuo pertencimento. Quem ouvisse aquelas confidências ingênuas, que fazia agora à Maria Cláudia, não podia imaginar fossem elas proferidas pelo homem que comandou o escandaloso e ousado assalto, dias atrás, que assustou a população da capital, e mobilizou a imprensa, banqueiros, o governo e os órgãos de segurança pública que já pusera em marcha um plano investigativo para identificá-lo e capturá-lo.

Passaram pela entrada de Paraty, que já vinha se apresentando pelas aberturas da paisagem, em trechos anteriores da estrada, destacando, ao longe, a igreja pintada de branco, à beira-mar, marco da cidade litorânea, que remetia o viajante ao inconfundível período colonial.

A chácara de Maria Cláudia situava-se a alguns quilômetros adiante, saindo à direita, no dorso mais baixo de uma montanha, entrecortada pela estrada, que, suavizando a sua elevação, já dominada pelo homem com a divisão de áreas, construção de casas, pousadas, um arruamento principal para acesso de moradores e turistas, seguia o seu inevitável encontro com o mar.

O caminho de ligação da rodovia com a pequena praia habitada por pescadores era pavimentado de pedras e coberto pelas copas das árvores, plantadas em seus dois lados, que não impediam, no entanto, a visão plena e dominada pelas águas calmas da Baía da Ilha Grande. Há menos de duzentos metros, à frente, quando o caminho fazia uma acentuada curva, em declive, para a esquerda, deparava-se com uma cerca viva, armada em tela de malhas largas, por onde vicejavam, entrelaçadas, folhas e galhos de vigorosa trepadeira que, na época da florada, presenteava os moradores da vila com o colorido intenso, vibrante e exuberante do delicado de suas flores. Atrás da cerca viva, cresciam árvores, que fechavam a cerca em toda a sua extensão, contribuindo com o embelezamento natural da fachada.

Era ali a entrada da chácara de Maria Cláudia. Max desceu do veículo para abrir a porteira, de duas folhas, de onde subia um portal de madeira, que separava, ao meio, a cerca viva. Dentro da propriedade, a área, agora era tomada por um vasto gramado que, respeitando o limite da casa do funcionário, do galinheiro, da horta e do pomar, só era interrompido, por vezes, para ceder espaços a canteiros de flores, folhagens e covas em torno das árvores, dando forma a um jardim agradável e aprazível. Bancos de madeira rústica, sob quiosques, cobertos com palhas de sapé, na parte mais alta do jardim, serviam de espaço para descanso e vista para o mar. Forrando o suave declive do terreno, o gramado era entrecortado pelo caminho pavimentado de pedras, por onde trafegavam os veículos, terminando no estacionamento da casa principal. Ladeando a chácara, cercas vivas, separadas uma da outra, por um largo espaço que passava dos cem metros, desciam em direção mar, arbustos e trepadeiras, como as primaveras, brinco de princesa, um tipo pequeno de flamboyant, espatódea, jasmins, alamandas, além de plantas rasteiras que, em suas exuberantes floradas, proporcionava, aos moradores, uma inegável sensação de prazer, bem-estar e alegria.

A casa principal era simples, rústica, que obedecia, rigorosamente, à arquitetura caiçara da região. Construída sobre uma rocha, as paredes de alvenaria, pintadas de branco, com o madeiramento interno à vista, sustentava a cobertura do telhado em duas águas, que cobria as amplas varandas. A divisão interna seguia a lógica primária da prática e da funcionalidade dos ambientes, excluindo toda e qualquer otimização ou sofisticação dos espaços, inerentes aos projetos arquitetônicos, numa proposta inequívoca de restabelecer, ali, o *modus vivendi*, secularizado, da população originária que ainda habitava aquela costa marítima. O luxo, o refino, o bom gosto, oferecidos por hábeis e afamados arquitetos, os pais de Maria Cláudia, haviam reservado para a ampla, suntuosa, sofisticada e segura cobertura da Avenida Paulista que abrigava a família.

A cozinha ganhava um espaço auxiliar, que servia de passagem lateral da casa, para acesso ao mar. Tinha ali, uma churrasqueira, um forno e um fogão à lenha que quando Dona Badiana, a mulher do caseiro e cozinheira da casa, atendendo a pedidos ou virada na cachaça, cuja garrafa ela amoitava em algum canto, inspirada nas memórias da menina caiçara, preparava pratos típicos, em enormes panelas de ferro ou de barro, como a moqueca de peixe, de camarão, de siri mole, de arraia. As mulheres, no fim da temporada dos passeios, não se esqueciam de Dona Badiana, presenteando-a com roupas, calçados e quantias para que ela pudesse ter as próprias reservas.

Internamente, a cozinha, ampla e arejada, tinha fogão a gás, geladeira, um grande congelador, prateleiras no alto das paredes, e amplos armários, do tipo balcão, que serviam de aparadores da louça lavada e de balcão auxiliar da mesa da copa. Seguindo a construção, a ampla sala de estar que, como a cozinha, não era forrada, deixando à vista o madeiramento do *telhado. Os sofás, compridos, construídos em alvenaria ao longo das duas paredes, uma de frente para a outra,* eram cobertos de almofadas, macias e coloridas, amenizando a rusticidade daquele mobiliário. Os únicos aparelhos eletrônicos eram os rádios portáteis, pela ausência de sinal para captação de imagem de televisão. Daí para a frente, a construção se repetia, obedecendo a mesma lógica da praticidade e funcionalidade dos ambientes. No corredor interno da casa havia as portas de acesso para os quatro quartos, que se sucediam. Quartos amplos, cada qual com banheiro privado, todos, com portas-balcão com acesso à varanda, que circundava toda a casa, e com vista para o mar.

O acesso ao mar era feito pela frente da casa, por caminhos que entrecortavam jardins bem cuidados. Não havia praia. O permanente embate das águas com o solo da montanha, naquele encontro da natureza, expunha as formações rochosas que continuavam a mergulhar para as profundezas do oceano, impondo a construção do píer, ali existente, para que os moradores da casa pudessem ter acesso ao mar, para os passeios ou suas movimentações habituais.

Maria Cláudia estava em casa. Dona Badiana e Darci, seu marido, acompanharam o crescimento dela e a recebiam, agora, com o mesmo afeto e atenção. Assumindo o comando da casa, Maria Cláudia após os cumprimentos, apresentação de Max e sinalização para os dias que se seguiriam, indicou o quarto em que Max se hospedaria, pedindo a Dona Badiana que arrumasse a cama e separasse as toalhas de banho. Para ela, reservou o quarto dos pais. Como o dia ainda estava claro, ela e Max foram para a cidade fazer as compras para abastecer a despensa vazia.

Paraty, mesmo em dias comuns, fora da temporada, encanta os visitantes, que caminham pelas ruas, pavimentadas com pedras irregulares, ladeadas de casas que obedecem a arquitetura de seus períodos áureos. Como um livro aberto, vai mostrando a formação social, cultural e econômica do lugar, em que abundou o trabalho escravo na construção da cidade, sob o comando rígido, ávido e cruel dos exploradores portugueses, para adaptá-la ao ciclo do ouro, que ali chegava pela Estrada Real, vindo de Minas Gerais, ao ciclo da cana-de-açúcar, na produção do aguardente e do ciclo do café, símbolos de riqueza do país, justificando a sua transformação, nos dias de hoje, no importante polo turístico e Patrimônio Histórico Nacional.

Com a leveza dessas impressões, coletadas nas andanças curiosas e despreocupadas, pela cidade, Max e Maria Cláudia sentaram-se na praça da igreja central, erguida ao lado do rio que corria para o mar, para aguardarem a chegada da noite daquele dia calmo em que tudo era novidade para Max.

O silêncio prolongado que recaía sobre eles, na pausa para descanso, não significava nenhum afastamento. Muito pelo contrário. O bandido perigoso, sem limites, capaz de atrocidades, experimentava, agradecido, as práticas habituais do homem comum ordeiro, usufruindo um momento de paz, sem qualquer risco para a sua liberdade, rememorando, após o passeio pela cidade, as lições da escola sobre a história e o andar da civilização, tudo isto mostrado por Maria Cláudia, que lhe abria uma outra janela para a sua existência. Por sua vez, Maria Cláudia experimentava a sensação do afastamento da tibiez existencial que a havia dominado antes mesmo de sua separação, empurrando-a para uma posição de equilíbrio que ela, sentada na praça ao lado Max, procurava compreender e se apropriar do momento, em busca da sua plenitude e da sua libertação para a vida. Essas percepções, extraídas do passeio e que estimulavam as reflexões de ambos, sentados no banco da praça, produziam sentimentos silenciosos de agradecimento, de um ao outro, que, pela qualidade de seus conteúdos, aprimorava aquela relação nascida sem pé nem cabeça.

As luzes da praça e das ruas já estavam acesas. As compras no porta-malas do carro. Era hora de voltar. Havia, ainda, uns dez quilômetros de estrada para serem vencidos, até chegarem em casa.

22

Olhando da varanda, as águas calmas da baía da Ilha Grande iluminadas pelo sol, Max aguardava Maria Cláudia levantar-se para o café da manhã, já servido por Dona Badiana. Tipicamente urbano, sem qualquer hábito ou frequência, ainda que por turismo, às regiões de beira mar, Max estava vestido de camisa, bermuda, meias e tênis, cumprindo o formalismo mínimo imposto a si mesmo, na qualidade de visitante convidado. Acostumado a viver em situações hostis e de risco, aprendeu a se adaptar rápido às situações. Desde o dia anterior, Maria Cláudia havia desfilado para ele um cardápio de práticas sociais, dotadas de códigos e performances inerentes às pessoas educadas e socialmente evoluídas. Esse crescimento pessoal de Maria Cláudia, observado por Max, impunha a ele a atenção às linguagens sociais que surgiam naquela relação, tanto pela generosidade dela quanto pela necessidade de permanecer naquele lugar, que se revelava confortável e seguro, sem perder, no entanto, a independência, a estima, o bom humor e a sua própria espontaneidade.

Maria Cláudia apareceu na varanda. Alegre, bem-disposta, uma canga amarrada na cintura que cobria o maiô e as pernas. Trazia junto, pendurada no ombro, uma bolsa grande, de palha, onde se via, amarrado numa das alças, um lenço e um chapéu de sol, também de palha. Erguido, na fronte, os óculos de lentes escuras. Estava radiante, esbanjando beleza e boa forma.

— Bom dia! Com esse dia ensolarado, na beira do mar e você calçado de tênis e meia? Disse rindo, provocando Max. Vá tirar essa roupa e vestir um calção de banho. Com um dia desses, vamos dar um passeio de barco e tomar sol!

— Bom dia — respondeu Max, trocando beijos na face. Vejo que já saiu preparada do quarto. — Vamos tomar café, que em seguida, me troco.

Na conversa, programaram o passeio, deixando o preparo do almoço por conta de Dona Badiana, desde que incluísse peixe e camarões, afinal, *estamos na beira do mar*, disse Maria Cláudia.

Darci, preparava a caixa de isopor com gelo e bebidas e, antes de descer para o píer, avisou que logo que o barco estivesse preparado viria chamá-los.

Max foi se trocar.

Maria Cláudia, servindo-se de mais uma xícara de café e olhando para o mar, relembrava o café da manhã na padaria, as conversas durante a viagem, os comandos dados aos caseiros sobre a permanência na casa, e o passeio que se encerrou, na noite anterior, em Paraty. Gostou, intimamente, do que constatou. Havia mudanças no seu comportamento. Já não havia mais procura nem indagações sobre si mesma. Apenas práticas do que gostava de fazer e do jeito que gostava de ser. Essas constatações a enchiam de alegria e segurança. Atribuía a conquista à decisão tresloucada de se aproximar de Max e se embrenhar com esse desconhecido no resguardo da casa, nas praias, nas ilhas e nos passeios de barco, por um período sem hora nem data para voltar. Parecia loucura, mas como todo antídoto, era dessa loucura que Maria Cláudia se alimentava e resgatava, a cada instante, a sanidade e, sobretudo, a vontade e liberdade para viver.

Max chegou e em seguida Darci, avisou que o barco estava pronto.

Com o barco em movimento Max olhava tudo com encantamento. Sempre vira o mar pisando em terra firme. Nunca, porém, do mar para o continente. Acompanhava a linha de encontro das águas lutando com as paredes rochosas, a calmaria dessas mesmas águas que desapareciam debaixo dos manguezais ou subindo, mansa, nas areias, desenhando, em suas reentrâncias, a orla marítima, que mesmo se perdendo na distância, indicava a formação da enseada que dava os contornos da baía.

O passeio na traineira, pilotada por Darci, não tinha o conforto da lancha, dotada de um comandante de embarcação e ajudantes de viagem, com registro e autorização para navegação em águas marítimas. A escolha da traineira, além de ser mais intimista, manteria Max encoberto por maior anonimato.

O barco de pesca era usado por Darci para abastecer a casa com os pescados e o excedente, junto com o salário, compunham a renda do caseiro. Nesse pacto, Darci ficava à disposição dos visitantes nas temporadas de férias ou quando apareciam, ao longo do ano, como era o caso de agora.

Os cabelos negros, assim como os pelos ralos da barba, e a tez queimada pelo sol não escondiam a miscigenação racial do barqueiro. Suas origens perdiam-se no tempo. Nascido e criado ali, na orla de Paraty, tinha o nome dos colonizadores portugueses e os traços genéticos destes, dos índios e dos negros africanos, trazidos ali pela época da colonização. Aprendeu, pela repetição contínua dos ensinamentos de seus antepassados, todos os caminhos daquele mar. Sabia ler os vários tipos de nuvens que flutuavam no céu, podendo calcular, para cada tipo delas, a segurança do passeio ou o horário aproximado da chegada da chuva ou dos ventos que varriam o litoral. Cuidadoso e atento conduzia o passeio e, percebendo em Max "o marinheiro de primeira viagem", mostrava a ele as ilhas da baía. Umas só de formação rochosa, outras tomadas de vegetação e outras que ofereciam aos turistas pequenas praias de mar calmo de enseada e areias brancas. Discreto, pouco incomodava Maria Cláudia e Max, parecendo usufruir, na cabine do piloto ou em suas movimentações no convés, do mesmo prazer e conforto oferecido pelo balanço tranquilo da traineira que, na marcha segura do seu motor, vencia as águas calmas do mar.

O nada a fazer, senão apreciar a paisagem e assistir ao deslumbramento de Max, confortava Maria Cláudia. Silenciosa, apenas observando Darci preparar Max, com um colete salva-vidas para saltar na água, rememorava essa mesma prática com ela, quando criança e adolescente, acompanhada dos pais e amigos naqueles passeios. Recordava-se também dos sonhos de manter a alegria e as realizações que a fariam feliz e segura na vida adulta. Vendo, agora, Max se divertindo na água, com uma corda amarrada no colete e segura por Darci, sentia retomar esses mesmos sonhos que não só estimulavam a sua autoestima como também a consciência de que o vazio de sua vida de casada, o retorno à casa dos pais, as noites de vigília e dias de silêncio, era uma passagem necessária, como um preço a ser pago, pela renúncia de suas escolhas em busca da sua autonomia, liberdade e autodeterminação. Movida por essa compreensão que a enchia de novas energias levantou-se e subindo na borda do barco, rememorando o voluntarismo da adolescência, saltou para as águas, num mergulho barulhento, indo juntar-se a Max numa brincadeira alegre e divertida.

A cabana, sustentada por colmos de bambu e coberta de palha, erguida sob frondosa árvore, numa pequena enseada de mar calmo e praia de areias brancas e finas, na parte continental da baía, cujo acesso só é possível de barco, abrigava a cozinha da conhecida quituteira. Frutos do mar frescos, fritos e crocantes, pescados, todos os dias, por seu marido, conhecido pescador daquelas bandas, eram servidos aos turistas que ali chegavam. Sentada num banco improvisado, em torno da mesa, Maria Cláudia, entre uma mordiscada de uma rodela de lula empanada e um gole de caipirinha, feita com as famosas aguardentes de Paraty, com os olhos semicerrados, deixou escapar, como se falasse consigo mesma:

— Acho que acertei fazendo essa viagem, vindo para cá...

Max interrompeu Maria Cláudia, espontâneo dizendo, em tom coloquial e quase soletrando:

— Parabéns! Pela primeira vez, nesses poucos dias que te conheço, tô vendo você falar com afirmação sobre você mesma.

— Desde manhã, quando acordei, estou me sentindo alegre, segura, esperançosa com a vida. Eu saltei na água, naquela hora, porque estava lembrando do meu tempo de menina e de mocinha, quando vinha passar as férias com meus pais e meus amigos do colégio e do clube. Caíamos na água, com boias e coletes, presos em cordas, e ficávamos fazendo bagunça, numa alegria, que até hoje me lembro com saudade...

— Isto tudo é porque você decidiu, por conta própria, vir para cá e permanecer por um tempo, sem data certa para voltar, acompanhada de um desconhecido como eu. Essa lembrança que você fala, de ter sido trazida para cá, pelos seus pais, quando criança e mocinha, junto com seus amigos, é porque eles certamente queriam que você crescesse com segurança para que, nesta altura da vida, você tivesse autonomia e liberdade para tocar a sua própria vida. Os pais são assim. Eu não tenho estudo para saber dessas coisas, mas de uma coisa eu sei bem: sou eu mesmo quem decide sobre mim. Tá certo que sou da vida bandida, mas fui eu mesmo quem decidiu ser assim. Você sabe que eu tô aqui e, agora, fugido da polícia. Se não fosse aqui eu estaria em qualquer outro lugar. O que vai ser daqui pra frente é coisa da vida, do destino. Já não é mais problema meu. É por conta dos riscos que escolhi correr.

— Você sabe! Não pedi autorização para vir para cá. Só avisei que vinha e se eles fizessem alguma oposição, eu viria do mesmo jeito. Claro que não falei de você para eles. O fato de não terem feito qualquer oposição à minha decisão foi importante para mim, pois me senti liberta para caminhar por mim mesma. Eu acho que é por conta disto que acordei hoje tomada por uma alegria, por uma vida mais esperançosa e mais libertária.

— É isso, Maria Cláudia, você precisa manter esses pensamentos. Tomar as decisões que pareçam boas para você. Insista nesse pensamento de tomar decisões por conta própria. Isto é que nem andar de bicicleta. Depois que se aprende não cai mais — disse Max, rindo da comparação.

A conversa se prolongou e quando Maria Cláudia se animou a pedir uma segunda rodada de bebida, Max interferiu:

— Não acho que você deva tomar mais uma. O limão, o açúcar e o gelo da caipirinha facilita a ingestão da cachaça. Quase um copo. Com dois copos desses você certamente vai se embebedar e isto não vai te ajudar em nada. Virá a ressaca e, com ela, a depressão. Tudo o que você ganhou até agora vai pro ralo. Quando se está focado num objetivo não se pode vacilar. Um erro qualquer desvia o caminho do objetivo e, dependendo da circunstância, tem que abandonar o próprio objetivo. No meu caso, um vacilo num assalto desses que faço, pode me levar em cana ou, em caso de troca de tiro com a polícia, pode me levar à morte. Você precisa aprender a eleger e focar nos seus objetivos e estudar as ações que te levarão a atingir esse objetivo com sucesso. Se você conseguir realizar esse esquema, arrebatando, por fim, o objetivo, o problema, daí para a frente, será dos outros, pois você foi vencedora no seu propósito. Você conseguiu o que você queria, por atos eleitos pela sua própria vontade. O resto é o resto.

Desta vez, quem riu foi Maria Cláudia.

— Você não está querendo me ensinar a praticar assaltos, quer?

— Não, não — respondeu Max. Nem pense nisso! Você não tem jeito para essas coisas. E, ainda que você quisesse entrar pra vida bandida não seria pela minha mão. Você tem sido uma boa companheira nesses dias e já me ajudou bastante me trazendo pra esse paraíso, onde estou me sentido seguro. O que quero dizer é que você deve aprumar o seu pensamento. Do dia que te conheci até hoje você já mudou bastante. Nos primeiros dias você parece que estava buscando alguma coisa em você mesma. Hoje você já tá falando em alegria, vida esperançosa, estar se sentindo bem por ter decidido vir para cá. Siga esse caminho. É isto que chamo de foco.

— Obrigada, Max, pela dica. Estou entendendo. Você tem sido muito importante para mim, nesse momento que estou atravessando. Quem diria que depois do dia de terror que você me impôs, no dia seguinte, naquela casa, eu pudesse estar falando isto de você? Poucos amigos teriam essa preocupação que você está tendo comigo agora. Até mesmo meu ex-marido não teria essa preocupação. Certamente não só me incentivaria a tomar mais uma como também era bem capaz de fazer uma presença com um baseado, senão uma carreira de pó. Tudo em busca da alegria. Ainda bem que estou conseguindo me controlar. Valeu, Max, pela força e pelo interesse em me ajudar.

Maria Cláudia levantou-se da mesa avisando:

— O sol está bom. Vou dar um mergulho!

Passava das duas horas da tarde. Era hora de voltar. O motor da traineira era forte para puxar o arrastão, na pesca do camarão, carregar o tambor de óleo diesel, petrechos da cozinha, botijão de gás e o gelo, para cobrir os pescados nas caixas, depois de uma semana ou mais dias no mar, mas a marcha era lenta. Tinham ainda mais uns quarenta e cinco minutos de navegação até chegarem em casa.

O dia havia sido cheio novidades, principalmente para Max, que pela primeira vez desembarcou numa praia de ilha, saltou do barco nas águas do mar, comeu os petiscos na barraca da famosa petisqueira e, por fim, se fartou com a moqueca de camarão preparada por Dona Badiana.

23

Sentado, agora, no piso da varanda, com os pés apoiados nos degraus da escada, Max olhava para o facho de luz cintilante que se movia no ritmo das ondulações, projetado pela enorme lua cheia, clara, prateada convidando todos aos sonhos e ao encontro com a paz.

Era isto que Max fazia naquele momento, restaurado pelo banho e o cochilo após a moqueca do almoço tardio, calmo e apaziguado. Estava agradecido pelo refúgio seguro que Maria Cláudia estava lhe proporcionando. Analisando as contrapartidas, constatava que, com esforço, vinha atendendo a todas as expectativas dela, que eram, no geral, muito elevadas para ele. Tinha que estar sempre muito atento. Daí o esforço para não a contrariar, afinal era ela quem estava patrocinando toda a convivência dele naquele porto seguro. Não era igual quando falava com seus amigos e suas companheiras, pois, além da intimidade, as conversas eram mais explícitas, sem rodeios e menos exigentes. Não devia nem queria pôr em risco a estabilidade e a camaradagem com que aquela relação vinha se desenvolvendo. Era por isso que, com Maria Cláudia, ele tinha que botar a mãe no meio. Lembrava-se dela ensinando a distinguir as pessoas, os ambientes e o interesse a ser tratado. Ela orientava para a escolha das palavras e o jeito de se comportar.

No trato pessoal, Max percebia outras qualidades muito presentes em Maria Cláudia, a simplicidade, a coragem, a confiança, a persistência, a generosidade e uma acentuada ingenuidade à qual se podia atribuir a causa da relação que os unia naquele momento. Por conta dessa ingenuidade, na visão de Max, ela sequer avaliava os riscos de o acompanhar. Essa ingenuidade, no entanto, era a névoa que encobria a crise existencial que envolvia Maria Cláudia, contra a qual ela lutava desesperadamente para romper as barreiras internas que a impediam de assumir a sua plenitude. Rezou a vida toda por um credo que nunca soube nem seus fundamentos nem os caminhos da sua independência e libertação. Max foi para ela, após os horrores do primeiro encontro, a síntese de tudo o que ela jamais soubera o que se pode fazer da vida. Queria aprender a ser a condutora da própria vida, sem perder seus conteúdos, conforme Max depreendia da relação estabelecida com ela.

Distraído nesses pensamentos, ouviu passos na sala. Maria Cláudia, também se levantava do descanso após o almoço tardio. Percebendo a claridade do luar, não acendeu as lâmpadas da casa, indo juntar-se a ele.

— Que noite linda! Quando acordei, vi, pela janela, toda essa claridade. Fez bem para mim. Você descansou também?

— Depois de todo o passeio pelo mar e da moqueca de Dona Badiana, descansar um pouco era quase uma obrigação. A conversa entre eles continuou no escuro da varanda, não alcançada pela claridade do luar.

Acomodada, agora, numa rede próxima do degrau onde Max estava sentado, Maria Cláudia vivenciou uma situação nunca antes conhecida. Entregue ao deleite proporcionado pela companhia, pelo marulhar das ondas e pela noite enluarada percebeu que a conversa, no agradável balanço da rede e sem a visão de Max, reduziu-se ao mero propósito de falar e à sonoridade das palavras, numa espontaneidade jamais vivenciada, muito diferente das enfadonhas conversas, às vezes indesejadas, em que se exigia a ênfase na entonação da voz, no olhar, nos gestos e na postura corporal, segundo as regras da educação e da etiqueta social, praticadas entre as pessoas com quem dividia o seu cotidiano social. A cada momento, tomava consciência do alargamento das suas possibilidades sociais sem necessidade de rupturas, perdas ou desconstrução de si mesma. Era isso o que ela vinha buscando.

Maria Cláudia propôs:

— Que tal, Max, irmos para a cidade tomar um sorvete. São nove horas, ainda. Acabamos de levantar. Assim a gente faz alguma coisa. Que acha?

— Vambora — respondeu Max. — Acho que é uma boa.

24

A rotina de Max naquele esconderijo trazia a sensação tanto de segurança quanto encantamento. Passeios diários, conduzido por Darci, mergulhos, ou banho de sol em pequenas praias, onde experimentavam os peixes frescos e frutos do mar preparados em alguma barraca dos pescadores locais. Intercalando esses passeios, Max e Maria Cláudia, passeando de carro, visitavam os alambiques em que se produziam as famosas aguardentes de Paraty, quando não subiam até um ponto elevado da estrada para, lá de cima, apreciar a paisagem do mar.

As projeções para os dias que se seguiriam obedeciam às mesmas previsibilidades harmônicas da natureza, onde as noites seguem os dias, a chuva molha a terra, as flores vêm na primavera, assim como o frio é trazido pelo inverno. No entanto, mesmo em se tratando da natureza, regida por leis físicas, nem sempre a repetição, das expectativas naturais, é igual. Chuvas se transformam em trombas d'água que inundam o solo, transbordam os rios e a enorme enxurrada, na busca de um leito, finda por levar, pelo vultoso volume das águas, tudo o que encontra pela frente, provocando um espetáculo assustador e catastrófico, em que casas são desabadas, veículos carregados, ruas e pontes destruídas, corpos sugados pela força das enchentes como uma maldição seletiva, por não ser possível aplicar qualquer medida que faça estancar o pavoroso espetáculo.

Com Maria Cláudia não foi diferente.

Num início daquelas noites em que a claridade do luar contrastava com o escuro interno da casa, após o levantar-se do cochilo do almoço tardio, sentou-se no sofá da sala, ao lado de Max, para também contemplar a paisagem plácida da noite iluminada pelo luar, usufruindo do apaziguamento oferecido por aquela circunstância de inércia e absoluta descontração. O silêncio e o escuro da sala, contrastando com o cenário prateado do luar que dominava a paisagem da noite, embalada pelo som das ondas do mar calmo e das folhas tocadas pela brisa suave, estimularam as emoções e as energias até então contidas de Maria Cláudia. A convivência diária com Max havia construído pontes existenciais que já lastreavam afinidades. A permanente busca de sua autodeterminação exigia dela, naquele momento, o rompimento, definitivo, da consciência da filha que devia atender as expectativas dos pais; da mulher regida pelo casamento e submissa ao rígido regramento social que, soberano e indiferente aos anseios, desejos e estímulos individuais da mulher, impedia expansões comportamentais em situações íntimas, como ouvia e percebia nos comentários de sua mãe, de outras mães e de amigas da mesma idade.

A mulher que ela aprendera a ser resumia-se numa fonte de beleza, modos elegantes e sedutores, porém, com protagonismo secundário no entrelaçamento com o parceiro. A iniciativa, principalmente para os atos de intimidade, era prerrogativa deles.

Embalada e corrompida por aquele turbilhão de pensamentos que a empurravam para a experiência da liberdade plena, sem medo e sem culpa, Maria Cláudia, sob o domínio de sua vontade, entregou-se aos comandos de sua feminilidade e, com a disciplina de quem quer o aprimoramento de seus feitos, pousou a mão, delicadamente, sobre uma das coxas de Max, por baixo da bermuda, explorando o corpo com carinhos voluptuosos, potencializando a libido, enquanto com a outra mão desabotoava a vestimenta até desnudá-lo por completo. Max, que, dominado pelo assédio e pelo prazer que experimentava, apenas reagia aos movimentos cadenciados e desejosos de Maria Cláudia, que assumiu a hierarquia da relação que se estendeu pela noite adentro, até o esgotamento de suas energias.

25

Movendo os pés na areia branca, Maria Cláudia perguntou:

— Você se assustou comigo ontem à noite?

— Não, não, eu não me assusto com essas coisas. Gostei. E muito! Mas fiquei surpreso com a sua pegada. Até ontem você parecia uma menina recolhida dentro de você mesma, procurando se descobrir. Não dava para perceber em você a liberdade e maturidade com que me pegou ontem à noite. Tive que me esforçar para não parecer um menininho...

— Um pouco foi tesão mesmo. Instinto. Afinal, estamos aqui passeando, nos alimentando, acumulando energias, sem estresse... outra parte foi muito racional. Pela primeira vez eu tomei a iniciativa de pôr em prática algumas curiosidades sexuais. Eu não tenho problema com sexo, mas nunca tomei a iniciativa de expressar o meu querer, de explorar as minhas curiosidades. Ficava pensando o que o meu companheiro pode pensar de mim. Essas coisas... Ontem foi diferente. Estou tentando eleger e firmar as minhas escolhas. Estou procurando ser mais espontânea comigo mesmo. Querendo mudar meus condicionamentos. Separar meus juízos dos juízos dos outros. Agir com liberdade, sem me preocupar com o que os outros dizem.

Sem medo do futuro. Tem riscos, eu sei. Mas o que estou procurando não é me pôr em risco e sim praticar coisas que quero. Descobrir mais sobre mim. Me atender mais e me preocupar menos com o que outros esperam de mim...

Max percebeu que embora estivesse conversando com ele, as frases eram, na verdade, para ela mesma, como se quisesse apreender e cristalizar em si aqueles comandos. Sentiu que ela estava organizando seus pensamentos e redirecionando sua própria identidade.

O semblante de Maria Cláudia revelava um estado de inequívoco apaziguamento. As expressões de seu corpo, sua face, seus olhos, sua própria respiração, revelavam-se equilibrados. Esse estado de satisfação física e emocional de Maria Cláudia decorria, certamente, não só dos gastos de energias e os muitos prazeres obtidos na prolongada noite anterior, em que se dedicou à intensa atividade sexual com Max, mas, também, à vitória interna de seu querer. Havia conseguido realizar seus desejos e suas fantasias, orientados pela sua vontade, que sua voz interna, agora, acumpliciando-se e aplaudindo, reafirmava os acertos das suas decisões.

Essa convergência existencial, vivenciada por Maria Cláudia, trazia para ela a sensação positiva e vitoriosa contra amarras de todos os tipos, que habitavam, até então, seu mundo interior, certamente imposto pelas pressões sociais e outras inibições, conferindo a ela o sentido pleno da liberdade. Sem contrariar esses entusiasmos, ditados por sua voz interna, Maria Cláudia aproveitou cada instante na companhia de Max, até o último dia, que foram rigorosamente cumpridos até o fim daquela temporada, quando deixou Max num ponto de táxi, no retorno de ambos para São Paulo. Ao se despedirem, não se esqueceram de reafirmar o pacto de se encontrarem a cada quinze dias para os cafés da manhã, almoços e reprises de intimidades que tanto estimularam e deram vigor e alegria à existência deles, naquele refúgio, que Max, compreendia como "o esquisito".

ESTÁ FEITO.

26

Dona Ticcina, estava contente e aliviada pelo retorno de Maria Cláudia. Não que a filha tivesse avisado, mas porque tão logo Maria Cláudia viajou para Paraty, Dona Ticcina ligou para sua amiga e confidente, Eleonora, a Norinha de Paraty, como era conhecida a prestigiada artista plástica, que soube, por suas habilidades, conhecimentos técnicos e criatividade diferenciada, tanto na pintura de seus óleos sobre tela quanto em suas peças de cerâmica, tornar famoso seu ateliê, inclusive do exterior.

Dona Ticcina comentou com a amiga o fim do casamento da filha. O retorno para a casa dos pais, logo após a separação. O comportamento deprimido. As noites insones e os dias perdidos na cama. O olhar vago, andando pela casa parecendo um zumbi, esboçando, de vez em quando, um sorriso forçado e sem graça, numa tentativa sofrida de se mostrar agradável, que amargurava e fazia Dona Ticcina sofrer. Comentou, ainda, com a amiga, as mudanças recentes no comportamento da filha que acordou, um dia, toda energizada e consciente de que precisava retomar sua vida. Dali para frente não parou mais. Por quase uma semana, saiu todos os dias, logo cedo, informando que ia tomar café da manhã com uma amiga, almoçar com outra até, de repente, anunciar a viagem de Paraty, onde permaneceria por um mês ou mais. Dona Ticcina confidenciou com a amiga que não quis interferir na decisão da filha nem deixou que o pai o fizesse, pois era melhor vê-la ativa, tomando decisões do que assistir o seu vulto caminhando pela casa.

Como Maria Cláudia havia acabado de sair de casa, com destino a Paraty, o motivo daquela ligação telefônica era para que a amiga, a partir do dia seguinte, contatasse Dona Badiana, para que observasse o comportamento diário de Maria Cláudia, se estava se alimentando bem, quem eram as pessoas que estavam com ela, se faria os passeios de barco, se iria para a cidade, enfim se conseguiria, ao menos se divertir. Dona Ticcina se desculpava, ainda, para amiga que compreendesse aquele pedido pois ele vinha de "uma mãe desesperada pelas incertezas comportamentais da filha e que torcia, a cada minuto, para que ela se encontrasse e fosse feliz". Disse, ainda, à amiga que contratasse um motorista de táxi ou alguém de sua confiança para fazer o contato com a caseira Badiana, pedindo, por fim, o número da conta bancária da amiga para cobertura das despesas diárias que seriam necessárias. A amiga Norinha acalmou Ticcina. Nada de contratar ninguém. Aquele era assunto particular delas. Ninguém tinha de saber de nada. Ela mesma iria se encarregar de procurar Badiana, todos os dias, e se informar com ela sobre Maria Cláudia, determinando o sigilo daquela investigação". Dona Ticcina emocionou-se com a firmeza da amiga. Depois de alguns segundos, retomado o controle das emoções, apaziguada e agradecida da amiga, a conversa entre ambas continuou, dominada, agora, pelo fazer artístico de ambas, cuja circunstância era o ponto de convergência numa amizade antiga, desde as primeiras idas de Dona Ticcina a Paraty, quando Maria Cláudia sequer ainda era nascida.

A cada dia que recebia informação da amiga, Dona Ticcina experimentava um sentimento de preocupação seguido de alívio e torcida para a filha. A preocupação era o fato de a filha estar acompanhada de uma única pessoa, um moço, da idade aproximada da dela. Pelo nome, King, e pela descrição do moço, Dona Ticcina não fazia ideia de quem poderia ser. O fato, entretanto, de Maria Cláudia acordar, todos os dias, para o café da manhã, o passeio de barco, almoçar e sair à noite, certamente para ir à cidade, indicava que Maria Cláudia estava retomando o gosto pelas coisas e a normalidade do viver. Ficou mais tranquila, ainda, quando soube do resultado da sondagem que havia encomendado a Norinha.

Badiana informou que tanto Maria Cláudia quanto o rapaz dormiam em quartos separados.

A tranquilidade de Dona Ticcina foi, sem dúvida, um ato falho, pois sentiu, logo em seguida, um pequeno incômodo emocional que denunciou o egoísmo da mãe em impedir que a filha dividisse o corpo com o jovem, em busca de prazer e novas experiências.

As informações que Dona Badiana repassava para Norinha, eram filtradas, cuidadosamente, por Dona Ticcina e, depois, repassada para Luigi. Luigi não se conformava.

— Essa menina perdeu mesmo o juízo. Acabou de sair de um casamento e já arrumou um jeito de pôr um estranho dentro de casa. Parece que não ensinamos nada para ela...

— Não é bem assim, Luigi — ponderou Dona Ticcina. — A Badiana arruma os quartos todos os dias e viu que cada um dorme no seu quarto. Deve ser algum amigo. Dias atrás essa menina estava deitada na cama, visivelmente deprimida. Agora ela já sai de casa. Pode não ser a melhor decisão. Mas é melhor ela fazer o que está fazendo do que ficar aqui. Pense nisso...

A praticidade de Luigi, que se resumia na escolha de um divã para as sessões de psicanálises da filha e os medicamentos indicados para a depressão, contrastava com a crença pacienciosa de Dona Ticcina que, sem discordar das terapias e medicamentos sugeridos pelo marido, era favorável às iniciativas da filha em experimentar novas práticas de vida, como vinha fazendo, em busca da sua autonomia e da sua felicidade.

Não raro, nessas discussões, Luigi não estendia as conversas. Como Maria Cláudia retornaria aquele dia, pediu, apenas, que a esposa o orientasse como proceder com a filha caso ela abordasse algum assunto que envolvesse intimidades.

— Deixe que eu resolvo — respondeu, resoluta. — Se a conversa for aqui em casa eu interrompo o assunto e resolvo com ela. Se ela, no entanto, te telefonar, diga que conversará pessoalmente aqui e, aí, eu resolvo. Hoje, depois que chegar do trabalho, caso ela já esteja por aqui, nada de estranheza. Faça de conta que está tudo, bem. Sem perguntas invasivas ou embaraçosas. Não podemos deixar, também, que ela perceba que sabemos de tudo o que ela andou fazendo por lá. Temos apenas que recebê-la bem, afinal, é nossa filha que anda meio atrapalhada como estamos vendo...

Firmados os pactos e projetados os cenários para a recepção da filha, Luigi foi para o trabalho e Dona Ticcina dividiu o seu tempo entre algum trabalho pendente em seu ateliê e os comandos ordinários às funcionárias da casa, tomando todo o cuidado para não ventilar o retorno de Maria Cláudia.

27

Entre o meio e o fim da tarde, Dona Ticcina ouviu o barulho do ferrolho da porta. Era Maria Cláudia chegando. Disfarçando a surpresa da chegada, mas com alegria verdadeira, Dona Ticcina aguardou a porta ser aberta. O abraço apertado, efusivo, fez com que mãe e filha perdessem a noção da modulação das vozes e do tempo das palavras, provocando um alarido, de inegável alegria, que ecoou pela casa, chamando a atenção das empregadas que também vieram dar as boas-vindas à Maria Cláudia, prolongando o festejo e o burburinho.

A governanta determinou que a arrumadeira recolhesse a pequena mala e a bolsa de Maria Cláudia, ordenando, também, à cozinheira e à ajudante que preparassem a mesa para o lanche da recepção.

Não demorou, todas estavam em volta da mesa festejando o retorno de Maria Cláudia, fazendo desaparecer a hierarquia, entre as funcionárias e delas com Dona Ticcina, que cedeu espaço ao afeto construído, entre todas, ao longo dos vários anos de trabalho.

Aos poucos, a euforia foi diminuindo e a governanta, sugeriu a Dona Ticcina e Maria Cláudia que ocupassem a sala de estar, lugar mais calmo e íntimo, para continuarem a conversa.

Sentadas confortavelmente no sofá da sala, mãe e filha passaram em revista a viagem de Maria Cláudia, com o amigo, na casa de praia da família. A curiosidade de Dona Ticcina, que já sabia de tudo, foi se transformando, a cada resposta da filha, em puro encantamento. A magia que envolveu a mãe não estava só no teor das respostas, mas nos gestos espontâneos da filha. Na expressão do seu olhar. Na confidência madura, contida, sem alteração da verdade, mas que exigia da mãe completar as informações com o uso da imaginação.

Era uma Maria Cláudia diferente da criança dependente, que viu crescer.

Maria Cláudia não estava representando nenhum papel. Deixava fluir, com naturalidade e respeito, a conversa com a mãe sem negar-lhe a confidência dos assuntos. Porém, pela primeira vez percebeu a utilização de um recurso que passou a compor o seu estado de consciência: a administração da informação, eliminando a crueza dos fatos, fosse por pudor, fosse por ter criado reservas íntimas que só cabia a ela conhecer.

Dona Ticcina estava maravilhada com a conversa e, sobretudo, com a postura da filha. "Era tudo o que sempre esperei dela! Bonita, inteligente, articulada nos gestos e na fala. Madura e agradável", murmurava intimamente. Já estava ansiosa para comentar com Luigi sobre a evolução da filha. Sabia que o pai andava preocupado, porém, agastado com tudo aquilo.

No primeiro bocejo da filha, Dona Ticcina estimulou uma pausa para um descanso, afinal ela devia estar cansada por ter dirigido o dia todo.

Depois de ajudar a filha a se acomodar, foi direto para seu ateliê, fechando a porta. Discou para Luigi e, ao ser atendida, atropelada pela ansiedade passou a narrar o encontro mágico e agradável. Rememorando os pontos altos da conversa, Dona Ticcina deixou-se tomar pela emoção e num choro contido, porém com um sentido nítido de vitória e orgulho, disse:

— O sofrimento e angústia que rondavam a menina foram embora! Parece que Deus derramou luz sobre ela. Eu senti, hoje, pela primeira vez, que nós criamos uma filha dotada de grandeza. Você precisa ver! Eu estou muito feliz, Luigi. Acho que os dias de tristeza desta casa se acabaram...

Luigi, depois de ouvir, confortar, convergir e celebrar com a mulher, terminou a conversa pedindo a ela que separasse uma garrafa de um bom vinho, que bem harmonizasse com os pratos que seriam preparados para o jantar de retorno de Maria Cláudia.

28

Eram dez horas da manhã.

O telefone tocou. Mesmo aparecendo no visor do celular a palavra "desconhecido", Maria Cláudia sabia que era King, cumprindo o pacto do encontro quinzenal.

Ela já estava pronta.

A espera e o contentamento, pela ligação, passavam longe, no entanto, dessas manifestações mais profundas da alma, onde mora o amor, a confiança e a saudade, que atiçam fogo no olhar, aquecem a circulação sanguínea e enfraquecem a musculatura, com os tremores das pernas e embargos na voz, preparando o corpo para, nos momentos de intimidade, entregar-se, lânguida e voluptuosamente, cumprindo os imperativos do desejo.

Pragmática, via no parceiro a possibilidade de aprender a fazer escolhas e a buscar novas experiências. Havia, claro, o afeto, a confiança que prometia se consolidar na amizade que estavam construindo. Ela já havia experimentado progressos. Sentia-se mais livre nas questões mais íntimas e, quando se punha em dúvida, sobre a relação social estabelecida com King, rememorava as aulas de filosofia, dos tempos universitários, que falavam do hedonismo, preconizando a permanente busca do prazer, que se constituía no princípio e fim da vida moral do indivíduo. Era o que o momento impunha e a impulsionava a procurar, com determinação e disciplina. Atendeu a ligação.

— Oi, Maria Cláudia. É o King.

Com voz deliberadamente provocante, respondeu:

— Eu já sabia que era você! E, atropelada pela ansiedade do encontro, perguntou quase no mesmo fôlego, onde você está?

— Estou na rua de cima da sua casa. Peguei um táxi e desci aqui, na esquina.

— Eu já estou pronta. Venha para a porta da garagem que eu te pego ali. Já estou descendo.

— Está bem. Até já.

Maria Cláudia saiu do quarto e passando pelo ateliê da mãe foi logo se despedindo, sem parar.

— Tchau, tchau. Estou saindo. Volto mais tarde. Não vou almoçar em casa...

E saiu.

Assim eram as quinzenas de Maria Cláudia.

Como aulas regulares, em período integral, praticava, disciplinadamente, com King, as demoradas lições do prazer, procurando, como toda boa aluna, extrair o proveito e a evolução do aprendizado.

Estimulada por esses avanços, vinha retomando suas relações tanto dos tempos de colégio quanto dos tempos universitários. Desta vez, não havia motorista nem hora de retorno para casa. Ela era, agora, a comandante do seu próprio tempo. Quanto mais conversava com as amigas e amigos, mais constatava que sua história ficava sempre pela metade, denunciando o quanto deixou de viver os fatos e as aventuras da infância e da adolescência.

A prática do crime de sequestro, de membros de famílias ricas, era um fenômeno que alardeava toda a sociedade, inclusive do exterior. Empresas internacionais de seguro chegaram a expandir seus negócios para essas bandas do mundo, oferecendo seus serviços, tanto de auxílio e assistência às famílias vítimas quanto à própria polícia, na eleição de estratégias e negociação, com os grupos criminosos, para o pagamento dos elevados valores solicitados a título de resgate do ente sequestrado. A indústria cinematográfica produziu, também, vários filmes mostrando a crueza dos sequestros e as duras e impiedosas exigências para o pagamento do resgate, introduzindo, no entanto, no meio da trama, elementos ficcionais para realçar o caráter de entretenimento, permitindo o surgimento do herói, distinguindo o feito artístico do mero documentário.

Esses tempos, para os membros das famílias ricas, nunca acabaram, pois sempre foram vistas como iscas apetitosas e objetivos possíveis para os planos ousados dos bandos de malfeitores que infestam, principalmente, os grandes centros urbanos, fazendo esparramar o medo e, por isso mesmo, a adoção de cautelas que, se protegem e afastam as possibilidades dos sequestros, impõem severas limitações às experiências existenciais dos indivíduos.

Era esse ciclo que Maria Cláudia queria romper. Não pedira para nascer rica, mas não queria mais permanecer escrava da riqueza. Cometer o erro de não permanecer na porta da escola, com amigos e amigas, ou de andar pelas ruas, após as aulas, fazendo fuzarca, para descobrir, naquela altura da vida, que vivera apenas pela metade.

O preço pago havia sido alto demais

Estava na hora, decidia-se Maria Cláudia, de conhecer as ruas, as esquinas, os bares, os restaurantes, as casas noturnas, a música cantada ao vivo nos espaços boêmios da cidade e tudo o que fosse mundano.

Maria Cláudia não teve como não considerar a paradoxal relação com King. Ao invés de sofrer a angústia da vítima, conheceu a possibilidade de eleição de novas escolhas existenciais.

Se não havia amor na relação entre eles, havia a admiração por King. Não havia promessas naquela relação. O futuro de King era incerto.

Os encontros quinzenais, tornaram-se rotineiros. Avançavam os meses. King resgatava as lições de bons modos, controlava, também, o uso das gírias tanto para valorizar os arquétipos de sua formação educacional quanto para tornar mais confortável a relação com Maria Cláudia, que não estava acostumada com o linguajar usado no mundo em que ele transitava.

Maria Cláudia percebia as deferências de King, devolvendo a ele, com a naturalidade peculiar, a companhia agradável e elegante. Mas era na cama confortável de algum hotel sofisticado e seguro da cidade que a retribuição de Maria

Cláudia se avolumava, ao inundar King de um intenso prazer, fazendo-o refém de suas iniciativas voluptuosas, reflexos tanto da liberação de seus instintos femininos como, também, do rompimento voluntário de todos os tabus, mistérios, segredos, proibições e culpas.

A natureza não tardou a impor suas consequências.

Quase um ano daqueles intensos e memoráveis encontros quinzenais, Maria Cláudia experimentou um momento único.

Estava grávida!

29

Três semanas após o assalto, o delegado geral recebeu, em seu gabinete, os cinco Delegados Regionais de Polícia (Zona Norte, Sul, Leste, Oeste e Centro), que ele havia indicado para a formação da equipe para a elaboração e execução das investigações.

A cidade, embora já tivesse voltado à normalidade, os transeuntes, em sua movimentação diária, quando entrevistados pela imprensa, mostravam que ainda estavam bem acesas as cenas do assalto ocorrido há três semanas e, unânimes, diziam aguardar a enérgica providência do governo para prender os bandidos.

Na antessala do gabinete do delegado geral, a imprensa aguardava a autoridade para falar sobre os objetivos da reunião com sua equipe e as projeções futuras para o caso.

A porta se abriu. Apareceu o delegado geral, com suas roupas informais. Mangas arregaçadas da camisa colorida, gravata afrouxada no colarinho e sem paletó. Bem-disposto, fez um cumprimento geral para os jornalistas, muitos deles já conhecidos de outros eventos. Foi logo abordado por cinegrafistas, iluminadores, repórteres, com seus caderninhos de anotação, microfones e gravadores, aproximando de seu rosto, como um grande buquê de flores, a parafernália de objetos.

Seguiram-se as perguntas:

— O senhor não acha que as investigações estão atrasadas, pois já se passaram vinte e um dias sem que ninguém fosse identificado ou preso?

— Não — respondeu convicto o delegado geral. — Nós não estamos atrasados. Estamos no tempo certo. Os senhores, e a população que nos ouve, precisam entender que o assalto não foi um ato espontâneo e de oportunidade, praticados por bandidos que, por acaso, passavam pelo local. Foi um ato estudado e planejado. Todos os bandidos que participaram tinham um papel previamente estabelecido. Os atos obedeceram a uma inteligência. Quando estamos diante de uma situação dessas, não adianta sair pela rua prendendo qualquer suspeito. Temos que analisar o fato e todas as suas circunstâncias. Esses elementos poderão nos dar o perfil da quadrilha e o seu grau de organização. A partir daí é que vamos estabelecer um plano estratégico.

— Mas, vinte e um dias passados, mais o tempo que a polícia vai precisar para organizar esse plano estratégico, não será muito tempo? Até lá o dinheiro roubado poderá não ser mais recuperado! — Insistiu o repórter.

O delegado geral, dentro da objetividade que se esperava dele, respondeu:

— Vinte milhões de reais não se gasta do dia para a noite. É verdade que o Estado não pode permitir que o criminoso tire proveito do produto do crime, porém, nosso objetivo é a identificação e a prisão dos bandidos. Feito isto, encerramos o nosso trabalho, encaminhando a investigação para o Poder Judiciário que julgará os criminosos.

As perguntas continuaram e o delegado geral, sempre prestativo, respondeu a todos os jornalistas que, depois de algum tempo, satisfeitos, encerraram suas atividades e o delegado geral, despedindo-se, retornou ao seu gabinete para dar continuidade à reunião com os delegados regionais.

As investigações já estavam em andamento. Dois dos delegados estiveram nos bancos para conhecer como eram feitas as autorizações das movimentações dos valores junto à empresa de transporte e como eram documentadas as autorizações. Levantaram, também, o nome dos funcionários dos bancos que faziam a comunicação para a empresa transportadora de valores, assim como o nome dos gerentes e dos encarregados das respectivas agências bancárias, que receberiam os respectivos valores. Igual procedimento foi adotado pelos policiais junto à empresa transportadora de valores, colhendo-se os documentos que registravam as operações de saída dos valores com os nomes dos funcionários, a quantidade de dinheiro em cada malote, assim como a soma total dos valores transportados, em cada caminhão, os horários de saída, o itinerário estabelecido, e, por fim, o nome dos seguranças e do motorista que conduziam as operações. Os funcionários dos bancos e da transportadora de valores que haviam atendido os policiais explicaram, detalhadamente, os procedimentos e forneceram cópia de todos os documentos que lastrearam o transporte dos valores que foram roubados.

Os outros três delegados regionais que se encarregaram das investigações de campo não tinham, até aquele momento, obtido informações seguras sobre quem seriam e de onde eram os assaltantes do carro forte da transportadora de valores.

— Nem nos bares, butecos, biroscas, puteiros, cabarés, salões de snooker, carteados, biqueiras do tráfico se ouviu falar sobre quem são esses caras. Há comentários do assalto, mas ninguém sabe ou sequer desconfiam quem poderia ser — disse um delegado regional.

— Esses caras planejaram bem mesmo esse assalto. Tanto antes quanto depois, disse um outro delegado. Ninguém que pus na rua para levantar informação viu ou ouviu qualquer comentário sobre festa, ostentação, fluxo de dinheiro novo. Nada! As coisas tão andando como se esse assalto não tivesse acontecido. Vinte milhão! E nenhum dinheiro novo? Nenhum neguinho pra bater no peito e dizer que ele tava na parada, só pra crescer no meio da malandragem? Vinte e um dia depois? Tá esquisito. Dá pra parecer que é gente de fora. Fez a lança aqui e pinoteou pro canto deles. Será que pode ser uma coisa dessa?

— Esses caras são daqui mesmo — disse o delegado geral. Uma hora, pelo menos, um deles vai cair. Vamos continuar as sondagens com os nossos informantes. Nós só vamos entrar em campo quando tivermos uma pista segura. Por ora, vamos trabalhar com as informações que já temos. Nos documentos que foram entregues nós já temos vários nomes. Vamos levantar a vida pregressa de todos para saber se não há nenhum deslize anterior.

— Concordo — disse um delegado regional. — Como já conhecemos o sistema de autorização dos bancos para que a transportadora movimentasse os valores e da saída desses valores, da transportadora para as agências, vamos focar a investigação nesse circuito.

Um outro delegado regional, que não havia participado dos levantamentos junto aos bancos e a empresa de transporte de valores, indagou:

— Nessas autorizações dos bancos para a empresa de transporte e a saída desses valores, para as agências bancárias constam os nomes dos funcionários, tanto dos bancos quanto das transportadoras?

— Sim — respondeu o delegado. — Tem, inclusive, o nome do gerente da agência que solicitou os recursos financeiros para a sua matriz.

— Então — retomou o delegado que havia feito a pergunta. — como os valores foram roubados, esse roubo pode ter ocorrido porque alguém vazou a informação. Se foi isto, o vazamento da informação só pode ter sido feito ou pelos funcionários do banco ou da transportadora. Eu penso que devemos iniciar a investigação pondo luz nesses dois pontos. Os nomes dos suspeitos nós já temos.

O delegado geral interveio:

— Eu também acho que devemos seguir esse caminho. Porém, eu penso que se houve vazamento, no banco ou na transportadora, esse vazamento não deve ter sido feito diretamente entre o funcionário e algum bandido. É mais fácil e mais seguro para o funcionário eleger um terceiro, de sua confiança, para fazer o contato com os bandidos. Como não podemos descartar nenhum caminho, vamos investigar todos os funcionários mencionados nos documentos, mas vamos voltar aos bancos e à transportadora e pedir para eles levantarem os nomes, os endereços e os documentos de identidade dos irmãos, irmãs e eventuais cunhados e cunhadas de cada funcionário. Isto vai ampliar o número de suspeitos, mas não importa. É trabalho de paciência. Investigação é isto. Se não obtivermos nenhuma pista vamos ampliar para os primos, primas, amigos, etc. Se estivermos certo, no entanto, será desse mato que vai sair o coelho...

Todos concordaram. Após as últimas conversas e despedidas, cada um deles retornou para suas bases operacionais para o início das investigações.

Mais de trinta dias depois, com a relação dos parentes dos funcionários, os policiais, fichando as pessoas indicadas, registraram, numa delas, o endereço residencial situado na Rua Anselmo dos Santos Neto, nº 58, São Paulo, Capital, pertencente ao cunhado e à irmã de um funcionário da empresa transportadora de valores.

Este era o endereço que King passou para seus companheiros se encontrarem no final do dia em que ocorreu o assalto...

30

Maria Cláudia continuava, disciplinadamente, a resgatar e ampliar o seu relacionamento social. Já incursionava, com desenvoltura, só ou com amigos que convidava, pelos bares, restaurantes, cafés, cinema e centros de compras da cidade. Passou a conhecer, também, a noite intensa da metrópole com suas sofisticadas atrações internacionais, desde a música popular às apresentações de repertórios clássicos, regidos por maestros famosos, além dos restaurantes para comemorar e discutir o evento assistido. Mas, também, passou a ser do gosto de Maria Cláudia a frequência dos bares noturnos que, nos dias de boa música e boa companhia, se estendiam pela madrugada adentro levando o grupo, ainda animado, a encerrar a noitada nos sofisticados hotéis que, já a partir das cinco horas da manhã, abria suas portas para o café da manhã.

Sentia-se, por vezes, fortalecida, ao conseguir "dar um chega pra lá" a alguém que fizesse uma abordagem incômoda ou "mostrar os dentes" para gracejos inconvenientes, substituindo o sorriso gentil, receitado pela educação "dos bons modos", indicando o surgimento de novos caminhos.

O medo substituía o pavor permanente. Agora, era o medo seletivo, por cautela, pelos cuidados consigo mesma, em suas andanças pelos lugares e pelas ruas.

Dia a dia, Maria Cláudia sentia sua evolução. Ficaram para trás os dias deprimidos. Dona Ticcina, ajudava e muito a filha nessa retomada, estimulando e preparando, para ela, verdadeiros banquetes em que eram recebidos os amigos e amigas.

Maria Cláudia, ainda que amparada pela sólida condição financeira familiar, começou a projetar seu futuro, em busca de uma atividade laborativa. Ter seus próprios ganhos e submeter sua rotina ao trabalho era uma reivindicação que se intensificava. Arquitetura? Fora a escolha para a sua formação universitária, que concluíra com êxito. Talvez ocupar um cargo em alguma das empresas do pai, pensava como alternativa. Mais dia menos dia, ela haveria de decidir.

31

A constatação da gravidez, ocorrida naquela semana, longe de trazer qualquer preocupação, somou-se aos seus projetos de futuro. Mantinha em sigilo, ainda, tanto de suas amigas confidentes quanto da mãe, pois guardava a notícia, primeiro, para King, o que ocorreria na semana seguinte, em seus encontros quinzenais.

Na data combinada, o telefone tocou. Nove e meia da manhã. Meia hora mais tarde os dois já ocupavam a mesa de uma nova padaria, no rodízio constante que faziam para o desjejum.

Sem precipitar a informação, Maria Cláudia aguardou que iniciassem a refeição, com conversas amenas, até que, chamando a atenção de King, disse:

— King, no início da semana passada, percebendo um atraso no meu ciclo menstrual, fiz um teste. Estou grávida! — A notícia foi curta e com alegria. — Não comentei com ninguém, ainda, porque queria participar a você em primeiro lugar.

— Grávida? E agora? Vai ser bom para você? — King respondeu, emendando uma pergunta na outra.

— Na verdade, não projetei e, por isso mesmo, não esperava essa gravidez. Desde a praia, até hoje, não me preveni.

Fui deixando acontecer... acrescentando em seguida: -Mas não me assusta. É como se eu estivesse agregando novos conteúdos, novas percepções. Eu acredito que a gravidez veio para me ajudar a crescer.

Percebendo uma ponta de entusiasmo em Maria Cláudia, King a interrompeu e, com o semblante sério, disse:

— Maria Cláudia, não sou contra qualquer gravidez, até porque sou resultado da gravidez estabelecida entre meu pai e minha mãe, quando resolveram ter um filho. Aqui estou eu. Também não posso e não devo interferir na decisão de levar a sua adiante ou não. O fato é que eu não quero ser pai. Você já me conhece um pouco. Durante o planejamento das coisas que faço, durante a execução e os dias que se seguem, são muito tensos. Nesses momentos, não sou uma pessoa disponível. Tenho que ser ágil, racional e instintivo, tudo ao mesmo tempo. Se não der para salvar um companheiro, que caiu ferido num assalto, sou impulsionado pela fuga para defender a minha liberdade, a minha integridade física ou a própria vida. Muitas vezes, na prisão ou morte de um parceiro, carrego de um sentimento de culpa muito grande. Fico me sentindo um covarde, um egoísta, um fraco, coisa que não sou. É só tristeza, agonia, raiva de mim mesmo, essas coisas. É por essa razão que concluí que não quero depender de ninguém, como, no caso, meu pai e minha mãe, e muito menos ter alguém que dependa mim, que espere a minha volta para casa e eu não conseguir chegar... e por essa razão, Maria Cláudia, que eu não quero nem me casar nem ter filho.

Maria Cláudia compreendia bem o que King estava falando. Conheceu-o em ação, um animal impulsionado pelo instinto da autopreservação, pouco se importando com a aflição, sofrimento do refém, muito menos com o mínimo ético social inerente às relações sociais civilizadas. Era testemunha desse comportamento animalesco de King. Mas passou a conhecer, também, o King posto em segurança. Deixava antever, em seus relatos, a afetividade desenvolvida na infância.

Maria Cláudia já conhecia King, naquele um ano de relacionamento. Sabia de suas convicções pela escolha da vida bandida e não queria questioná-lo sobre suas opções. Mas, a recusa dele em não ser pai, não podia interferir na decisão dela de ser mãe. Era grata a King por ter mostrado a possibilidade de criar cenários que modificavam, dia a dia, tanto seu comportamento quanto o fortalecimento da sua musculatura existencial. Ouvindo atentamente sua posição, Maria Cláudia respondeu:

— King, eu compreendo você. Mas não tenho como impedir que você seja pai, pois eu quero e vou ser mãe dessa criança, que já existe dentro de mim. Minha vida está mudando. Essa gestação já despertou em mim esse sentimento de maternidade. Eu começo a cobrar de mim mesmo o desenvolvimento de uma força para proteger essa criança. Isto me faz sentir útil. Às vezes, me sinto invadida por sentimentos de felicidade, de estima que afasta, com clareza, a menina tímida, ingênua, obediente e protegida que sempre fui. Eu sinto que estou pronta para essa criança que sequer existe, ainda, mas que já faz parte de mim.

King sentiu a determinação de Maria Cláudia. Com serenidade tentou reafirmar seu ponto vista:

— Maria Cláudia, não quero nem vou demover sua decisão de ser mãe. O que você precisa compreender é que, quando assumi a vida bandida, eu saí da minha casa. — Nesse momento, King foi acelerando a sua fala e descuidando da pronúncia das palavras. — Eu quis cortá todos os vínculos cum eles. Não porque num gostava do meu pai e da minha mãe. Muito pelo contrário. Foi exatamente por gostá deles qui eu cortei todo o contato. É como si eles num existisse mais. Você sabe qui até meus ducumento pessoal num mostra quem eu sou. É tudo falso. E sabe por quê? Porque eu nunca vou querer qui meu pai nem minha mãe fique sabendo qui fui preso assaltando um banco ou morto pela pulicia. Se eu tivé um filho, só vou aumentá esse conflito. Porque eu vou deixá meu filho mi esperando em casa si eu num posso nem chegá lá porque a pulicia está tocaiando a casa pra mi prendê? Porque eu vou deixá meu filho sabê qui fui preso roubando ou morto pela pulicia? Se eu criei esse risco pra mim, em relação aos meus pais, eu posso e quero evitá esse mesmo risco em relação ao esse filho, qui você tá me falando. É purisso qui eu num quero tê. É isso, Maria Cláudia.

Fez-se, entre ambos, um silêncio profundo, intenso. O antagonismo estabelecido entre ambos, mostrava-se visível na aparência aflita de King e na placidez de Maria Cláudia. Quebrando o silêncio, Maria Cláudia disse:

— Eu te compreendo King. Mas tudo isto pode ser contornado. Podemos fazer um pacto entre nós. Depois do nascimento, você pode conhecê-lo. Não precisamos dizer a ele, que você é o pai. Este pode ser o nosso segredo.

— Maria Cláudia, parece que você não compreende o que eu digo. Desde a hora que eu deito ou da hora que eu levanto ou seja lá onde eu possa estar, posso ser cercado pela polícia para ser preso. Se eu reagir, sobra tiroteio que pode me matar...

Conforme expunha, King foi se deixando levar por forte ansiedade que, ao mesmo tempo que acelerava sua fala, relaxava na pronúncia, mostrando, sem sombra nem retoque, o mundo em que vivia e a pessoa real que era.

— Pai qui é pai, num é isso. É como o meu pai. Acorda cedo. Vai pro trabalho. Volta pra casa. Ajuda a mulher. Brinca com o filho. Janta com a família. No fim de semana leva o filho pra jogá bola, pra passeá. Compra sorvete, bala. Nas férias viaja pra mostrá o mundo pro filho. Eu como filho, gosto do meu pai e nunca vô querê que nada de ruim aconteça com ele. Como eu vô tê filho? Pra ele sofrê porque sôbe que fui em cana ou que a pulícia me matô porque tava assaltando um banco? Tô fora disto. Num dá mais pra voltá pra trás. Neste meu caminho não tem rasto e nele só cabe eu!

Percebendo o incontornável da situação, Maria Cláudia falou:

— Está bem, King. Eu compreendo. Vamos fazer o seguinte, até para que eu possa ter paz. Eu queria te falar sobre a gravidez, o que está feito. Eu vou ter essa criança. Daqui para a frente, vamos conversando para ver como você se encaixa nesta história.

— Maria Cláudia, vamos adiantar algumas coisas, disse King, compenetrado em si mesmo, com a expressão séria que refletia a imagem de amigo verdadeiramente confiável. Nesse ano que temos nos encontrado, saindo, passeando e conversando eu passei a ter por você uma consideração muito grande. Posso dizer que quero bem a você e torço para que tudo dê certo para você.

King havia retomado a linguagem correta e mais apropriada para a relação com Maria Cláudia.

— Você me mostra um mundo que me faz recordar dos meus pais, dos esforços deles em me educar para que eu vivesse esse mundo que você vive. Mas escolhi outro caminho. Meu mundo é outro. Tenha a certeza de que vou torcer para você ter uma gravidez tranquila e com muito sucesso. Como não quero participar com você dessa gravidez e do nascimento da criança, por tudo o que já disse, vou começar a me afastar de você. Vamos continuar nos encontrando até aparecer os primeiros sinais da gravidez. A partir daí vamos espaçar nossos encontros até nos separarmos definitivamente. Eu espero que você concorde comigo. Encerrou a fala, demonstrando um semblante contido.

Maria Cláudia pousou suavemente sua mão sobre a mão de King e, com a ternura exigida naquele momento, falou:

— King, o nosso encontro de vida não foi para casarmos, ter filhos, constituir família e vivermos juntos, eternamente. Pelo que estou percebendo nesse tempo todo, nosso encontro foi para nós conhecermos a vida. Crescermos. Aprender a desenvolver novas relações. Mudar em nós o que tem de ser mudado. Pelo menos para mim tem sido assim. Relaxe. Deixe as coisas andarem. Faça o que você tem feito. Vamos nos encontrando enquanto você tiver vontade de me ver. Se você desaparecer da minha vida eu vou compreender e respeitar.

King expressou um ligeiro sorriso, perceptível apenas pela movimentação rápida de sua musculatura facial, de gratidão ou mesmo de compreensão das coisas que acontecem na vida. Quem diria, pensou ele, naquele momento de transcendência, que aquela mulherzinha medrosa, tímida e insegura, que conhecera quase um ano atrás, estava ali, agora, e na sua frente, lhe dando força. Mesmo sendo o pai da criança que ela trazia dentro dela, ainda concedia, por compreensão e respeito, a liberdade de ir embora, para nunca mais voltar. Após um breve silêncio, logo quebrado pela tácita concordância de ambos em virarem a página sobre aquele assunto, e, sem qualquer ressentimento, retornaram as conversas amenas e divertidas que marcavam os fatos e os alegres e intensos feitos que realizavam nos tão esperados encontros quinzenais.

32

A secretária pôs na espera a ligação recebida e interfonou para o delegado geral.

— Doutor. Está na linha o delegado do 7º Distrito da Capital. Diz que é urgente e pediu para falar pessoalmente com o senhor.

— Põe ele na linha — disse o delegado geral.

— Alô. Bom dia — chefe! — cumprimentou o delegado distrital.

— Bom dia — respondeu o delegado geral.

— Chefe, desculpe a insistência em falar pessoalmente. Estou reunido aqui, com minha equipe de investigação, e acabei de constatar um fato grave. Pelo menos me assustou. Parece que é coisa grande e é por essa razão que não quero segurar comigo.

— Venha pra cá — disse o delegado geral. — Aqui você me detalha essa informação.

— Era isso que eu esperava, chefe. Já estou saindo. Muito obrigado pela atenção.

Menos de uma hora depois, ainda no meio da manhã, o delegado geral recebeu seu colega. Já se conheciam da carreira policial o que contribuiu para a quebra das formalidades, muito presentes na administração pública.

O delegado visitante, depois do início agradável das conversas com seu superior, apressou-se em expor as razões da urgência.

— Chefe, nós estamos dando um apoio a uma investigação da Delegacia Especializada de Entorpecentes, que pediu a nossa ajuda. Eles estão fazendo uma investigação sobre o tráfico de entorpecentes e suspeitam da participação de um investigado, que mora ali no bairro. Minha equipe passou a fazer um acompanhamento, à distância, dos movimentos dele. Há uns vinte dias, ele saiu de casa, andou um quarteirão e fez uma ligação telefônica de um orelhão. Imediatamente eu avisei o nosso colega da Entorpecentes que me pediu um relatório detalhado. Com base no relatório ele pediu ao juiz do Departamento de Inquéritos Policiais a quebra do sigilo telefônico daquele aparelho. Já faz duas semanas que o aparelho está interceptado. O funcionário da companhia telefônica retira toda semana a fita com as gravações feitas e nos entrega, deixando outra no lugar. Essa é a segunda fita que recebemos. Hoje, logo pela manhã, nos deparamos com esta conversa que trouxe aqui para o senhor ouvir, também.

O delegado distrital tirou de uma sacola um gravador, colocando-o sobre a mesa. Depois de pedir ao delegado geral para ouvir com atenção, apertou a tecla para o funcionamento do aparelho.

— Alô — atendeu uma voz masculina.

A voz do telefone público respondeu:

— Fala irmão! Sou eu. Tá tudo em cima. Parada alta, hem... muita grana...

Nesse momento, antes que continuasse, foi interrompido pelo homem do outro lado da linha.

— Isto a gente fala pessoalmente. Já estou saindo do pedaço e indo pra lá. Quem chegar primeiro espera o outro.

— Tô indo. Té mais — disse, encerrando a ligação.

O delegado distrital interrompeu a gravação e voltando-se para o delegado geral disse:

— Isto é conversa de um, cinco sete[2], chefe. Pelos meus cálculos a conversa ocorreu há pelo menos três dias, pois o nosso homem, que estamos seguindo, falou nesse mesmo telefone há dois dias, portanto, no sábado. Como o funcionário da companhia telefônica retira a fita toda segunda-feira e nos entrega logo cedo, como fez hoje, não quis segurar a informação por mais tempo. Lá no distrito, não tenho estrutura nem pessoal para desenvolver uma investigação desse porte, por isso eu pedi urgência para essa reunião.

— Fez muito bem — respondeu o delegado geral. — Você oficiou mais alguém sobre isto?

— Não. Não oficiei ninguém. Apenas falei para o pessoal da Entorpecentes que tinha ouvido uma conversa estranha na fita, sobre outro assunto, e que traria ao conhecimento do DGP[3]. Eles me pediram para avisá-lo que também não fariam nada sobre esse assunto por entender que a iniciativa devia partir mesmo daqui.

— Eu vou falar com o pessoal da Divisão de Assalto a Bancos. Quem sabe eles têm alguma informação. Avise a

---

[2] 157 - Artigo do Código Penal que define o crime de roubo.
[3] DGP - delegado geral de Polícia, comumente usado entre os policiais.

Entorpecentes que vou direcionar a situação e que eles não precisam mais se preocupar. É bom disparar logo, antes que a gente seja surpreendido por um barulho desse — disse o delegado geral.

— Missão cumprida. Eu só preciso que o senhor faça uma cópia da fita, preciso continuar ouvindo para saber o que o malandro lá da minha área anda fazendo, encerrou o delegado distrital.

O delegado geral respondeu:

— Acho que nem precisamos fazer cópia da fita. Vou falar para a secretária transcrever apenas a conversa que interessa, que é curta. No ofício, que vou encaminhar à Divisão de Assalto a Bancos, eu detalho as circunstâncias em que foi colhida e acrescento que a fita original ou cópia permanecerá preservada por sessenta dias no seu distrito. Depois desse prazo, caso haja necessidade, a Divisão de Assalto a Bancos deverá solicitar cópia da fita à Divisão de Entorpecentes. Você me manda depois, mas, ainda hoje, o número do Inquérito Policial que o pessoal lá da Entorpecentes obteve a autorização judicial para a quebra do sigilo telefônico. Está bem assim?

— Perfeito, chefe!

Conversaram, ainda, por mais algum tempo até que a secretária retornasse à sala, trazendo o gravador, a fita e a transcrição solicitada. Logo em seguida, o delegado geral e o delegado distrital despediram-se, deixando, entre eles, um sentimento forte de empatia e de marcada identidade profissional.

33

Uma das vozes interceptadas na ligação era a de King. A outra, que fez a chamada, era a do seu informante.

King, nesses contatos e movimentações, era cauteloso. Havia escolhido, previamente e fora dos lugares comuns por onde andava, a rua onde estava instalado o telefone público para receber aquela ligação. Movimentava-se, nesses dias, de ônibus, táxi e metrô, passando-se por um trabalhador comum, a caminho do serviço. Evitava expor-se em lugares suspeitos ou cobertos por rondas policiais.

Saindo do bairro, em que recebeu a ligação, dirigiu-se ao centro para o lugar combinado para o encontro. Um restaurante de alta rotatividade, no horário do almoço. Chegou primeiro que o informante como constatou na rápida vistoria feita no interior. Retornou à porta e aguardou por uns vinte minutos, quando ele chegou.

O restaurante era desses de autosserviço, em que os clientes se servem diretamente dos aparadores onde estão dispostos os vários tipos de saladas, pratos e sobremesas. Com o atraso do informante, que consumiu boa parte do horário do almoço, a rotatividade dos clientes estava diminuindo, o que para eles era bom pois podiam conversar à vontade sem ter vizinhos de mesa, que já estavam ficando vazias. Depois de servidos, o informante deu início à conversa:

— Ele me disse que não me chamou antes — referindo-se ao seu contato — porque não queria que acontecesse duas trombadas no mesmo ano. Como tudo deu certo naquela parada anterior, ele acha que já pode acontecer outra. Só que desta vez ele está sugerindo uma coisa mais forte. Ele gostou do barulho que você fez na vez passada. Só que desta vez, segundo a previsão dele, o barulho deve ser maior...

O informante passou a expor a sugestão do contato, para o próximo assalto. Ele observava que a movimentação do dinheiro na transportadora de valores mostrava duas situações diferentes. A maior parte do dinheiro ia sendo guardada em cofres e depois transferida para os cofres dos bancos. A outra parte era o dinheiro que se movimentava no dia a dia. Esse dinheiro era o que os carros fortes traziam, todos os dias, das arrecadações feitas nas agências e do dinheiro que se retirava dos cofres para distribuir nos vários malotes que seriam levados, no dia seguinte, para as várias agências bancárias. Segundo o contato do informante, a soma desses valores chegava a compor um volume muito grande.

O contato advertiu, no entanto, que embora o dinheiro todo estivesse fora do cofre, porque estava sendo trabalhado, havia uma vigilância enorme no desenvolvimento do serviço. O sistema de segurança interno era composto por muitos homens que possuíam armamento pesado. O contato do informante falou, ainda, que esse dinheiro ficava esparramado em várias salas onde funcionários e funcionárias faziam a conferência e a separação das quantidades destinadas para cada malote. O informante tirou do bolso da calça duas folhas de papel, bem dobradas, onde, rusticamente, estavam desenhados os compartimentos internos da empresa, indicando a posição dos cofres, as salas dos seguranças e o armamento, as salas de trabalho para manipulação de valores, a antessala do cofre, onde eram depositados os malotes e os enormes pacotes de dinheiro, que eram levados para as salas de conferência e separação das quantidades para as agências bancárias.

Estavam demarcados, também, a distância entre cada um dos espaços e a distância do portão de entrada da empresa. Por esses desenhos revelava-se o mapa interno da empresa transportadora de valores, estabelecida numa grande construção térrea, que ocupava a metade de uma quadra urbana, com a entrada social na parte que ocupava a maior extensão da rua e outra entrada, para os carros forte, situada na fachada lateral, que se estendia até a metade do quarteirão. A outra parte, ao mesmo tempo que encerrava aquele ambiente, abria um novo espaço, não detalhado no mapa, onde estava escrito estacionamento, para toda a área desenhada.

Encerrando a explanação, o informante perguntou a King:

— E aí, você dá conta dessa parada?

— É nóis, mano! — respondeu King, entusiasticamente. — Mas vai precisar de um tempo. Estudar esse mapa. Levantar o lugar, as ruas e os quarteirões onde está a empresa. É preciso verificar e acompanhar o trânsito do local e arredores para ver os horários de maior ou menor volume do tráfego. É preciso saber também se a empresa já está na avenida ou quais as avenidas que estão próximas. Isso é importante para sabermos como sair mais rápido do local e chegarmos onde vamos esconder os carros com a grana. Embora essas linhas aí do mapa não falem nada, as paredes aí devem ser reforçadas. Vamos precisar de dinamite. Eu conheço uns carinhas aí que mexem com isso. São camaradas meus. Deu pra entender tudo. Diz pro seu contato que em quarenta dias eu tô chegando lá. Vai dar trabalho, mas vamos lá... — concluiu King.

— Beleza! — disse o informante. — A bola está com você. Pau na máquina! Só me avisa a data e o horário pra eu prevenir o meu contato.

— Deixa comigo, companheiro. Agora é estudar o local e ver como eu vou fazer com esse negócio. Ele falou mais ou menos quanto nós vamos achar de dinheiro lá? — perguntou King.

— Fora o dinheiro que está trancado nos cofres ele acha que a grana trabalhada mais a que está nos malotes recolhidos nas agencias chega a uns 100 a 150 milhão de real — respondeu o informante.

King, com manifesto entusiasmo, exclamou, sorrindo.

— É grana, hem! — E, em seguida, em tom assertivo, concluiu. — Vamo lá buscá ela!

Terminado o almoço e esgotada a conversa levantaram-se da mesa. Antes da despedida, King avisou ao informante que, caso tivesse necessidade de mais alguma informação, voltaria a fazer contato, mas que, de qualquer forma, avisaria o dia do assalto com pelo menos três dias de antecedência.

Esperançosos no sucesso da operação, despediram-se.

34

A gravidez de Maria Cláudia já estava aparente. Entrava no sexto mês. Física e existencialmente bem, sentia-se feliz. Cuidava-se, tanto quanto era cuidada pela mãe, que, ante a expectativa de se tornar avó, colocara em favor daquela gestação todo o seu aparatoso quadro de funcionários: a governanta, a cozinheira e sua ajudante, a arrumadeira da casa, a faxineira e o motorista. Cada um tinha uma função, a cozinheira e sua ajudante cuidavam do preparo da dieta proposta pelo médico. O motorista se encarregava de levar Maria Cláudia ao clube, três vezes por semana, para as sessões de ginástica. Dona Ticcina acompanhava a filha, tanto para estimulá-la quanto para verificar a efetividade dos exercícios físicos. Nas vezes que Maria Cláudia decidia permanecer no clube, depois da ginástica, para encontrar amigas ou simplesmente apreciar os jardins ou descansar na sombra de alguma árvore, ouvindo, ao longe, a batida das raquetes nas bolas de tênis, a gritaria de crianças, certamente, comemorando um gol ou um ponto conquistado na partida de algum outro jogo, Dona Ticcina retornava para casa, combinando, no entanto, o horário que o motorista retornaria para pegá-la para o almoço. Nos demais dias, Dona Ticcina e Maria Cláudia iam às compras. Para elas sempre havia a necessidade de um utensílio ou um presentinho para completar a decoração do quarto do bebê. No retorno para casa e abertura dos pacotes, a governanta e a arrumadeira não se cansavam de mudar o berço do lugar buscando uma posição que melhor se adequasse à decoração do ambiente. Nesses dias as quatro mulheres esqueciam-se da hierarquia e do trabalho doméstico, deixando fluir a conversa sobre esse tema tão caro, do nascimento, em que depositavam a crença de ser ele o verdadeiro milagre da vida.

Essa harmoniosa convivência, impregnada na casa de Maria Cláudia, havia sido construída por ela mesma, após os constrangedores embates travados com seus pais, quando anunciou a gravidez. Ciente das deliberações de King, em não aceitar a paternidade, alegou não saber quem era o pai da criança. O pai não podia compreender nem aceitar a resposta da filha. Não saber quem era o pai da criança, para ele, era demais, denunciando uma promiscuidade que, no juízo extremado dele, tangenciava a alienação mental. Maria Cláudia veio ao mundo pela vontade dos pais. Cresceu, foi educada, e *"só se separou porque os jovens de hoje são assim mesmo"*, como, depois, se acostumou a pensar. Às vezes, a memória de Luigi punha luz nos dias depressivos da filha. "Será que a depressão modifica a condição moral da pessoa?", indagava para si mesmo, tomado por medo e incertezas. Rememorando, ainda, a recuperação da filha, antes do anúncio da gravidez, Luigi observou o novo comportamento da filha.

 Maria Cláudia, dia a dia, assumia novas posturas. Dispensou o motorista e o acompanhamento dos seguranças encarregados de sua proteção, saindo sozinha durante os dias, à noite voltando, muitas vezes, de madrugada. A mãe defendia as iniciativas da filha. Maria Cláudia soube contornar aquela situação desconfortável, principalmente perante o pai, começando pela atenção, cuidados e disciplina que passou a dedicar ao seu estado gestacional. A aceitação, também, das orientações e cuidados de sua mãe, no acompanhamento de sua gravidez, findou por aglutinar todo o entorno funcional da casa que passou a nutrir e a torcer tanto pela maternidade vindoura quanto pela expectativa alegre, feliz e realizadora de Dona Ticcina em se tornar avó.

Numa madrugada alta, bem antes do dia despertar, o telefone celular de Maria Cláudia tocou. Ainda sonolenta, tateando a mão sobre o criado mudo, pegou o telefone e viu "desconhecido". Não era um fato estranho, porém, as ligações de King nunca foram feitas naquele horário. Recordou-se que King não havia ligado para marcar os últimos quatro encontros quinzenais, desde que completara o terceiro mês da gravidez. Mesmo assim, sentiu-se impelida a atender.

Atendeu.

Do outro lado da linha ouviu uma voz desconhecida. Rude, destituída de instrução, reveladora, no entanto, de muito respeito:

— É Dona Maria Cráudia que tá falando?

— Sim — respondeu.

— A sinhora me descurpa por tá ligando essa hora. Quem mandou eu ligá pra sinhora foi o King. Ele mim deu o telefone e o endereço da sinhora. Ele mandou eu buscá a sinhora. É urgente. Eu já tô aqui embaixo do prédio da sinhora. É muito urgente, viu?

— Mas por que o King não veio pessoalmente?

— Num dá pra expricá por telefone, Dona Maria Cráudia. É urgente. Nóis num pode falhá numa hora dessa com o King. A hora que a sinhora mim vê a sinhora vai me reconhecê. Eu tava lá naquela casa que a sinhora apareceu um dia, logo cedo. Nóis tava tudo junto. Teve até umas grosseria pros lado da sinhora. A sinhora até descurpou a gente. Nóis num sabia quem a sinhora era.

Maria Cláudia ficou mais tranquila. Sabia que o homem a conhecia, mesmo assim, por estranhar a ausência de King perguntou:

— Aconteceu alguma coisa com o King?

Fez-se silêncio do outro lado da linha, interrompido por uma voz que tentava, agora, mascarar algum tipo de emoção.

— Sim, nada de grave, purisso ele mandô eu vim aqui buscá a sinhora.

Maria Cláudia teve um mal pressentimento. King poderia estar precisando dela e, decidida, respondeu:

— Me espere aí no portão de entrada. Estou descendo.

Em poucos minutos Maria Cláudia já estava acomodada no banco de trás do carro que viera buscá-la. O homem, que logo reconheceu quando se avistaram, estava sentado, agora, ao lado do motorista.

Havia um silêncio profundo no veículo, que se movimentava, velozmente, pelas ruas vazias da metrópole, ainda mergulhada no escuro da madrugada, vencendo, sem risco, as luzes vermelhas dos semáforos, num declarado esforço de se chegar rápido ao destino.

Pela primeira vez, Maria Cláudia se viu andando em sua cidade por lugares nunca vistos. Ainda escuro, no avançar dos bairros, a paisagem da cidade ia se transformando. As avenidas largas, bem iluminadas, separadas por canteiros floridos, ladeadas por imponentes prédios envidraçados, eram substituídas por ruas mal iluminadas, cercadas de casas pobres até o destino, onde já não havia mais ruas. Agora, eram corredores estreitos, de chão batido, esburacados, ladeados por barracos que Maria Cláudia logo identificou como sendo a favela, vista por ela apenas nos noticiários de televisão, denunciando o abandono e o descaso do poder público pela ausência do saneamento básico, pelo viver indigno a que as famílias estavam submetidas e, também, pela presença de bandidos que, aproveitando o descaso do poder público, se infiltravam no meio da população de gente trabalhadora.

Depois de deixarem o veículo estacionado até onde a rua se reduzia a meros vestígios de espaço público, Maria Cláudia desceu do carro e, conduzida pelos dois homens, caminhou até a porta de um barraco. Para seu espanto, aquele barraco apertado, escuro, guarnecido de mobiliário pobre, revelou-se como mera passagem. Atrás de um armário, que foi afastado, escondia-se uma parede falsa que, com acionamento de um dispositivo eletrônico, abriu-se permitindo o ingresso em outro ambiente. As paredes, agora, eram de alvenaria. O piso cerâmico e o teto forrado, formavam um espaço amplo, limpo, muito diferente do que era revelado pela pobreza dos barracos que ladeavam os corredores esburacados, por onde tinham andado até ali. Maria Cláudia deduziu logo estar no esconderijo de King. O homem, com a leveza que se pode esperar de uma pessoa rude e visivelmente emocionado, pondo a mão no braço de Maria Cláudia, pela primeira vez, falou:

— O King tá aqui. Ele tá muito ferido. A sinhora precisa tê força. Em seguida entrou no ambulatório, onde outro homem, vestido todo de branco, na cabeceira da maca, que mais tarde soube tratar-se de um profissional da medicina, examinava King.

King estava irreconhecível. Um lençol branco cobria todo o seu tórax, incluindo os braços e ombros. De fora, na parte superior do corpo, só o pescoço, o rosto e a cabeça. Os olhos semicerrados. Do rosto e da cabeça brotavam gotas de suor, encharcando o travesseiro e o lençol.

Maria Cláudia aproximou-se rapidamente da cama, sendo contida pelo médico que a advertiu para não tocar na parte coberta do corpo, pois as lesões estavam expostas.

Lesões produzidas por arma de fogo de grosso calibre, várias fraturas na omoplata, braço e algumas costelas e, pelas precárias condições do local, não havia como dar início a qualquer procedimento.

Espantada com a informação, Maria Cláudia falou:

— Então vamos levá-lo, rápido, para o hospital!

O médico, com desânimo, revelando-se vencido em qualquer iniciativa, respondeu:

— Eles não querem. Você precisa ajudá-lo a aceitar o tratamento — pediu o médico.

Antes que Maria Cláudia esboçasse qualquer reação, King com muita dificuldade, interrompendo a fala a cada frase, pelos acessos lancinantes de dor, disse:

— Maria Cláudia... Anote esse código...

King falou tão baixo que ela se amparou na armação da cama, para ouvi-lo. Pediu um papel e uma caneta e, em seguida para King:

— Pode falar, King.

— MX100AA. Seguiu-se uma careta de dor e a tentativa de uma respiração profunda, buscando força para continuar falando. É o segredo de um cofre... Está numa casa... o Muzamba vai te levar lá...

Buscando, com muito esforço suportar a dor, continuou:

— Deu tudo certo, só deu ruim pra mim... me acertaram... acho que não vai dar mais pra mim...

Maria Cláudia o interrompeu:

— É por isso que temos que levá-lo rápido para o hospital. O doutor já está aqui. Ele sabe o melhor jeito de levá-lo. Se for o caso vou buscar uma ambulância — disse Maria Cláudia, com energia e determinação.

Embora o estado de King fosse crítico ele conseguiu manter a unidade de seu pensamento e num esforço absurdo, pela extensão e gravidade dos ferimentos, King falou:

— Chegou a minha hora... não estou triste... se eu chegar no hospital... nada garante que eu escape... se escapar com vida, vou ser preso... não quero isso pra mim...

Maria Cláudia interrompeu King:

— Agora não é hora de pensar no depois. Primeiro vamos para o hospital. Lá o doutor e os seus colegas vão fazer de tudo para salvá-lo. O problema da prisão é coisa para pensar depois. E se acontecer, vamos correr atrás de advogados.

Embora o estado de King fosse crítico ele conseguiu manter a unidade de seu pensamento e num esforço absurdo, pela extensão e gravidade dos ferimentos, King falou:

— Maria Cláudia... Eu sabia que podia acontecer comigo... O desconforto provocado pela dor obrigava-o a interromper a fala, como se buscasse novas forças para continuar falando. Mas eu te chamei aqui pra te pedir o seguinte... no cofre desta senha que te dei.... você vai encontrar um caderno... lá, tem o endereço dos meus pais... tem meus documentos pessoais... verdadeiros... Lá dentro, também tem muito dinheiro... Uns sessenta milhões...Eu preciso que você guarde esse dinheiro...É pra você cuidar desta criança... que você está trazendo dentro de você... Eu não estarei aqui pra protegê-la... nem pra ela ter vergonha ou medo de me ver preso ou morto... como está acontecendo... O Muzamba vai te falar do assalto de hoje... Ele vai te passar a minha parte... É tudo dinheiro roubado, mas preciso que você cuide disto pra mim... para proteger essa criança que está vindo e também... para proteger meus pais, se eles precisarem... A casa em que está o cofre... eu vou pedir pra você dar pra Dona Benedita... que trabalha lá, para mim. Dê pra ela também, um carro velho que eu tenho... o Muzamba sabe onde ele está guardado... Fale pra minha mãe que ela será avó. Ela vai gostar muito... Eu não posso fazer mais nada... Dizem que quando a gente morre... o espírito da gente fica... Eu logo vou saber disso... Se for verdade... tenha a certeza de que vou estar sempre por perto de você... e desta criança... e se eu puder proteger e ajudar, vou fazer de tudo...

Após ter feito todos os pedidos a Maria Cláudia, King entregou-se a um silêncio profundo. Com os olhos fechados e o rosto sereno virado para o lado, como se tivesse sublimado a dor, assim permaneceu por prolongados segundos, só interrompidos por rápidas contrações faciais denunciadoras da dor provocada pelas graves lesões.

O médico, aproveitando a pausa puxou Maria Cláudia e os dois homens que a acompanhavam e disse:

— Vamos deixá-lo assim. Quieto. É preciso dizer a vocês que ele está num estado terminal. Não há mais volta. As lesões são profundas, com perda importante de tecidos, material ósseo e até do braço. Lamento dizer, mas ele poderá ir embora a qualquer momento... se vocês quiserem permanecer aqui tudo bem, mas a senhora, acho, pode e deve ir embora, descansar e evitar mais desgastes emocionais. Isto não faz bem para a senhora neste estado.

Dito isto, Muzamba imediatamente tocou o braço de Maria Cláudia dizendo:

— O dotô tá certo, Dona Maria Cráudia. Vambora, vambora. Nóis tem muita coisa que fazê na rua ainda hoje.

Muzamba deu um comando para que o outro homem permanecesse para atender qualquer necessidade do médico ou de King. Avisou que os outros companheiros que ainda estavam na rua passariam por ali.

Maria Cláudia estava transtornada. Não houve sequer despedida. Em seu último olhar para King viu o rosto encharcado, voltado para o lado. Parecia aliviado, com a expressão doce de um menino ingênuo. Maria Cláudia não sabia se o que via era real ou era a imagem que queria levar de King.

Muzamba acomodou Maria Cláudia no banco traseiro e tomando o volante do veículo iniciou a sua retirada do local.

O dia já estava clareando. Eram seis e meia da manhã. Pelo horário, sua mãe ainda não havia se levantado. Mais tarde ligaria para ela explicando que havia saído muito cedo e que voltaria mais tarde, depois do almoço. Estava tudo bem e ela não deveria se preocupar.

35

Os prefixos musicais das emissoras de rádio e televisão, agitavam a programação. A apreensão provocada no ouvinte, logo se transformou em medo e descrédito nos estágios de civilidade oferecidos pela organização pública e social. A força da comunicação, reproduzida por vozes competentes do rádio ou das imagens cruas e reais das televisões, sobre o fato noticiado, reduziam o indivíduo a mero ouvinte/espectador, provocando sentimentos ambíguos ora de revolta ora de desesperança.

Muzamba havia pedido licença a Maria Cláudia para ligar o rádio. A despeito do silêncio, em que ambos estavam mergulhados, Muzamba justificou a necessidade de saber o que estava acontecendo na cidade para melhor organizar o trajeto.

Eram sete horas, em ponto. Ia começar a primeira edição do noticiário.

O som do prefixo musical foi diminuindo para ceder o espaço para a voz poderosa e grave do radialista que anunciou:

— Bomba! Fuzis! Pânico e Terror! Esses foram os ingredientes utilizados por um bando organizado de criminosos no destemido e ousado assalto a uma empresa transportadora de valores, de onde levaram mais de duzentos milhões de reais. Os moradores da Vila Alcântara, onde se encontra estabelecida a empresa assaltada, disseram nunca ter visto nada igual. Os sons repetidos dos disparos dos fuzis e as explosões de bombas de dinamite, para arrombarem o portão de entrada e os cofres da empresa, pareciam trazer os vizinhos para uma verdadeira praça de guerra. Toda a ação foi rápida, mostrando o alto grau de organização do bando, que conseguiu levar o produto do crime, deixando para trás as marcas da destruição, do pânico e do terror. Eram muitos os assaltantes. Pareciam conhecer todos os compartimentos da empresa. Aproveitando-se do elemento surpresa, provocado pelas explosões que derrubaram boa parte da fachada de entrada e do conhecimento que demonstraram ter de todo o interior, conseguiram dominar os seguranças internos e os funcionários que não tiveram como reagir. Vamos ouvir nosso repórter que está no local e que poderá nos dar maiores informações.

— Fala, Aquino, bom dia.

— Bom dia, Márcio. Bom dia, ouvintes. Estamos aqui no interior da empresa de transportes de valores que foi assaltada nesta madrugada. Parece mesmo que estamos numa cena provocada pela guerra. A fachada da empresa, voltada para a rua, onde estava instalado um portão grande, de três metros e meio de altura por quatro de largura, que serve de entrada para os caminhões blindados, foi derrubada pela força das bombas de dinamite usadas pelos criminosos. Olhando para a rua está tudo devassado. Aqui, no interior do estabelecimento, nada é diferente. As bombas de dinamite destruíram, igualmente, as paredes divisórias, os pisos e o forro de gesso. O chão está tomado por esse entulho além do que restou das mesas e cadeiras de trabalho, aparelhos de informática, material de escritório e sacos de lona, utilizados para carregar dinheiro. Há, também, notas de dinheiro esparramadas no meio do entulho.

— Aquino — interrompeu o âncora — você chegou a conversar com alguém aí da empresa?

— Sim, Márcio — falei com um segurança. — Segundo ele, a explosão no portão de entrada da empresa surpreendeu, tanto pelo estampido quanto pela destruição da parede. Enquanto todos tentavam compreender o que viam e ouviam, foram surpreendidos pela horda de criminosos que, fortemente armados, protegidos por óculos e máscaras, para enfrentar a forte poeira provocada pela explosão, dominaram os seguranças e funcionários, não dando tempo para qualquer reação. A ação dos meliantes estava previamente combinada, segundo disse o segurança, pois enquanto um grupo de assaltantes, armados de fuzis, mediante graves ameaças e disparos feitos para o teto e para as paredes, mantiveram os funcionários num canto, outro grupo recolhia os sacos de dinheiro que estavam sendo trabalhado pelos funcionários para a montagem dos malotes, que seriam encaminhados para as agências bancárias nesta manhã. Enquanto isso, outros assaltantes entraram nas salas onde havia cofres para explodi-los. Foi tudo muito rápido e a ação dos criminosos foi eficiente. Em menos de uma hora eles já estavam se retirando, levando os sacos de dinheiro, antes mesmo da chegada da polícia.

Segundo o segurança informou, após os bandidos terem se retirado do local e diminuída a pressão sobre os funcionários, um outro segurança pegou o fuzil e correu para a rua. Ouviu-se o início de uma troca de tiros que logo parou e, em seguida, ouviu-se o ronco forte de um carro cantando os pneus. Quando chegaram na calçada viram o segurança estirado no chão, com um tiro cravado no peito, gravemente ferido. Mais adiante viram uma poça de sangue, seguido de marcas de sangue, que continuavam por um ou dois metros, voltados para o meio da rua. Segundo o segurança, algum dos bandidos foi alvejado e socorrido pelos companheiros, que o ajudaram a se acomodar no carro em fuga. Pelo tamanho da poça de sangue, provocado pelo impacto de um tiro de fuzil é bem provável que esse bandido não tenha sobrevivido.

— E o segurança está bem?

— Não se sabe. Foi levado para o hospital, mas o estado dele, segundo seus colegas, era muito grave.

— Muito obrigado, Aquino. Qualquer fato novo, por favor, é só nos chamar, pois a edição de hoje está dedicada à cobertura desse fato. A Secretaria da Segurança Pública do nosso Estado, que congrega as nossas duas forças policiais, a civil e a militar, precisa estar atenta à evolução da ousadia dos criminosos que estão se municiando com armas cada vez mais eficientes e de alto poder de letalidade, além de desenvolverem uma prática organizada. A população ordeira não pode aceitar nem conviver com atos dessa natureza, em que criminosos, na ânsia de se apropriarem do patrimônio alheio, esparramam pela cidade cenas de pânico, medo e terror.

36

Aproximaram-se da casa de King. Muzamba foi até o porta-malas e retirou uma sacola que continha um pacote volumoso, envolto por um saco plástico. Pela primeira vez em sua vida Maria Cláudia se deu conta de que estava andando por uma rua da periferia da metrópole. Eram sete horas e nove minutos, de um dia de semana. Sentiu a vibração da cidade. Pessoas de todos os tipos e de todas as idades caminhavam rápido pela rua, aglutinando-se nos pontos de ônibus que já chegavam apinhados de gente. A avenida em que estava a casa de King servia o fluxo dos ônibus que, naquele horário, pela intensidade do movimento de carros e pessoas, seguiam um atrás do outro, como um comboio, levando os trabalhadores para seus postos de trabalho.

Misturada à população que caminhava apressadamente, Maria Cláudia, a convite de Muzamba, entrou num bar, em frente à casa de King, onde, tomou o pingado — café com leite, servido no copo — com pão e manteiga, na chapa, sentada num banco, com assento redondo, de madeira, fixado no piso, em frente ao balcão, já lotado.

Após o desjejum, foram para a casa de King, usando a chave de Muzamba. Subiram para o andar de cima do sobrado. Muzamba acomodou a sacola que trazia nas mãos e pediu para Maria Cláudia experimentar a senha, para ver se o cofre abria.

Retirando da bolsa o papel com a anotação, Maria Cláudia digitou a senha. O cofre se abriu. Girando a maçaneta, na forma de um leme de barco, a porta, assentada sobre um trilho, começou a se deslizar para o lado, até abrir-se inteiramente, expondo um espaço que, se não estivesse lotado, permitiria o acesso de, pelo menos, duas pessoas em seu interior. Luzes internas se acenderam. Uma pequena prateleira, acima de todas, guardava o caderno, falado por King. Erguendo-se na ponta dos pés, Maria Cláudia esticou-se para pegá-lo. Após uma rápida folheada, encontrou a cédula de identidade. Chamava-se Max. Filho de Alzira e Américo. Na foto um King adolescente. Aproximadamente 14 anos, sorriso inocente. Anotações, do endereço dos pais de King. O resto do amplo espaço do cofre estava, todo, tomado por pacotes de dinheiro.

Antes de qualquer reação de Maria Cláudia, Muzamba falou:

— A sinhora precisa vê como fazê pra levá isso tudo.

— Vamos deixar, por enquanto aqui, até que eu pense na melhor forma de fazer a remoção — respondeu Maria Cláudia.

Nesse exato momento, o telefone de Muzamba tocou:

— Alô, oi dotô, pode falá...

As expressões faciais e a voz de Muzamba se transformaram. A tristeza resignada, estampada em toda a sua face, repercutidas nos ombros caídos, fez desaparecer a ousadia do perigoso bandido de que falava o radialista, ao noticiar o assalto ocorrido naquela madrugada.

Desolado, Muzamba terminou a ligação telefônica:

— Deus que acompanhe e guarde ele, dotô. Já chegô mais alguém aí? ... tá bom. tá bom. Acho que o sinhô deve í embora daí... muito obrigado, dotô... muito obrigado mesmo. Eu vô fazê chegá um envelope pro sinhô. Dexa eu fazê os corre aqui, porque agora tá tudo embaçado. Tá uma tristeza só. Muito obrigado mesmo, viu, dotô? Deus acompanhe o sinhô.

— O King acabô de morrê...

Maria Cláudia foi tomada por um estado de absoluto desamparo. Estava num lugar estranho, com uma pessoa que, a despeito da confiança depositada nela, não tinha nenhuma intimidade. Fatos relevantes estavam se sucedendo muito rápido para ela, que a atingiam com muita intensidade. Chegando ao fim de seus limites emocionais, pôs as mãos no rosto, entregando-se, a partir daí, num choro convulsivo e incontrolável.

Muzamba amparou-a. Com muito jeito conduziu-a ao quarto, sentando-a na cama, afastando-se em seguida. Sentou-se na cadeira. Cobriu o rosto com as duas mãos e entregou-se, também, à tristeza que dominava todo o quarto. Aos poucos, Maria Cláudia foi se recompondo. Rompendo o silêncio e tomando a iniciativa, Maria Cláudia falou:

— Muzamba. Temos que voltar ao King. Precisamos ligar para o serviço funerário para mandar um carro tirá-lo dali e dar início à documentação do óbito e do enterro.

— Dona Maria Cráudia. Pra nós essas coisa é diferente. Num dá pra deixá estranho entrá ali. É nosso esconderijo. Depois, se o King for levado prá algum lugar, vão querê sabê de onde veio o tiro que provocô a morte dele. Aí já entra a pulicia. Vão ligá logo que o King tava no assalto que fizemo aí na madrugada. Isto aí do King, nóis vai fazê do nosso jeito.

— E como é esse jeito?

— Nesse nosso mundo, quanto menos gente sabê de nóis é melhor. Eu já tinha combinado com os parça que se acontecesse alguma coisa ruim com o King, nóis ia enterrá ele lá mesmo. No quintal, debaixo da árvore, pra ninguém vê nem sabê onde ele tá — disse Muzamba.

— Mas e o atestado de óbito? E o velório? Para a família se despedir, pelo menos do corpo, e enterrá-lo no cemitério?

— Velório pra nóis não existe, Dona Maria Cráudia. Muitos de nóis só tem mãe e mesmo assim muitos nem sabe onde ela tá. Pros que tem irmão ou tão preso ou não sabe onde tão, também. Cresceu abandonado. Nóis vai se juntando um no outro. Enquanto tamo vivo nóis se ajuda e se protege. Mas, depois que morre não tem mais nada pra fazê. É a mesma coisa quando um de nóis morre na fuga. O corpo fica lá. Se a pulícia acha ele às vez manda pro IML, si não, pra evitá complicação prá eles, eles mesmo enterra o sujeito lá no meio do mato e acabô. Essa é a nossa vida, Dona Maria Cráudia. Eu sei que a sinhora pensa assim porque a sinhora tem casa, tem família, precisa de documento. Nóis não tem nada disso. É só i vivendo. A hora que morrê, acabô tudo — disse Muzamba, com naturalidade.

Maria Cláudia estava horrorizada com aquele relato. Não concordava com nada do que tinha ouvido, pelo absoluto desamparo de qualquer fundamento social e religioso. Era inconcebível para ela aceitar que o corpo de King fosse despojado numa vala aberta no quintal de um barraco da favela. Essa solução tanto refletia a negação de todos os seus valores quanto traía a confiança e a atenção de King que havia mandado buscá-la para que ela estivesse presente em seus últimos momentos, numa clara demonstração de amizade e profunda consideração. Pior. Esse descaso, para ela, de abandonar o corpo dele numa vala comum, que seria esquecida ou perdida para sempre, contrastava com o altruísmo de King em confiar a ela seus imensos recursos financeiros para a proteção e cuidados tanto dela quanto da criança.

Exausta pela intensidade dos fatos que se sucediam, num mundo completamente desconhecido para ela, onde cada referência negava a sua visão de mundo, Maria Cláudia conseguiu, num rasgo de lucidez, compreender e dar sentido à solução proposta por Muzamba. O argumento utilizado por ele, de enterrar King no quintal do esconderijo, não guardava só esperteza e pragmatismo. Era possível ver naquela decisão, conforme ela começava a compreender, a defesa de valores morais e sociais caros, inerentes à visão de vida de King e seus companheiros. Projeções de um mundo que ela desconhecia, mas que naquele minúsculo espaço de tempo ela começava a perceber.

O sepultamento formal, como Maria Cláudia imaginava, implicaria, necessariamente, na remoção de King.

Pelas graves lesões apresentadas, o serviço funerário teria que comunicar à polícia e encaminhar o corpo para o Instituto Médico Legal para determinar a causa da morte e consequente expedição do atestado de óbito. Essa burocracia necessária levou Maria Cláudia à conclusão de que a polícia poderia estabelecer a relação entre os ferimentos de King com o assalto ocorrido na madrugada, dando início a uma investigação...

E se isso fosse feito, o fim de King seria inglório, pois, se em vida, conseguiu escapar da ação policial e ocultar de todos a sua vida bandida, morto, agora, seria identificado, fotografado e escrachado na imprensa, como o bandido perigoso autor de tantos assaltos violentos. Essa percepção fez Maria Cláudia conter a indignação. Se os amigos de King queriam evitar que a polícia o identificasse, ela, por outras razões, inclusive de ordem social e moral, deveria preservar a imagem de King em homenagem à criança que trazia consigo, a quem, verdadeiramente, competiria decidir aquela questão, pouco importando o tempo em que ela fosse tomada.

Conformada com essa compreensão, Maria Cláudia voltou-se para Muzamba e disse:

— Vamos fazer assim, então. Eu acho que você tem razão. Me avise quando tudo estiver acabado.

— Sim, sinhora, Dona Maria Cráudia. Já vô ligá pros parceiro que tão lá. — Ato contínuo, ligou.

— E aí, já abriro a cova? Tá bom, me avise quando tudo tivé teminado. É bom terminá rápido e saí todo mundo daí. Põe umas fôia em cima pra disfarçá que a terra foi mexida.

Ninguém tem que sabê o que tá aí debaixo, nem sabê onde tá o King, muito menos o que aconteceu com ele. Tá feito? Balançou a cabeça concordando com o que ouvia.

— Pronto, Dona Maria Cráudia. Já tão terminando o serviço lá. Quando acabá eles vão me ligá.

Um silêncio pesaroso tomou conta do quarto em que estavam.

O pensamento de ambos estava voltado para King que, em breve, desapareceria para sempre. Não para Muzamba e seus parceiros que certamente haveriam de cultivar na memória a lembrança do líder carismático ou como o irmão mais velho que nenhum daquele bando de deserdados sociais jamais teve e para Maria Cláudia o alento de permanecer mais atenta, dali para a frente, para perceber ou sentir a presença de King, como ele havia prometido...

Olhando para o relógio, Maria Cláudia, constatou a hora cravada: nove horas.

Sua mãe devia estar se levantando. Imediatamente ligou:

— Alô, por que me ligou daqui de casa, pelo celular? Já estou saindo do quarto para tomar café.

— Mãe, não estou em casa... tive que sair bem cedo.

— Para onde você teve de ir? Onde você está agora? — perguntou Dona Ticcina, com preocupação.

— Estou na casa de uma amiga que ligou logo cedo. Ela estava nervosa e precisava falar comigo. Já está tudo bem, mentiu. Até a hora do almoço, devo chegar. Só liguei para avisar. Beijos, mãe. — Desligaram os telefones.

Muzamba foi até o outro quarto onde estava o cofre. Pegou um papel, uma caneta que estava sobre uma pequena mesa e a sacola.

— Dona Maria Cráudia. Até agora eu já fiz uma parte do que o King pediu. Anota aí o endereço da casa e o nome da Dona Benedita. Na hora que nóis saí daqui eu vou mostrá o estacionamento, que o King deixa o carro dele. É um carro véio, mas pra Dona Benedita tá bom. Isto aqui é um dinheiro que o King mandou entregá pra empregada. Tem 300.000 mil real aí pra ela....

Maria Cláudia interrompeu Muzamba:

— Eu não quero mexer neste dinheiro, Muzamba. Tenho medo... Você não poderia resolver isto para mim?

— Tá bom, Dona Maria Cráudia. Só vô pedi um favor pra sinhora. Deixa um bilhete escrito pra empregada, anotando o meu telefone, mandando ela me ligá. Assim que ela me ligá eu venho aqui e me entendo com ela. Já falo do King, da casa, do carro e desse dinheiro. Tá bom assim?

— Muito obrigada, Muzamba. Você me desculpe, eu não poder te ajudar nisto. É que estou com medo. Estão acontecendo muitas coisas que nunca vi e tudo tão depressa que eu estou me sentindo sufocada.

Muzamba continuou:

— Tem a outra parte que preciso resolvê com a sinhóra. Os parcero me ligaro e falô que nos saco fechado de dinheiro que tiramo lá dos cofre tem 200 milhão. Tem um monte de dinheiro solto, que tava fora dos cofre, mais de 50 milhão. Só falta um pouco agora pra contar o resto. Parece que é pouca coisa. Esses quebrado aí vai ficá prás despesa. Os cinquenta milhão nóis vai dá pros cara da dinamite, que ajudou nóis e pro informante que deu os caminho pra nóis. Foi o King quem ajustô com eles. Dessa sobra de duzentos milhão, cento e vinte milhão é do King e o resto nóis vai dividi com a nossa turma. A sinhora precisa me falá como vô fazê prá entregá pra sinhora...

Maria Cláudia quanto mais ouvia ficava mais aflita. Sentia-se cúmplice da ação criminosa que devia estar tomando todo o espaço dos noticiários e objeto de busca pela polícia. Sabia das atividades de King. Era grata a ele, mas agora, ela estava se beneficiando do resultado do assalto. Para ela, era impensável. Querendo pôr fim àquela situação, Maria Cláudia disse:

— Muzamba, eu não posso receber isto — disse terminantemente.

— Num tem jeito, Dona. É uma orde do King. Ele falô pra mim e falô pra sinhora também. Isto é pra sinhora cuidá do filho dele e da sinhora também. Eu sei que a sinhora não mexe com essas coisa. É gente direita. Mas tem de me falá onde eu entrego esse dinheiro. Num precisa tê medo. Aqui é qui nem tá falando com o King. Nóis conhece um amigo do King, que compra esse dinheiro de nóis. Ele cobra uma taxa de dez a vinte por cento. Depois que tudo acalmá ele devorve pra nós em nota já usada. É homi de confiança. Se a sinhora quisé nois vai até ele e depois a sinhora se intende com ele. Até amanhã ou no máximo depois de amanhã eu preciso tirá esse dinheiro do lugar e saí da área pra não ficá dando chance pro azar.

Maria Cláudia continuava atordoada. Embora conhecesse muito pouco Muzamba, o que vivenciou com ele, da madrugada até aquela hora, já os havia aproximado e pavimentado a confiança. O temor que a invadia não decorria de qualquer relação dela com as coisas de King ou de Muzamba. Ela sempre teve plena consciência da vida bandida deles. O temor brotava de seu mundo interior que, como alarmes estridentes, a advertiam para que não ultrapassasse seus limites, tornando-se numa bandida também.

Muzamba, como se estivesse lendo os pensamentos de Maria Cláudia, insistiu:

— Dona Maria Cráudia. A sinhora num precisa tê medo de nada. A sinhora num tem nada a vê como esse dinheiro. Ele é do King que deixô pra sinhora. O filho dele tem que tê uma mãe. Então num precisa de tê medo. Era isto que ele queria. Nóis num qué esse dinheiro porque ele é do filho do King. O que a sinhora tem que fazer é me falá como vô entrega esse dinheiro pra sinhora.

Vencida e com a consciência de que, para Muzamba e seus parceiros, ela era a mãe da criança de King, para quem todos os pensamentos estavam voltados e queriam, como sempre fizeram, honrar os pactos feitos com ele, Maria Cláudia sentiu que não teria forças para recusar o encaminhamento de Muzamba.

— Podemos falar sobre isto amanhã? Agora eu não faço ideia de como resolver.

— A sinhora me liga ou qué que eu ligo? Qual o melhor pra sinhora?

— Eu te ligo amanhã, entre o meio-dia e o começo da tarde. Fica bom assim? — respondeu Maria Cláudia, querendo encerrar aquele assunto.

— Então tá bom. Amanhã quando a sinhora me ligá eu resolvo a segunda parte que o King me pediu.

Antes que terminasse a fala, o telefone de Muzamba tocou.

Muzamba balançava a cabeça concordando com o que ouvia.

— O King era um irmão pra nóis. Chora mesmo, ele merece isto de nóis... É mesmo uma tristeza... Eu sei que uma hora eu também vô caí nesse desespero. Deus que guarde ele... Fala pra menina que cuida daí num mexê em nada no quintal. Ninguém tem que sabê de nada do que aconteceu aí. Nem do King... falô... a gente se vê mais tarde lá no ponto. Tá bom. Tá bom.

— Os parceros acabaram de enterrá o King. Pro King agora, tudo acabô. Tá a maior tristeza lá. Deus que proteja a sinhora pra que essa criança do King venha bem pra esse mundo, trazendo um pedaço do King com ela. A sinhora me disculpe. Tá sendo um dia muito difícil e de muito trabalho pra nóis. Mas com a sinhora nóis já andamo bastante. A sinhora já tem o endereço da casa e a senha do cofre. Agora é só arrumá um jeito de vim aqui tirá esse dinheiro que tá aí dentro. Amanhã a sinhora me liga e vamo resolver a segunda parte. É isso que o King pediu pra ser feito e é isso que nóis vamo fazê. Hoje nóis não temo mais nada a fazê. Eu vou levá a sinhora de volta pra casa e depois vô descansá um pouco e amanhã a gente termina o que começô hoje. Tá bom assim?

Na exaustão de seus sentimentos e alienada de tudo pela brutalidade dos fatos e das circunstâncias até então vivenciados, Maria Cláudia apenas concordou com Muzamba, levantando-se da cama, preparando-se para ir embora.

Antes de saírem da casa, Muzamba a lembrou de escrever o bilhete para a empregada, anotando o número do telefone dele. Depois de saírem e fechada a porta, dirigiram-se para a rua próxima onde haviam estacionado o carro.

No caminho de volta, Maria Cláudia pediu que a deixasse num parque público, indicando-lhe o caminho. Precisava se recompor. Sentia necessidade de estar só, consigo mesma, para refletir e tentar compreender tudo o que tinha visto e vivenciado desde a madrugada até aquela hora da manhã.

37

Sentada num banco do parque, sob a sombra de uma árvore, tendo à sua frente um amplo gramado, por onde os frequentadores caminhavam, pedalavam bicicletas ou simplesmente passeavam, Maria Cláudia tentava apaziguar as emoções que agitavam seus pensamentos, ora como ondas revoltas de um mar tempestuoso ora a prostrava num estado letárgico que, indefesa, sentia-se invadida por medo, constrangimento e pavor.

Não conseguia apagar de sua memória todos os fatos vistos, conhecidos e vivenciados desde a madrugada. A visão central de toda a tormenta era a de King, deitado naquela maca, aguardando a vida se esvair, a cada instante, sem que ela pudesse fazer nada, como chamar uma ambulância e removê-lo para um hospital. Pior. Como se fosse uma abúlica permitiu-se, conduzida por Muzamba, abandonar King em seus últimos momentos para, logo em seguida, sem qualquer formalidade social ou religiosa, ser enterrado numa vala do quintal do esconderijo. Um enterro feito por parceiros, sem a presença de familiares e sem o registro da causa da morte e do óbito, dando conta do fim daquela vida, como se ela fosse o nada ou nem sequer tivesse existido. Já não bastasse a negação de todos os seus valores, o pavor que tomava conta de Maria Cláudia, agora, era o de ser tomada como cúmplice do assalto ocorrido naquela madrugada, ao se tornar beneficiária do resultado do crime. Martelava em sua cabeça, ainda, a afirmação serena, porém, determinada de Muzamba "Num tem jeito, Dona Maria Cráudia. É uma orde de King". Mais uma vez, impunha-se sobre ela regras de um mundo desconhecido, regido por pactos que nem mesmo a morte podia revogar.

Foi nesse ponto alto de sua aflição que, em seus pensamentos, pela ciência de tudo, sentia-se arrastada para o centro da quadrilha de perigosos assaltantes, como destinatária, inclusive, da maior parte do dinheiro roubado, que Maria Cláudia, num lampejo da inteligência, estimulada certamente pelo seu sentido de maternidade, compreendeu que a motivação daquela transferência de recursos atendia ao desejo de um pai moribundo para proteger o filho ou a filha que sequer iria conhecer.

Naquele mundo desconhecido dela, por onde, em seu imaginário, transitavam os deserdados sociais, os criminosos de todos os tipos, num solo destituído de qualquer sentido ético, regido por pactos e códigos próprios, Maria Cláudia identificou que o propósito da transferência dos valores roubados, que tanto a atormentava, guardava, em seu conteúdo, a existência de um sentimento revelador de valores morais relevantes, conhecidos dela, que se traduziam na esperança, preocupação, cuidados e, sobretudo, o afeto com a criança que ainda haveria de nascer.

Era correto dizer que o dinheiro era roubado, mas, naquele momento, segundo as regras e códigos daquele bando, o dinheiro era de King e como tal ele poderia destinar a quem quisesse. Esse era o desejo de King e era esse o pacto que Muzamba cumpria com Maria Cláudia. E esse era, a partir daquele momento, o segredo que ela haveria de levar para o resto de sua vida.

A imposição do segredo para si, no entanto, não lhe trouxe conforto. As dúvidas desconstruíam suas certezas. O medo, o constrangimento e o pavor insistiam em retornar na construção de seus cenários possíveis.

Todos esses fatos e circunstâncias alvoroçavam o mundo interno de Maria Cláudia que, cedendo aos clamores do corpo e da alma, entregou-se a um choro profundo, pouco se importando com sua exposição a um ou outro frequentador do parque, naquela entrega íntima a que se deixou levar.

O choro, como a chuva a remover os poluentes da atmosfera, devolvendo o brilho vibrante dos raios solares, o azul do céu, o viço das plantas, trouxe a ela a paz, a tranquilidade e, junto, a lucidez que tanto precisava.

Dominando as emoções, contidas, agora, pela razão, Maria Cláudia, aplicando conhecimentos e experiências dos tempos de universitária, deu início à elaboração de um pensamento que a auxiliasse a compreender e absorver aquele estranho momento que estava vivendo.

Financiada pelos poderosos recursos gerados pela indústria de sua família, sempre viu a vida pela ótica do luxo, do conforto, da privacidade, da segurança e dos serviços recebidos. Os bairros periféricos e desassistidos da metrópole, não passavam, para ela, de cenários distantes, comentados pelos noticiários das rádios ou mostrados pelas emissoras de televisão ou tratados como objeto de exploração dos políticos.

Suas relações familiares e sociais haviam mostrado apenas uma face da vida. Sua relação com King mostrava-lhe, agora, o outro lado daquela mesma face. Um mundo dirigido e regrado por outros códigos e valores. Comportamentos desregrados, ousados e, às vezes, arrebatadores. Sem limites. Violentos. Mas, também, covardes. Pilhados pela polícia, largavam tudo e punham-se a correr, como crianças, deixando para trás os cadáveres dos parceiros ou os enterrando em qualquer lugar, para não terem que explicar a causa da morte. Era essa realidade concreta, agora, na qual Muzamba não só apresentava, mas também, a incluía.

Não demorou a compreender, que todos aqueles assuntos estavam restritos ao inviolável âmbito doméstico, composto por King, ela e a criança, ainda em gestação e destinatária das disposições de última vontade do pai. Os elementos morais que norteavam seus caminhos, até aquele momento, não podiam ser maiores que o conteúdo moral implícito na disposição de última vontade de King.

Não competia a ela a formulação de qualquer julgamento.

Orientada pela razão e já experimentando a paz e a tranquilidade que a inspirava, pôs fim ao conflito interno, naquele momento solitário, sentada no banco do parque. O segredo seria, pois, o seu companheiro de toda a vida.

Tomou nova decisão. Desta vez, para a sua própria vida. Despediu-se da ideia de retomar a prática da arquitetura bem como de assumir algum cargo na estrutura empresarial do pai. A sua dedicação, dali para a frente, seria transformar o volumoso recurso financeiro deixado por King, obtido pela força, violência, manchado de sangue e morte, num instrumento voltado para a prática do bem.

Ecoava forte, a fala de Muzamba: "...muitos de nóis só tem mãe e mesmo assim muitos nem sabe onde ela tá. Pros que tem irmão ou tão preso ou não sabe onde tão, também. Cresceu abandonado..."

Certamente os recursos não seriam suficientes para salvar todas as crianças da cidade. Tampouco, da favela e do próprio bairro. Mas, se ela conseguisse salvar uma única criança, possibilitando condições de um crescimento saudável, harmônico, afetivo e educado para permitir, na vida adulta, a necessária e importante inserção e ascensão social, cumpriria, consigo mesma, o preceito talmúdico de que quem salva uma única vida salva a humanidade inteira.

Não sabia como pôr em prática aquele propósito. Mas sentia que as motivações recaíam no sofrimento de mães pobres que, buscando o sustento, eram forçadas a deixar trancados em casa os filhos pequenos, uns cuidando dos outros, até o retorno, extenuadas, no final de mais um longo dia de trabalho.

Absorta naqueles pensamentos, elevados a patamares de transcendência, Maria Cláudia sentiu que as tormentas que a levaram àquele banco solitário do parque haviam se dissipado. Assenhorada, agora, pelo apaziguamento interno e pela compreensão alcançada em suas reflexões, como se tivesse escalado degraus de sua maturidade, aceitou que os fatos e as decisões adotadas naquela manhã obedeciam aos contornos da normalidade, do bem e do possível a ser feito.

Não havia mais conflito. Remanescia, apenas, o sentimento de libertação, de amizade, bem querer, consideração e promessa de uma saudade eterna. Sequer sofrimento, pois King, haveria de estar sempre com ela, representado na gestação da criança que desenvolvia, filha de ambos, e da lembrança da experiência de sua maternidade.

Como se acordasse de um sonho, sentiu fome. Ligou para sua mãe pedindo-lhe que o motorista viesse buscá-la. Deu o endereço e dirigiu-se para o portão do parque com os passos e a expressão da mulher livre, madura e senhora plena de si mesma em que havia se transformado.

38

Já sentada à mesa da copa, para o café da manhã, enquanto a governanta dava os últimos tratos no ambiente, distribuindo os vasos com os arranjos de flores sobre a mesa, o aparador e o tampo de um pequeno móvel onde eram postos os jornais, revistas, caneta e bloco de papel para anotações, a cozinheira, atenta à Dona Ticcina, servia-lhe os pãezinhos, ainda quentes, que havia acabado de tirar do forno, junto com os pães que o motorista havia trazido da padaria, logo de manhã. O café e o leite fumegavam nos pequenos e graciosos bules de porcelana branca, pintados por Dona Ticcina, com desenhos discretos. A delicadeza das peças se esparramava pela mesa, realçadas pela toalha branca que, engomada, parecia avolumar a sua textura, valorizada, também, pelos copos de cristal, translúcidos e brilhante, que compunham as peças daquele aparelho de servir.

Dona Ticcina ouvia, vindo da cozinha, um burburinho. Numa das vindas da cozinheira à mesa, perguntou-lhe:

— Estou ouvindo uma conversa animada. Aconteceu alguma coisa?

— A senhora não está sabendo?

— Não. O que aconteceu?

— Nossa Senhora, Dona Ticcina! Foi um assalto que aconteceu nesta madrugada lá pelas bandas da Vila Alcântara. A Alaíde, nossa ajudante da cozinha, que mora por lá. Ela disse que escutou tudo!

— Escutou o que, Nilda?

— Tiros, Dona Ticcina. Muitos tiros. A Alaíde ficou sabendo depois, que esses tiros faziam tanto barulho porque os bandidos estavam atirando com fuzil. E barulho de explosões. As notícias falam que eram muitos os bandidos. Eles explodiram as bombas, de dinamite, para derrubar a fachada do prédio e abrir os cofres onde o dinheiro era guardado.

— Isto foi um assalto a banco?

— Não, Dona Ticcina! Foi numa dessas empresas que guardam e levam dinheiro para os bancos. As notícias aí do rádio e da televisão estão falando que até morreu gente e que os bandidos levaram muito dinheiro. Está todo mundo assustado com isso aí. No ponto do ônibus, hoje de manhã, só se falava nisto. Uma vergonha! O trabalhador acorda cedo para o trabalho e esses bandidos aí, sem nenhuma consideração, acorda todo mundo, no meio do sono das pessoas, com o barulho dos tiros e das bombas, só para roubar, deixando todo mundo assustado e com medo. Deus que me livre! É muita sem-vergonhice desses bandidos. Trabalhar que é bom, nada! Preferem mesmo essa forma de ganhar a vida: roubar, roubar, roubar...

— Esses bandidos estão ficando cada vez mais ousados. Qualquer hora nossa cidade vai virar uma praça de guerra.

Recolhendo os objetos já usados, a cozinheira perguntou a Dona Ticcina se desejava mais alguma coisa.

— Obrigada, Nilda. Estava tudo muito bom, principalmente os pãezinhos. Pode tirar a mesa que eu já estou satisfeita.

Logo que a cozinheira se retirou da copa, o motorista, Antonio, apareceu:

— Com licença, Dona Ticcina. Como já são nove e meia, eu só vim avisar que já está na hora de levar Dona Maria Cláudia pra ginástica.

— Ah! Antonio. Foi bom você avisar. Eu tinha me esquecido. Hoje, a Maria Cláudia não vai à ginástica. Ela saiu cedo e foi na casa de uma amiga que parece que estava precisando dela.

— Ué! Eu vi o carro dela lá na garagem. Por isso, pensei que estava em casa.

Todo o deleite e aconchego vivenciado por Dona Ticcina nos momentos anteriores, enquanto tomava o café da manhã, evaporaram-se. Sem deixar transparecer, no entanto, qualquer alteração no seu estado emocional — respondeu, desinteressadamente:

— Vai ver que a amiga mandou alguém buscá-la — disse, dando por encerrado aquele assunto.

Dona Ticcina estava surpresa. "Por que a amiga não subiu para o apartamento ao invés de tirar Maria Cláudia de casa, ainda mais nesse estágio da gravidez?".

Tomada por outras especulações, recolheu-se ao seu ateliê, temerosa pelo comportamento imprevisível da filha. "Onde foi tão cedo? Não sabe que tem ginástica hoje de manhã, nesta hora?".

Ligou para a portaria do prédio. Queria saber se havia algum registro sobre a saída de Maria Cláudia. O supervisor da portaria e segurança do condomínio, disse que no livro de Entrada e Saída de Moradores, continha a seguinte informação:

"4:30 horas – saída da moradora da cobertura"

Na linha debaixo da anotação, o porteiro da madrugada detalhou a informação:

"Obs: ao sair pelo portão, a moradora foi recepcionada por um homem que saiu de um carro estacionado na frente do prédio. O homem acomodou a moradora no banco de trás e retornou para o banco da frente, ao lado do motorista. Fechou a porta e o motorista pôs o veículo em marcha."

Dona Ticcina simulou conhecer o homem, como funcionário de uma família conhecida.

Acomodada, de novo, em seu ateliê, deixou aflorar a sua apreensão com Maria Cláudia: "O que essa menina está fazendo, Meu Deus? Ela, agora, não é mais só. Tem a criança dentro dela! Sair às quatro e meia da madrugada e entrar no carro de um homem desconhecido? Meus Deus! O que deve estar acontecendo?".

Quanto mais o tempo passava, aumentava a ansiedade de Dona Ticcina que lutava para não ligar para a filha. Era um compromisso dela com ela mesma, adotado na fase pós separação, quando Maria Cláudia retornou para a sua casa. Acreditava que não sendo invasiva na vida da filha concederia a ela maior liberdade nas suas iniciativas, nessa retomada de sua sociabilidade. Ademais, Dona Ticcina estava confortada com a ligação recebida mais cedo, antes do café da manhã, pela qual Maria Cláudia informava "que havia saído mais cedo e que voltaria mais tarde".

Os ponteiros do relógio estavam cravados nas treze horas. Feita essa constatação ouviu batidas à porta. Era a governanta avisando que a mesa, para o almoço, estava posta. Enquanto agradecia a governanta, levantou-se e, embora sem fome, achou melhor almoçar, pois assim daria uma trégua à sua ansiedade e a ajudaria a ocupar o tempo, enquanto aguardava notícias de Maria Cláudia.

Quase terminando o almoço, quando já passava das treze e trinta horas o telefone de Dona Ticcina tocou. Era Maria Cláudia pedindo-lhe que o motorista fosse buscá-la. Rapidamente levantou-se da mesa e buscando um papel e uma caneta anotou o ponto do parque em que ela estaria esperando. Em seguida, foi até à cozinha e falando com o motorista entregou-lhe a anotação para buscar Maria Cláudia, "que já devia estar lhe esperando".

Aliviada, retornou à mesa para terminar o almoço. Faltava, ainda, a sobremesa que era uma parte da refeição que ela, também, apreciava muito.

Não tardou, Maria Cláudia estava sentada à mesa com ela, dizendo-se "morta de fome". Dona Ticcina percebeu logo que Maria Cláudia trazia alguma mudança com ela. Não sabia identificar o que era. Na voz? No olhar? Na dicção das palavras? Nos gestos? Aproveitando um instante em que a cozinheira se retirou da copa, indagou:

— O Antonio, motorista, lembrou-me que hoje era seu dia de ginástica. Disse-lhe que você havia saído cedo e que não iria ao clube. Ele estranhou a informação de que você havia saído mais cedo porque viu seu carro na garagem. Como eu também fiquei surpresa, liguei para a portaria, para saber se havia algum registro...

Maria Cláudia, com voz baixa, porém com determinação, interrompeu o relato de Dona Ticcina:

— Mãe! Não vamos falar desse assunto agora. Está tudo bem. Vou precisar de você e do papai. Não há nada de errado acontecendo. O que eu tenho que falar é só entre nós. Ninguém mais tem de saber. Ligue para o papai para ele nos receber hoje lá pelas seis da tarde. Não comente nada com ele. Diga que o que vamos falar será só pessoalmente. Se ele puder dispensar os funcionários, será melhor. Ninguém tem de saber o que vamos conversar. Nem lá, nem aqui, nem com ninguém. Nem hoje, nem nunca!

Essa intervenção de Maria Cláudia fez a mãe perceber que não estava errada na observação da mudança da filha. Era uma mudança interna, revelando o surgimento de uma autoridade madura, consolidada, até então desconhecida que mantinha, no entanto, a mesma disposição para a confidência, cumplicidade e da forte e arraigada noção da utilidade familiar e sentimento de proteção havida entre eles.

Em seguida, continuou:

— Logo que eu terminar o almoço, mãe, vou descansar. Estou exausta. Ligue para o papai e diga que ele precisa nos receber hoje. Sem falta! Me chame às quatro e meia, mais ou menos, para podermos chegar lá na hora certa.

— Descanse, descanse. Eu te chamo às quatro e meia.

39

Luigi tão logo foi avisado, pela secretária, sobre a chegada da mulher e da filha, na recepção, saiu da ampla sala da presidência para recebê-las, pessoalmente, à porta do elevador, no quinto andar.

"Qual seria a pauta daquela reunião familiar, tão sigilosa, agendada para as dezoito horas, já no final do expediente". Nessa hora, como era costume, Dona Ticcina iniciava os preparativos do jantar que era servido, invariavelmente, por volta das oito horas.

Negociador profissional, sólida e emocionalmente preparado para enfrentar as múltiplas situações e oportunidades numa mesa de negociação, iniciou a sua concentração, tentando imaginar os vários cenários que poderiam surgir naquele encontro. De repente, interrompeu-se. "Menos Luigi quem vai sair do elevador é só sua mulher e sua filha. Não será uma reunião de negócios e, se for, só haverá ganhos, pois tudo estará em família. Mesmo que o resultado seja o sofrimento, continua o ganho, pois o sofrimento pode ser um remédio eficiente para o nosso crescimento". Sorriu, esvaziando a mente de qualquer pensamento.

Era conhecido e respeitado. Tinha claro para si que os investimentos financeiros alocados na atividade empresarial tinham por finalidade a geração do lucro. Mas tinha a consciência, também, que o lucro só era positivo se conseguisse trazer para o seu quadro de funcionários a permanente sensação de segurança, estabilidade, respeito, qualificação, justiça e progressos na vida privada de cada um deles. A consciência e o desafio permanente de Luigi se estendiam, também, aos pequenos fornecedores, autônomos e funcionários de outras empresas que gravitavam em torno de seus negócios. O lado voraz e competitivo, ele reservava para as negociações com os grandes fornecedores de matéria prima e de serviços, como com os grandes compradores, nacionais e internacionais, da sua produção industrial, quando, na disputa de cada centavo, diante do volume dos negócios, auferia o resultado financeiro necessário para proteger o seu negócio.

Personalidade discreta no meio empresarial, Luigi era o indicado permanente para representar e liderar a classe nos debates perante as comissões políticas, institucionais e nos fóruns empresariais sobre as políticas econômicas do Estado, alterações legislativas com reflexos na indústria, caminhos e projeções da economia do país e tantos outros temas.

Entretanto, dois assuntos que efetivamente pareciam lhe afligir, tanto como capitão de indústria quanto cidadão e contribuinte, mudando o seu estado natural de discrição para o de acentuada eloquência, eram a prática do capitalismo selvagem que elegia o lucro como finalidade única do conhecimento e do investimento financeiro, comparando essa prática à proposta da adoração ao "bezerro de ouro", mencionado na escritura sagrada e o perdularismo crônico dos governantes, no controle das verbas públicas, cujo descuido, sistemático, ocultavam os canais da corrupção e dos graves desvios de finalidade, "negligenciando, por consequência, no projeto permanente de construção de uma infraestrutura necessária para o nosso desenvolvimento e na criação de políticas públicas, também permanentes, voltadas para a educação, saúde e erradicação da pobreza e da fome, ainda presentes no nosso País, e que tanto nos rebaixa perante a comunidade internacional", como sustentado em seus pronunciamentos.

Jactava-se, nessas manifestações, como exemplo de suas práticas sobre a boa e construtiva relação capital-trabalho os baixos índices do passivo trabalhista e a prolongada manutenção de contratos individuais de trabalho, num universo de mais de dez mil trabalhadores que compunham o quadro funcional. Como dizia, em suas conferências, "... essa unidade prolongada entre o trabalhador e o empregador decorre certamente da supervisão eficiente da área de Recursos Humanos que, atenta às necessidades e deficiências do empregado, deve instituir, no âmbito da administração empresarial, os cursos e programas adequados para o ensino, primário e avançado, de educação pessoal, familiar, social e de habilitações profissionais aplicadas ao trabalho pois essas iniciativas longe de se constituírem em favor elas alicerçavam a consciência de cidadania, no empregado, com inegáveis repercussões na qualidade do serviço e na produtividade..."

Os comentários, no entorno próximo, revelavam que aquele posicionamento decorria da influência de Dona Ticcina. Desde pequena, ouvia na mesa do café da manhã, do almoço e do jantar a conversa de seu pai, com a mãe, sobre o trabalho e os avanços de seu empreendimento, ressaltando, o esforço, a dedicação e a unidade de todos os empregados em promoverem a evolução da fábrica como se todos partilhassem dos mesmos ideais do patrão. Sempre que a conversa chegava nesse ponto Dona Ticcina ouvia os conselhos de sua mãe ao marido. Ainda com o sotaque bastante carregado, mas já bem ambientada na terra nova, Rosa Fantini lembrava a Domenico o adágio popular que, por aqui, corria de boca a boca: "quem come tudo sozinho, morre de indigestão" por isso, continuava, "esses empregados também têm mulher e filhos. Talvez até morem de aluguel. Quando chega no final do mês, depois de pagar o aluguel, quase não sobra o dinheiro do salário para comprar comida, material escolar dos filhos, uma roupa para ele e para a mulher irem na igreja aos domingos, essas coisas... É preciso também que o empregado possa juntar algum dinheiro, para os sonhos deles também. Se os empregados te ajudam tanto a fazer a fábrica crescer... você precisa também fazer o mesmo com eles. Só o salário não dá... você sabe disto. Procure, aconselhava, como você faz todo ano... depois de separar o dinheiro para novos investimentos na fábrica, da reserva que você sempre faz, para os imprevistos do trabalho, separe um valor para cada um deles e vá distribuindo durante os meses, conforme a necessidade de cada um, mesmo que você tenha que diminuir um pouco do seu lucro... pois é melhor continuar a ver a fábrica crescendo e tendo lucro, do que não ter lucro nenhum..."

Acompanhando a movimentação do elevador, pelo painel eletrônico, viu a passagem do número quatro para o número cinco, e, em seguida, ouviu a sineta do elevador.

40

A aba do boné, azul escuro, ocultava parte do rosto e os cabelos ruivos daquele transeunte. A camisa desbotada, um azul claro, de mangas compridas, dobradas na altura dos punhos, protegia a pele clara dos braços e a calça clara, contrastando com o tênis preto, sem marca aparente, também surrado, parecia mesmo ser um morador ou um trabalhador daquele bairro periférico.

Havia descido de um táxi, logo que virou a rua, que saía de uma pracinha, para, em seguida, retornar à mesma praça e seguir andando pela calçada, no mesmo sentido em que vinha pelo táxi, em direção ao ponto do encontro marcado. Um bar. Quase um boteco, com duas portas. Uma de cada lado da esquina, guarnecidas, ambas, com um conjunto de mesa e duas cadeiras de lata, encostadas na parede, sobre a calçada, com as cores da cervejaria que abastecia o pequeno ponto comercial.

A mesa, ao lado da porta e voltada para a praça, estava ocupada por um homem. Era Muzamba.

Refém de seu primitivismo social, que inibia e limitava seu senso de urbanidade, Muzamba sabia movimentar-se apenas de um covil para outro ou permanecer por longas horas ou dias nas casas das parceiras com quem dividia convivências passageiras, confidências, intimidades e a garantia do sustento.

No limite de seu gosto, Muzamba tinha sobre a mesa de lata uma garrafa de refrigerante, um copo e um pequeno saco plástico, já aberto com os dedos, que mostrava, pela transparência do invólucro e pela indicação escrita em letras coloridas no papelão duro que fechava a embalagem, a porção do confeito crocante do amendoim japonês.

O convidado para aquele encontro era Yonatan Bar, sócio majoritário da empresa financeira Crédito e Investimento Ofek, que acabava de chegar, pontualmente às dezessete horas, como marcado, já estendendo a mão para Muzamba.

Após os cumprimentos brutos e secos de Muzamba, reveladores mais da inibição do que desapreço, para com o convidado, ocuparam as cadeiras em torno da mesa. Olhando de perto Yonatan, ainda que vestido com as roupas simples tinha o vigor do olhar penetrante que transmitia a experiência, a inteligência e a segurança do homem maduro e conhecedor das coisas da vida. As expressões, gestos e falas do homem educado, fino e sofisticado não haviam mudado em nada, ainda que o tempo houvesse passado, quando Muzamba o viu, pela primeira vez, num galpão de fazenda, em Capitán Bado, Paraguai.

Embora fossem homens muito diferentes, havia entre eles muitas coisas em comum. A disciplina. A determinação. A responsabilidade. A vontade e a competência na execução das tarefas.

Muzamba, após o exitoso assalto à empresa transportadora de valores, no início da madrugada experimentou o duro golpe da perda de seu parceiro, líder e o "irmão mais velho que nunca teve".

Não esteve presente na última despedida porque executava, com Maria Cláudia, as disposições de última vontade do amigo.

Para Muzamba, quando em operação, o cansaço, o sono, o sofrimento, a dor e o próprio luto podiam sempre esperar...

Sentado à mesa, no boteco de frente para a praça do bairro periférico, na final da tarde daquele dia que insistia em não se acabar, Muzamba, continuando seu trabalho, recebia, Yonatan para juntos darem um destino seguro ao butim auferido no roubo que, já conferido, passava dos duzentos milhões de reais. O objetivo de Muzamba, naquele encontro, era desfazer-se, o mais rápido possível, daquela imensa "pacoteira de dinheiro" — vestígio inquestionável da autoria dele e seus parceiros no exitoso assalto.

Yonatan, não era diferente. Acostumado nas andanças pelas ruas ricas, sofisticadas e elegantes de Zurich e outros paraísos fiscais do mundo, especializados na ocultação dos detentores de fortunas e garantia do sigilo das vultosas movimentações financeiras, estava ali, com um perigoso assaltante, sentado à mesa de um boteco voltado para uma praça da periferia da metrópole em que morava. Na busca da realização de seus negócios, abria mão do requinte arquitetônico e decorativo dos grandes hotéis do mundo e da alta gastronomia para, já acomodado no ambiente e iniciadas as conversas com Muzamba, dividir com ele o consumo dos confeitos do amendoim japonês, servindo-se, um a um, com os dedos, retirando-os da embalagem plástica posta sobre a mesa.

— Muito obrigado, seu Jonatas, por tê vindo até aqui. O sinhô me desculpa por eu não tê ido lá pra cidade. Eu não sei andá bem por aquelas banda. Aqui eu tô em casa e o sinhô também. Os parceiro tão esparramado aí pelos canto da praça pra vê se aparece alguma coisa diferente pra avisá nóis. Já arrumamo um motorista de táxi pra levá o sinhô embora, depois que a gente conversá. Só que quando o sinhô chega na cidade manda ele deixá o sinhô num lugar diferente de onde o sinhô anda. Aí pega um otro táxi e vai pra onde o sinhô tem de í. Ninguém tem de sabê onde a gente anda. Nem de onde veio nem pra onde vai, não é mesmo? Então, seu Jonatas. Que disgraça aconteceu cum nóis! O King morreu...

Muzamba parou de falar. Seu rosto se transformou numa careta e a respiração se transformou num doloroso arfar que continha, num esforço supremo, as fortes emoções para não se deixar vencer pelo choro, porque, como ele mesmo dizia, "sujeito home num carece de chorá".

Desta vez foi Yonatan que interrompeu o silêncio:

— Que tristeza mesmo, Muzamba. Saiba que o King era como um filho para mim. Eu me lembro de vocês dois, quando apareceram lá no Paraguai. A gente via nos olhos de King, ainda menino, a vontade de crescer e dominar este mundo. O King pedia e ouvia meus conselhos. Sempre estivemos juntos. Tinha ainda muita coisa pela frente...

— Era tudo pra nóis, seu Jonatas. Eu que trouxe o King prá esta vida bandida, mas era ele quem comandava nóis tudo por aqui. Era sabido e inteligente. Sabia lê, escrevê, falá. Cheguei vê ele de terno. Diz que é feio home falá que o outro home é bonito. Mas o bicho vestido naquelas roupa, ficava ajeitado mesmo. Parecia até esses nego da televisão. Sabia í prá cidade, entrar nos restaurante, nos hotel fino e tudo. Conhecia gente de tudo quanto era lado. Gente importante e outros grupo de bandido que nem nóis. Eu acho até que ele sabia falá ingreis. Lá na vila, todo mundo gostava dele. Quando a gente fazia um lança aí na cidade e levantava uma grana firme ele ajudava a vizinhança. Ele tinha umas quatro muié no pedaço. Cada uma morava num canto. Era por meio delas que o King distribuía a ajuda. Mas ele também punha orde no pedaço. Quando os moradô chegava em casa bêbado e arrepiava as muié ou os menino fazia alguma estripulia, o King mandava um de nóis í lá e pô juízo na cabeça deles. Ele dizia que tinha que pô orde no pedaço pra evitar a pulícia de aparecê pra registrá a ocorrência. Com a pulícia no pedaço é ruim, né seu Jonatas. Vai que pega a gente disprivinido...

Yonatan ouvia a exaltação de Muzamba:

— O senhor me desculpa aí, seu Jonatas. Eu tô ainda meio mexido com essa disgraça que aconteceu com o King. Mas temo ainda que trabaiá muito ainda. Então. Nóis já conferiu tudo lá e cheguemo a duzentos milhão. Tá tudo separado em saco plástico, dentro de uma van. É isto que nóis tem de vê com o senhor e como o senhor qué fazê.

— Onde está?

— Tá numa chácara. Nóis aluguemo essa chácara aí. Fica lá pras banda da represa.

— Tem estrada? Passa carro?

— Tem. É até asfaltada, na entrada da chácara, e é bem movimentada. Quando o trânsito fica embaçado lá no bairro essa estradinha serve de atáio pra quem vai prá otros bairro e até prás cidadezinha que fica lá pela região.

— Ah! Então, está bom assim. Se eu fizer umas seis ou sete viagens ou mais, em dois dias, ninguém vai perceber esse movimento?

— Não. Ali passa carro o dia todo í até de noite! Mas prá que tanta viagem, seu Jonatas? Já tá tudo dentro da van. É só o sinhô falá o endereço qui a gente dá um jeito de fazê chegá lá.

— Não dá para carregar tudo numa viagem só nem deixar todo esse dinheiro num único lugar, Muzamba. É muito risco. Nós fazemos o transporte desta carga aos poucos e sempre com um furgão auxiliar. Se ocorre um acidente ou qualquer coisa assim...

— Deus que me livre seu Jonatas. Nem fale isso! — Muzamba interrompeu, fazendo o sinal da cruz.

— ... nós já fazemos o transbordo da carga para o furgão auxiliar que segue o caminho, antes da chegada da polícia para registrar a ocorrência ou para que ninguém saiba o que estamos transportando.

— Vixi! Então, cumé que o sinhô qué fazê?

— Vamos começar a retirada desse dinheiro amanhã cedo. Vai ter gente lá?

— Tá todo mundo lá. Tem uns aqui comigo e o resto tão lá. Se fô o caso eu vô pra lá, hoje à noite pra esperá o sinhô, logo amanhã cedo.

— Não precisa disto, Muzamba, pois eu não irei lá amanhã. Quem vai é o meu pessoal. Você me dá o endereço e o nome de quem eles devem procurar.

— Eu mesmo vô tá esperando eles lá na porteira da estrada. Que tipo de carro eles vão e que hora vai chegá?

— Quanto tempo, saindo da cidade, demora para chegar lá?

— Quando muito, uma hora. Não mais que isso.

— Então, está bem. Se eles saírem daqui às sete horas, às oito ou oito e meia, estarão lá. Vão chegar em dois furgões, pequenos. Um vai carregar e o outro vai fazendo a escolha, para a necessidade de eventual transbordo. Duas horas depois, vai chegar mais dois furgões e daí para a frente, eles vão se revezando até terminar todo o trabalho.

— Tá certo. Daí pra frente é com sinhô então. Só tem um problema aí, seu Jonatas, que precisamo conversá. Desses duzentos milhão, cento e vinte é a parte do King. E, hoje, de manhã, o King já sentindo que não ia guentá os ferimento... — Mais uma vez, Muzamba fez silêncio. Abaixou a cabeça procurando controlar as emoções.

Desta vez, a crise foi mais forte. Muzamba, com ambas as mãos apertadas no rosto, controlando-se para não explodir em lágrimas, contraiu a respiração e os músculos dos braços, do tórax e do pescoço, não impedindo, no entanto, de evitar os gemidos, que mais pareciam urros, decorrente do sufoco a que se submetia, provocado pela tristeza que o atormentava naquele instante.

Yonatan, imóvel e silencioso, permaneceu durante todo o tempo em que Muzamba padecia daquele mal momento.

Refeito, Muzamba, ante o olhar solidário e condolente de Yonatan, após os reiterados pedidos de desculpas por ter se deixado vencer, em público, pelas suas emoções, continuou:

— Então, seu Jonatas. Esses cento e vinte milhão, o King pediu pra eu entregá pra uma parcera que tá carregando na barriga um filho dele. Eu já tinha visto, uma vez, essa muié aí, numa parada, no ano passado. O King também me pediu pra buscá ela. Acho que ele queria vê ela antes de morrê. Na conversa de hoje de manhã, o King deu uma senha do cofre que ele tem lá na casa dele. Falô que era pra ela cuidá do dinheiro e cuidá bem da criança que ia nascê. Lá mesmo de manhã eu falei pra ela desses cento e vinte milhão. Disse pra ela que até amanhã eu ia ligá pra ela pra vê onde que eu ia entregá esse dinheiro pra ela ou se ela não tivesse onde guardá tudo isto nóis podia entregá tudo pro sinhô e depois o sinhô ia devorvendo pra nóis, conforme o combinado, como o King sempre fez. Pelo que o sinhô falô hoje, de que num é bom andá com todo esse dinheiro de uma vez só, eu tô achando que o melhor é entregá tudo pro sinhô, como o King sempre fez, e depois a gente marca um lugar pro sinhô conhecê ela e combiná quando ela vai querê o dinheiro de volta. Acho que é melhor assim. Amanhã eu explico pra ela. Ah... tava me esquecendo! Tem ainda, seu Jonatas, que pegá o dinheiro que tá lá no cofre da casa do King. O King falô que tem uns sessenta milhão lá.

— Sem problema, Muzamba. Deu para entender tudo. A única questão que eu não tenho como te atender é a de me encontrar com essa parceira que está grávida de King, falou Yonatan.

— Por que não, seu Jonatas?

— Muzamba, você mesmo há pouco disse que "ninguém tem de saber por onde a gente anda, nem de onde veio nem pra onde vai". Eu acrescento, nessa nossa vida, ninguém, também, pode saber quem somos nós, o que fazemos e onde podemos ser encontrados. Não é isso? Nós estamos aqui, cara a cara, porque já nos conhecemos da vida, fazendo o que cada um faz. Assim, não é bom que essa moça me conheça nem saiba o que eu faço.

— Mas, seu Jonatas! Essa moça só por sê a parcera do King e ainda por trazê um filho dele na barriga já é de confiança. Ela é também uma muié madame, fina. É educada e pelo que vi ela não ia fazer mal nem pro King nem pra mim.

— Eu acredito no que você está me falando, mas vamos deixar essa moça de lado. Ela está chegando agora. Com o tempo podemos nos aproximar mais, mas, agora, vamos manter o contato só entre nós. Eu vou retirar esse dinheiro que está na casa do King. Você vê como faz para a gente ir lá. Entrar na casa, essas coisas. Depois de tudo arrecadado você vê como ela quer fazer para receber, qual o tempo, qual a moeda que ela quer e se ela quiser, também, posso mandar o dinheiro para fora do país. Explica que se ela não tem conta no exterior eu abro para ela, no lugar que quiser. Fala, também, que tem uma comissão para cada um desses tipos de negócio. Como estou percebendo que a maior parte desse dinheiro vai para ela, os cento vinte que estão na chácara e os sessenta que estão na casa do King, avise que vou precisar de pelo menos uns noventa dias para começar a fazer a devolução. Daqui para a frente ela fala com você e você fala comigo. Só vou te pedir uma coisa, não fale para ela nada sobre mim e que tudo o que ela precisar, sobre o dinheiro, só depois de noventa dias. Garanta que tudo que ela precisar vai acontecer.

— Entendi, seu Jonatas.

A conversa continuou, quando foram detalhados os endereços e os horários para a retirada dos valores. Discutiram também as datas de devolução e o percentual da comissão a ser cobrada por Yonatan e, por fim e mais importante, a previsão de que, no máximo, em três dias todo aquele imenso volume já estaria diluído no fluxo financeiro movimentado pelo crime organizado. Uma permanente operação no subterrâneo social da metrópole, com ramificações nas grandes cidades e nos paraísos fiscais do mundo inteiro, para atender as demandas no fechamento dos negócios do narcotráfico, contrabando de armas e mercadorias, que exigiam, dependendo do caso, operações entre bancos do exterior, além da entrega, periódica, de propina a agentes públicos, em moeda nacional ou estrangeira.

A tarde daquele dia finalmente foi vencida pela noite que começava a chegar. As lâmpadas dos postes já estavam acesas. Muzamba fez um sinal para um de seus parceiros, que logo fez chegar o táxi que conduziria Yonatan, em segurança, para o centro da cidade. Após a despedida, cada um foi para o seu canto, misturando-se, ambos, no trânsito e na calçada, com o intenso movimento de ônibus e pessoas, como se fossem trabalhadores comuns, que retornavam para casa após um longo e produtivo dia de trabalho.

41

Dona Ticcina assumiu o comando daquela reunião familiar. Sentados, confortavelmente, em poltronas instaladas num canto da ampla sala do escritório de Luigi, Dona Ticcina, deu início ao relato dos fatos que motivaram aquela reunião. Fiel aos acontecidos, narrou desde a ligação recebida de Maria Cláudia, logo cedo, até a informação registrada no livro de movimentação de moradores do prédio, dando conta de que Maria Cláudia havia saído às quatro e meia da manhã "recepcionada por um homem que saiu de um carro estacionado na frente do prédio".

Após o detalhamento dessa informação, com realce para o horário e a saída num carro com um homem desconhecido, Dona Ticcina fez uma pausa. Não se sabe se para retomar o fôlego ou para marcar o fato que acabava de narrar.

O pai, pela expressão que foi se formando em sua face, mostrava-se incrédulo. Voltado para Maria Cláudia, tinha os olhos quase arregalados como também quase abertos estavam seus lábios. Ao ouvir aquela informação dita pela mulher, reacendeu nele a indignação vivenciada, meses antes, quando Maria Cláudia anunciou a gravidez. Juntamente com a indignação cresceu também, no interior de Luigi, a frustração de suas expectativas em relação ao comportamento social e, principalmente, ao comportamento existencial da filha que, como uma biruta de aeroporto, parecia mover-se de acordo com a direção do vento.

Sequer tinha, segundo o seu entendimento, a percepção da sua condição social e econômica no mundo em que circulava. Tampouco parecia considerar o séquito de pessoas e cuidados postos à sua disposição ou até mesmo perceber os gestos de presença, atenção e carinho, principalmente da mãe, para levar a bom termo o seu estado gestacional. Sair, sorrateiramente, de casa, às quatro e meia da madrugada, e entrar num carro com dois homens estranhos, como registrado no livro da portaria do edifício, era, para Luigi, um comportamento incompreensível e, pelas condições familiares, inaceitável.

Os segundos que mediaram a pausa de Dona Ticcina e a continuação de seu relato foi tomado por um silêncio que se avolumou de tal modo que não seria errado dizer que ele passou a ser o quarto protagonista naquela restrita reunião familiar.

Rompendo o silêncio, Dona Ticcina continuou sua exposição, informando sobre a ligação recebida de Maria Cláudia, já ao término de seu almoço, pedindo para que o motorista Antonio fosse buscá-la e, por fim, falou sobre a solicitação de Maria Cláudia para que marcasse aquela reunião.

Encerrando o relato dos fatos, Dona Ticcina, voltando-se para Maria Cláudia, disse:

— Minha filha. Você pediu a reunião e segredo sobre ela. Eu e seu pai estamos aqui, prontos para ajudá-la no que for preciso. Só precisamos saber se temos condições de resolver sozinhos ou precisaremos da ajuda de profissionais. O que está acontecendo, Maria Cláudia?

Os olhos dos pais estavam agora voltados para a filha. Luigi permanecia calado. Acostumado a participar de reuniões importantes, compreendia a importância de ouvir todos os fatos e imaginar os cenários relativos ao objeto da discussão para, depois, controladas as emoções, se houvessem, emitir a sua opinião em contribuição ao sucesso da operação debatida. Embora ali não se tratasse de nenhuma reunião de negócio mas, sim, do comportamento estranho de sua filha, atingindo pois um interesse mais amplo e sensível que era o da sua própria família, Luigi manteve a concentração tanto para não se exacerbar no uso da autoridade paterna nem oprimir a filha naquele pedido de ajuda.

— Pai... mãe... eu preciso voltar um pouco no tempo para clarear tudo o que está havendo...

Neste momento, foi interrompida pelo pai:

— Não se preocupe com o tempo, minha filha. Nós estamos aqui para ouvi-la o quanto for necessário.

Dona Ticcina, estimulando Maria Cláudia, arrematou:

— É isso aí, minha filha! Temos o tempo todo para você...

Encorajada pelo apoio dos pais e necessitada de ajuda para resolver todos os problemas que eclodiram naquela manhã Maria Cláudia, pela primeira vez, falou aos pais sobre todo seu envolvimento com King, a paternidade, a disposição de última vontade de King para que ela guardasse todo o dinheiro por ele auferido, ao longo de sua vida bandida e, por fim, suas próprias deliberações sobre como conduzir sua vida, dali para frente.

Enquanto expunha, Maria Cláudia acompanhava as expressões de indignação, aflição e estarrecimento do pai. Sua mãe, traída pelo silêncio vigente, imposto pela sucessão de intimidades sensíveis, delicadas e manifestamente perigosas, fazia-se ouvir, num quase sopro, como se pronunciadas para ela mesma, as expressões herdadas de sua origem italiana, *Madona!, Madona mia!,* que se repetiam a cada revelação da filha. Acompanhavam essas expressões o movimento que Dona Ticcina fazia com as mãos, ora juntando as palmas, erguendo-as para cima, indicando o céu, num ato expresso de devoção ora segurando as faces, revelando constrangimento ou solidariedade aos perigos contidos na revelação das intimidades que a filha relatava.

Com o olhar fixo no marido, Dona Ticcina, nocauteada por tudo o que acabara de ouvir, transferia para ele o comando da posição familiar, inclusive o pedido de ajuda, feito por Maria Cláudia, para a movimentação da enorme quantidade de dinheiro, por ela mencionada.

Estava posta, para os pais, a realidade existencial e social da única vertente feminina da família de três filhos. O mais velho, já casado — bem-casado como diziam os pais — ainda sem filhos, já trabalhava numa grande empresa multinacional para conhecer e aprender novas técnicas de administração e realização de negócios, preparando-se para assumir os negócios da família. O mais novo, ainda solteiro, por sugestão do pai, estudava em prestigiada universidade europeia, para conhecer os fundamentos e a aplicação das Ciências Políticas. Luigi tinha a consciência de que o poder econômico da família acrescido de um bom currículo poderia catapultar o filho para o grande cenário da política nacional do país.

As revelações de Maria Cláudia, no entanto, punham em risco todas as expectativas sociais de futuro. Em breve, nasceria, em sua casa e sob a sua proteção, uma criança, filha de um perigoso bandido e, para macular de vez a lisura e a honorabilidade de toda a família, o pedido da filha para receptar a escandalosa quantidade de valores auferidas nos violentos e bem-sucedidos assaltos praticados pela quadrilha do amigo dela.

Um descuido na guarda de um segredo desta dimensão e seu possível vazamento poderia causar sérios danos de ordem moral, social e financeira para todos os membros da família, inclusive para o conglomerado empresarial comandado por Luigi, pois a concorrência, na desenfreada competição empresarial, em busca da melhor posição do mercado, certamente atribuiria ao sucesso dos negócios, não à disciplina devotada ao trabalho, aplicação de conhecimentos na gestão empresarial, a qualidade moral e social das pessoas que construíram aquele empreendimento, mas, sim ao relacionamento promíscuo do empresário com o submundo do crime mediante a prática descarada da permanente lavagem de dinheiro, sujo de sangue, roubado dos bancos pelo pai de seu neto.

Tentando equacionar esses dilemas, Luigi, concentrado em si e atento à todas as experiências de vida acumuladas, sem perder, também, a consciência do afeto e dos cuidados de pai, posicionou-se:

— Maria Cláudia, uma questão é consensual. A sua gravidez. Nela, devemos pôr toda a nossa alegria, esperança de uma vida saudável e feliz para essa criança que está vindo e, sobretudo, de agradecimento por se tratar de um presente de Deus por nos tornarmos avós. Para mim, pouco importa quem seja o pai. O importante, nesse momento e daqui para frente, é que você se cuide bem e fique tranquila até a chegada do nosso bebê. Agora, a outra questão não dá nem para começar a pensar. Receber e ajudar a guardar essa enorme quantidade de dinheiro está completamente fora de questão. É impensável qualquer ajuda nossa nessa situação. Receber e ocultar esse dinheiro é crime. Você, eu e, até sua mãe, podemos ser presos por isso. Olha a pressão aí na imprensa. Dinheiro é bom, Maria Cláudia, mas desde que não traga risco. A nossa liberdade, as nossas responsabilidades sociais e a nossa reputação pessoal e familiar valem mais que dinheiro. Foi defendendo esses valores que, agregando conhecimento, disciplina e muito trabalho, que seu avô, depois eu, ajudado por sua mãe, conseguimos trazer a nossa família e a nossa indústria na altura que estamos hoje. Saia fora dessa relação, Maria Cláudia! Nem atenda mais qualquer ligação telefônica dessas pessoas. Vá cuidar desse final de gravidez. Isto só fará bem para você e para todos nós.

— Eu compreendo pai. Desde manhã, quando soube desses assuntos eu fiquei muito assustada e com muito medo... Eu cheguei a falar para o amigo do King, que me acompanhava, que não queria nada daquilo!

— Isso, isso, minha filha. É muito perigoso. Você não precisa de nada disso. — Dona Ticcina encorajava a filha a abandonar todas aquelas lembranças e pessoas, acompanhada de Luigi que, em silêncio, movimentava a cabeça, concordando com o que a mulher dizia.

— Mas foi aí que percebi que, receber ou não aqueles valores, não dependia da minha vontade. O amigo do King foi muito claro ao me falar que aquilo era uma ordem de King — confidenciou, mais vez, Maria Cláudia.

— Ordem? Ordem de quem? De um morto? — interrompeu Luigi visivelmente irritado com aquela informação. — Quem esse bandido pensa que é para impedir uma pessoa de cumprir a sua própria vontade?

Percebendo a exaltação do pai, Maria Cláudia, mantendo-se serena, explicou:

— Essa gente, pai, pelo pouco que permaneci com eles, tem outra forma de pensar. Roubam. Atiram nas pessoas. Não têm nenhuma noção de limite. No entanto, entre eles, parece haver uma hierarquia, uma lealdade. Parece que eles são regidos por uma outra moralidade. Eu nunca havia conversado com esse homem. No entanto, apenas pelo fato de eu ter uma relação com o King, ele estava ali me falando de coisas e segredos que, nós, no nosso mundo, não falaríamos para ninguém. Nem depois de morto. Hoje, desde manhã, até a hora que cheguei em casa, eu vi e vivenciei coisas que sequer imaginei que existiam ou que pudessem ocorrer. Entrar numa favela. No esconderijo da quadrilha. Abrir um cofre, numa casa de periferia, abarrotado de dinheiro. Receber a notícia da morte de King e acompanhar a decisão de enterrar o corpo dele num fundo de quintal para que a polícia não o identificasse e, por fim, a incumbência de me organizar para receber uma parte grande do dinheiro obtido no assalto, me fez perceber que ele cumpria, com afinco, uma tarefa que lhe havia sido confiada. E foi exatamente o que King me falou. A dinâmica dos fatos que ocorreram hoje de manhã foi essa: este homem não está impondo a vontade dele sobre a minha. Ele só está cumprindo o pedido que o King lhe fez.

— Mas as consequências desses atos serão o seu envolvimento e o de todos nós com os crimes que esses bandidos cometeram. Sai fora dessa situação, Maria Cláudia! — exclamou Luigi, imperativamente, mais uma vez. — Você não precisa disso — reafirmou Luigi, mostrando o desconforto sobre a continuidade da conversa.

— Eu sei, pai, mas há uma questão aí que não me cabe interferir. É um legado deixado por um pai ao filho que sequer vai conhecer. Eu não posso recusar. O filho também é meu e, como mãe, me impõe o dever de bem cuidar não só da boa gestação, como também das coisas que são suas. Não pedi, pai. É a vida que vem se desenhando desse jeito à minha frente. Devo reconhecer que antes minha vida se desmoronava, agora, sinto-me útil. Necessária. Ganhei uma nova missão, me senti estimulada a tomar um caminho. Transformar esse dinheiro vindo do mal, numa atividade voltada para o bem. Uma escola ou um centro de formação educacional, social e artístico com o objetivo de acolher, conduzir e preparar crianças pobres e abandonadas para que possam, em suas vidas adultas, obter a necessária inclusão social, em busca de uma vida digna. É isto, pai, o que eu, hoje de manhã, em meio a toda essa tormenta, decidi fazer. Por isso que pedi essa reunião, para que o senhor e a mamãe me ajudem nesse desafio. Eu sei que o senhor não concorda com nada disso. Mas, é o que decidi e é o caminho que vou seguir.

Quem interferiu na conversa, desta feita, foi Dona Ticcina. O semblante aflito e constrangedor que a dominou, durante toda a reunião, haviam desaparecido. Radiante e iluminada, parecia ter recebido a benção divina que tanto pediu a Deus, em orações e promessas, para que a filha encontrasse a normalidade, a alegria e a razão do viver. Voltada para Luigi, antes que ele articulasse qualquer pensamento sobre o que haviam acabado de ouvir, Dona Ticcina falou:

— A Maria Cláudia tem toda a razão. Ela não pode, Deus que me livre, deixar de cumprir uma disposição de última vontade de um pai para o filho. Pouco importa quem seja o pai! Se o dinheiro que está sendo deixado é roubado, isto não diz respeito a ela, pois ela não participou de qualquer roubo nem de qualquer quadrilha. A polícia que prove que a Maria Cláudia recebeu e está guardando esse dinheiro, mas, para isso, terá que enfrentar os advogados que nós vamos contratar para ela, caso seja necessário. Por outro lado, minha filha, eu achei muito correta a sua decisão em transformar esse dinheiro do mal em coisas do bem! Conte comigo. Eu posso te ajudar com essas crianças, ensinando coisas da gastronomia, da moda, das artes. Ainda que hoje tudo esteja industrializado, o domínio de técnicas artesanais sempre terá valor, em qualquer época, pois esses trabalhos, além de educar e refinar os profissionais que aprendem esses ofícios, por trazerem conteúdos históricos, sociais, culturais e estéticos, eles possuem, também, valor financeiro por se tratar de trabalhos únicos e diferenciados. Seu pai também pode te ajudar, comprando um terreno bom para construir uma espécie de educandário, para acolher e abrigar essas crianças abandonadas, garantindo-lhes um viver digno, com alimentação regular, higiene e todos os cuidados que elas precisam para assegurar o aprendizado das boas práticas sociais, educacionais e artísticas. Muito bem, Maria Cláudia. Aprimore essa ideia e conte comigo pois eu quero e posso te ajudar nesta sua iniciativa.

Luigi compreendeu, rapidamente, o entusiasmo de Dona Ticcina em apoiar a decisão e o projeto da filha. Para quem andava perdida dentro de casa, tomada por uma depressão aguda, não fazia muito tempo, aquele posicionamento de Maria Cláudia, de assumir a responsabilidade pela receptação daquela volumosa quantidade de dinheiro e de projetar a generosa e desafiadora atividade sócio cultural, visando a inclusão social de crianças abandonadas, sinalizava que ela restaurava o domínio sobre a sua vida, prometendo, para si mesma, um viver livre, seguro e regido pela sua vontade, rompendo, de vez, a névoa que a rigorosa proteção familiar a impedia de vislumbrar o seu próprio caminho.

A reunião havia caminhado para um ponto de convergência. Entre os riscos, constrangimentos e temores suscitados, impunha-se, agora, prestigiar um bem maior: a retomada da vida, por Maria Cláudia. Não havia mais nada a discutir. A reunião estava encerrada. E foi o que fez Luigi:

— Sua mãe tem razão, Maria Cláudia. Também acho que você está certa nas suas decisões e vamos ajudá-la no que for preciso. Acho que amanhã pode pedir que o dinheiro seja entregue ao homem, que deve ser um doleiro. E, se for, não é ruim, pois podemos abrir uma conta num banco do exterior, e, depois, podemos combinar com ele de remeter esses valores para lá. Pelo menos assim, evitaremos qualquer rasto do dinheiro conosco, que, certamente, será objeto de busca na investigação para a apuração deste crime. Daqui para frente vamos entregar o assunto ao futuro e ao mais absoluto sigilo. Este será o nosso segredo! Pronto. Acho que podemos encerrar. Quase nove horas. Estou com fome. Podemos procurar um restaurante para jantar. O que vocês acham?

— A Maria Cláudia precisa descansar. Foi um dia muito tenso para ela — respondeu Dona Ticcina. — Por outro lado, morreu hoje o pai da criança que a Maria Cláudia está trazendo como ela. Eu não o conheci, mas, nem por isso, podemos deixar de considerar esse falecimento. Jantar fora, hoje, pode parecer a comemoração de alguma coisa e, hoje, por conta disto tudo, não temos nada a comemorar. Eu falei com a Nilda, antes de sair de casa, para deixar pronto o jantar, para quando voltássemos. Já vou ligar para ela ir pondo a mesa para quando chegarmos.

42

No dia seguinte, Maria Cláudia passou o dia todo ocupada, tentando falar, pelo telefone, com Dona Alzira, mãe de King, para agendar uma visita, enquanto aguardava um chamado de Muzamba que, logo de manhã, já havia feito contato avisando que estava removendo "a pacotera", referindo-se a volumosa quantidade do dinheiro roubado, e que voltaria a se comunicar com ela no final do dia. Caso não conseguisse terminar a remoção naquele dia, voltaria a ligar para combinar um horário para conversar com ela no dia seguinte. Folheando o caderno que havia retirado do cofre, da casa de King, que continham informações de seus pais, encontrou um único número de telefone que Maria Cláudia supôs fosse da residência, além de outras anotações, como o endereço da residência, o nome e endereço do colégio e outras informações que não interessavam para aquele momento. Já havia ligado três vezes para o número, que não foi atendido em nenhuma das vezes. Maria Cláudia imaginou que Dona Alzira e o Senhor Américo estivessem no colégio, onde ela lecionava e ele era o inspetor de alunos. A busca, agora, era pela lista telefônica para encontrar o número do telefone do colégio.

No dia seguinte, pela manhã, antes das dez horas, o telefone de Maria Cláudia tocou. Era Muzamba.

— Dona Maria Cráudia. É o Muzamba. Tô aqui na esquina de cima da casa da sinhora. Se a sinhora descê nóis conversa. Não tem pressa. Eu tô aqui só pra isso.

— Estou descendo. Me espere aí mesmo na esquina.

Parados na esquina, sob a sombra de uma planta trepadeira, emaranhada na grade do prédio vizinho e fora da vista da portaria de seu edifício, começaram a conversa.

Muzamba reproduziu os entendimentos que teve com Yonatan Bar, no dia anterior. Ouvindo sobre as práticas e cautelas adotadas no transporte dos valores, ele preferiu concentrar todo o dinheiro nas mãos de Yonatan, aproveitando a disponibilidade do serviço de remoção. Explicou, também, ter informado a Yonatan que, por ordem de King, parte de todo aquele dinheiro era dela, com quem, ele, Yonatan, dali para frente, deveria tratar a forma, o tempo e os meios para a devolução daqueles valores. Muzamba informou, ainda, a Maria Cláudia a recusa de Yonatan em tratar diretamente com ela sobre aquele assunto pois, por não a conhecer, não gostaria de se expor, devendo aquele assunto ser tratado, sempre, entre eles, Yonatan e Muzamba. Acalmou-a, por fim, afirmando ser Yonatan um homem de confiança e que havia combinado de iniciar a devolução dos valores em noventa dias. Disse que se ela quisesse ele, Yonatan, poderia, inclusive, fazer essa devolução mediante depósito em conta no exterior, em moeda estrangeira. Muzamba, depois de repassar todas as tratativas que manteve com Yonatan sobre aquele assunto, empenhou-se, por fim, em garantir para Maria Cláudia toda a confiança que mantinha em Yonatan, reafirmando ser ele uma pessoa séria e cumpridora de seus tratos. Depois de avisar que se ausentaria por um bom tempo, *"até a poeira abaixar"*, referindo-se à intensa repercussão do assalto nas rádios, canais de televisão e jornais, assegurando, no entanto, que voltaria antes de noventa dias para dar início ao resgate do dinheiro dela junto a Yonatan.

Muzamba, mudando o assunto, disse:

— Dona Maria Cráudia, eu posso pidir uma coisa pra sinhora?

— Claro, Muzamba. O que é?

— Intão, Dona Maria Cráudia — começou Muzamba, tentando romper a sua inibição. — Cum esse negócio aí qui aconteceu com o King, nesse momento, suas expressões já não guardavam a atenção e a vivacidade mostradas enquanto relatava para Maria Cláudia suas tratativas com Yonatan. A fisionomia, agora, aparentava desalento, incerteza, disfarçando, talvez, a tristeza que sentia. Eu perdi a vontade de continuá nessa vida bandida. Eu que truxe o King pra esse lado. Ele virô o nosso chefe. Era ele quem comandava nóis tudo. Agora, com isso qui aconteceu cum ele, eu num tenho mais vontade pra nada. Eu fico me achando culpado por num tê protegido ele. E agora? Nóis num sabe fazê umas parada desta que a gente faz. Pra dá certo, só o King sabia fazê. Eu num falei disso pra ninguém ainda. Mas eu quero pará cum essa vida. Saí fora... Como eu conheci a sinhora, no dia qui eu levei a sinhora pra vê o King e depois na casa dele, o poquinho que nóis conversemo ali já deu pra vê qui a sinhora é gente educada. É gente boa, organizada, qui si preocupa cum os otro, cum os documento das pessoa e qui qué fazê as coisa tudo certinho. Já deu pra percebê isto depois qui eu vi a sinhora se preocupando com o enterro do King, tirá o documento da morte dele, naquelas conversa triste que tivemo lá na casa dele. Depois daquelas conversa eu vi que nóis vem fazendo tudo errado. Nóis num tem documento. O qui temo é tudo falso. Si por uma disgraça a gente morre num tiroteio com a pulícia vão fazê cum a gente o que nóis fez com King. Enterrá em qualqué lugar e ninguém vai sabê qui nóis nem mesmo fomo nascido. Eu num tenho casa pra morá, nem muié, nem filho pra cuidá. É vivê fugindo da pulícia e sem confiá em ninguém. Depois qui conheci a sinhora e conversemo lá na casa do King, eu senti confiança na sinhora. A sinhora me desculpa eu tá falando essas coisa mas é qui eu pensei si sinhora num qué arrumá um emprego pra mim. Eu sou bom motorista. Trabalhei numa oficina mecânica. Foi lá que conheci o King. Conheço esses pedaço tudo ai da cidade í outros lugar. Eu sei que sô bandido mas tô querendo mudá de vida. Eu tenho até uns dinheiro aí com o seu Jonatas que o King mandou eu deixá cum ele pra ficá rendendo. Cum esse dinheiro aí dá pra eu í me virando. Por conta desta disgraça que aconteceu com o King é qui eu comecei a pensá em pidi esse emprego prá sinhora í até arrumá uma companhera prá me ajudá a por juízo na minha cabeça prá num voltá prá essa vida do crime. A sinhora me desculpa tá falando essas coisa pra sinhora. É qui eu senti firmeza e confiança na sinhora í qui pode me ajudar a tomá rumo na vida.

Maria Cláudia nunca havia empregado ninguém. Os funcionários de sua casa, quando ainda era casada — o caseiro, a faxineira, a arrumadeira, a cozinheira e o motorista — eram, todos, contratados pelos pais do ex-marido e os dela. Naquele momento, em razão da dissolução de seu casamento, ela se encontrava albergada na casa dos pais amparada por todos os serviços de que necessitava.

Entretanto, recebeu aquele pedido de emprego, singelo e até ingênuo, feito por Muzamba, sem espanto, com a sensação até de que poderia precisar mesmo de seus serviços. Os fatos e todas as circunstâncias por ela vivenciados, desde a madrugada em que fora conduzida ao esconderijo de King, haviam desencadeado nela, pela força do impacto existencial daquele evento tão marcante, uma espécie de hiperatividade psíquica, pela qual passou a buscar um novo caminho que pudesse acomodar as responsabilidades assumidas bem como dar a ela uma nova significação para a sua própria vida.

O projeto de assistência e cuidados a crianças abandonadas já estava consolidado, em seu radar do futuro. Para ela, parecia clara a necessidade de ter, próxima de si, uma pessoa de confiança, como Muzamba, para ajudá-la a localizar e identificar, nas periferias da metrópole, as famílias e as crianças que deveriam ser o objeto de sua atuação social.

Maria Cláudia respondeu:

— Você está certo no que está pensando. Se você conseguiu chegar até aqui livre e com algum recurso para se sustentar, acho que a ideia de parar parece ser boa, para evitar o que aconteceu com King. Eu não tenho como absorver seu trabalho agora. Daqui a um mês ou mês e meio, estarei envolvida com o nascimento do meu bebê. Você vai se ausentar por um período. Não é isso?

Ante a resposta afirmativa, continuou:

— De hoje até daqui a noventa dias, quando vencer o prazo para o "seu" Jonatas começar a fazer a devolução do dinheiro, vamos voltar a conversar. Eu tenho um projeto, no qual você pode me ajudar. Até lá, você pense bem nessa sua decisão. Sé é para parar com essa vida de crime é para parar mesmo, pois eu não posso correr risco em ter no meu quadro funcional uma pessoa envolvida com esse tipo de coisa. O King mostrou muita confiança e consideração com você e eu, depois de tudo que passamos juntos, também passei a considerá-lo, mas não vai dar para você andar comigo fazendo vida dupla. Não se esqueça que um erro seu poderá pôr em risco tanto a mim quanto a criança que vai nascer que também é filha do King...

— Deus que me livre, Dona Maria Cráudia! Eu nunca vou pô a sinhora em risco muito menos a criança do King. Deus que me livre de uma disgraça desta! — Interrompeu Muzamba, terminando por fazer o sinal da cruz para afastar uma possibilidade como aquela.

— É bom pensar assim, procure arrumar uma casa. Depois procure arrumar uma boa companheira que possa te ajudar a organizar a vida e, depois, com o tempo, começar a construir a sua família. O resto vem com o trabalho, as novas obrigações, os resultados que você ajudou a produzir, as novas amizades e as experiências de uma vida normal. Se você se convencer que está preparado para começar uma nova vida, voltamos a nos falar daqui a noventa dias. Está bem assim?

— Muito obrigado, Dona Maria Cráudia. Só o fato de eu podê tá perto da sinhora e da criança do King já é o bastante pra me ajudá a mudá de vida. Eu perdi o King, mas ele deixou a sinhora prá pô luiz no meu caminho. Eu escutei tudo o que sinhora mi falô. Daqui a noventa dia, quando chegá a hora de vortá a falá com o Seu Jonatas, eu ligo pra sinhora. Até lá muita coisa vai tá mudado pra mim. A sinhora vai vê.

Mais uma vez, Muzamba fez o sinal da cruz, juntando as mãos e abaixando a cabeça, num gesto de humildade e devoção a Deus e reverência a Maria Cláudia. A sua feição facial, ainda que rude e simplória, trazia espelhado, na despedida e antes de se perder entre os transeuntes que caminhavam pela calçada, o brilho nos olhos, iluminados pela luz da esperança, certamente provocada, para os que creem, por essas abstrações místicas que povoam o nosso ser.

43

Na hora aprazada, Maria Cláudia tocou a campainha da casa simples, porém enfeitada por um pequeno jardim florido e plantas trepadeiras que encobriam toda a fachada. Embora estivesse aguardando a visita, Dona Alzira, antes de abrir a porta, num movimento cauteloso e imperceptível, abriu uma pequena fresta na cortina para ver a pessoa de sua visitante, que prometera ser portadora de notícias de seu filho. No dia anterior, como se lembrava agora, a visitante, Maria Cláudia, apresentara-se como amiga de seu filho e que, de tanto que Max falava dela e do pai, gostaria, também, de conhecê-la pessoalmente. Por imaginar ser um encontro estritamente social e que os assuntos gravitariam em torno das peculiaridades de família, Dona Alzira resolveu marcar a recepção em sua casa e não no ambiente formal e impessoal do colégio em que trabalhava. Durante a conversa telefônica, Dona Alzira percebeu ser Maria Cláudia educada e socialmente desenvolvida. Falava com desenvoltura, mostrando-se, também, agradável, divertida e inteligente, incutindo nela, Dona Alzira, a confiança necessária para recebê-la em sua casa. Ao vê-la, pela fresta da cortina, seguida dos primeiros contatos da recepção, suas expectativas aumentaram e foram além. A beleza da mulher jovem, bem cuidada, de gestos e falas gentis e finas era adornada pelo vestido largo e confortável que acomodava o seu adiantado estado de gravidez. O encontro foi alegre e barulhento entre as duas mulheres, exteriorizados ali mesmo no portão, com troca de beijos nas faces, delicados afagos, palavras gentis e os comentários próprios e naturais sobre o estado gestacional de Maria Cláudia, refletindo a imediata e espontânea afinidade entre ambas. Em meio a essa alegria contagiante entre elas, Maria Cláudia pediu ao motorista que a aguardava, em pé, ao lado da porta do veículo estacionado em frente à casa, que lhe entregasse uma bonita sacola que segurava numa das mãos. Dona Alzira iniciou a condução de Maria Cláudia para o interior da residência, recebendo, nesse pequeno trajeto, tanto a sacola com o presente quanto as explicações sobre o seu conteúdo: dois lenços compridos, em seda, coloridos por tintas naturais, extraídas de cascas de árvores, também de vegetais, de folhas e polpas de legumes, submetidos a prolongada fervura, até o ponto correto da tinta e sua densidade, tudo criado e feito por sua mãe, Dona Ticcina, uma artista que se distraia com esses e tantos outros fazeres.

Depois de acomodar Maria Cláudia numa poltrona confortável, aberto e visto o presente e maravilhada com o que viu, como a mistura das cores, a leveza do toque, o brilho da seda e o acabamento, Dona Alzira, feitos os comentários efusivos de agradecimento, sem perder o contentamento de que estava tomada, baixou a voz, numa encenação de cumplicidade, como se contasse um segredo, falou:

— Eu fiz um bolo e acabei de passar um café. Espere um minutinho aí, que já vou servir. Estou muito contente por conhecê-la. Me espera um pouquinho para me contar as notícias do Max. Este menino danado que só aparece de vez em quando...

Em poucos instantes, Dona Alzira já estava de volta à sala. Aproximou da poltrona de Maria Cláudia um aparador e outro para o lugar em que se sentaria. Retornou à mesa e depois de cortar o bolo, servir o café e perguntar sobre o tanto de açúcar que fosse do agrado de Maria Cláudia, logo depositou sobre os aparadores, os pratos, os talheres, os pires com as xícaras do café, tomando assento no lugar que havia preparado para si.

Contente, Dona Alzira falou:

— Fale, Maria Cláudia, sobre o Max. Estou curiosa por notícias dele. Por que ele não veio junto?

— Primeiro, vamos aproveitar esse bolo que está uma delícia!

Procurava forças para manter-se controlada. Nunca fora portadora da notícia da morte de ninguém. Principalmente, para a mãe do falecido.

Maria Cláudia procurava, mentalmente, o melhor caminho, sem ter, ainda, um roteiro definido. Depois do último gole do café, e do comentário de que estava tudo muito bom, voltou-se para Dona Alzira, sem sorriso nem sinais de tristeza ou gravidade, iniciou:

— Dona Alzira, sobre o Max...

— Isso, isso, Maria Cláudia, fale-me do Max. Esse menino que vive sumindo e só aparece de vez em quando e sem avisar — aparteou Dona Alzira, com entusiasmo.

— Há uns seis dias, um amigo do Max me levou a um lugar e lá constatei que ele estava muito ferido.

Com inegável espanto e preocupação, Dona Alzira perguntou:

— Como ferido? Quem estava cuidando dele? Onde ele estava?

— Ele me pediu para que fosse até a casa dele pegar umas coisas. O amigo dele que tinha as chaves da casa e sabia do endereço conduziu-me até lá. Quando estávamos na casa, o amigo dele recebeu uma ligação do médico que estava cuidando dele informando que Max tinha acabado de morrer...

O impacto da informação foi grande. Dos olhos estalados, que atrás das lentes dos óculos pareciam ter aumentado, seguiu-se o movimento das mãos sobre o rosto, fazendo desprender os óculos da face. Um tremor vigoroso, em disritmia, passou a sacolejar todo o corpo daquela velha senhora, como se tivesse sido tomada pela força de um vulcão. A esse aspecto físico, somou-se a liberação das emoções, tudo nas frações de segundos que, formando o tempo, davam a ela a compreensão da trágica notícia. O ruído débil da voz feminina, vindo do mais fundo e oculto lugar de seu ser, passou a emitir um som indecifrável, porém contido, como um uivo ou um rugido abafado, substituídos, em seguida, aos prantos, por palavras repetidas, indagações de inconformismo, protestos a Deus até se perderem em lamúrias e palavras desconexas, dominada que estava pelo sofrimento, tristeza e dor pela perda da cria que acalentava seus sonhos, expectativas e motivação do seu viver:

— Meu filho! Meu filho! Onde você estava que não pude me proteger? Por que, meu Deus, o Senhor fez isto comigo? O que fiz para merecer isto? Meu Deus, meu Deus... — seguiu Dona Alzira, agora no seu triste devaneio.

Maria Cláudia levantou-se da poltrona e envolveu-a num abraço de proteção e amparo. Em silêncio, com afagos gentis e delicados, pacienciosamente, aguardou Dona Alzira recobrar a consciência daquele tormentoso momento.

Inserida nesse sofrido contexto, em que nada era possível ser feito, senão guardar o pesaroso luto que se instalara na casa, Maria Cláudia sentiu-se instada, também em busca de um conforto interno, a refletir sobre o mistério da morte, causadora de tanto medo, tristeza e sofrimento.

Por nunca ter se dedicado a essas indagações, sentiu que as respostas obtidas, na busca de entendimento, vinham das falas dos religiosos que sempre ouviu, quando era levada à igreja, por sua mãe, para assistir às missas dominicais. Socorriam-lhe, também, nessa busca do entendimento da morte, a lembrança das conversas nos tempos universitários, falando sobre a existência de espíritos, almas, reencarnação além das práticas e dos cultos celebrados nos templos e entidades presentes no sincretismo religioso, que permeava e orientava vasta camada da sociedade.

Nunca havia sido religiosa. No início da formação da consciência política e da compreensão da ciência aplicada consolidou o entendimento de que a razão era o fundamento do qual o homem se servia para compreender as coisas da vida e para chegar à verdade das coisas.

Entregue a esses pensamentos, em busca de um conforto para afastar o pesaroso luto, Maria Cláudia sentiu-se socorrida por fluxos de pensamento que brotavam da sua consciência, conduzindo-a à conclusão de que tanto a dor e o sofrimento quanto a paz e a alegria eram sentimentos intrínsecos ao homem, submetidos, porém, a uma força muito maior que é a do Amor, fonte do equilíbrio das nossas emoções e origem de todas as virtudes humanas.

Surpreendida por esses entendimentos, sedimentados em seu substrato existencial, Maria Cláudia, nessa conexão que fazia consigo mesma, experimentou uma sensação de enlevo e paz pela compreensão que teve da grandeza e das virtudes da vida. Sua busca pela compreensão dos mistérios da morte tinha chegado ao fim. Para ela, a morte passou a ser compreendida apenas como um fato e o sofrimento experimentado pelos que ficam decorria da ignorância dessa compreensão da vastidão da vida que, em sua dimensão ilimitada, permitia aos homens transcenderem aos domínios de Deus, como ela constava agora, em busca da compreensão da origem e das causas de seu sofrimento e do próprio sentido da vida.

No silêncio da sala, consolando Dona Alzira, Maria Cláudia estava plena, segura e iluminada, como se tivesse sido tangida pela mão de Deus. Em paz, entregou-se à tarefa solidária de ajudar Dona Alzira na travessia dos dias difíceis, que viriam.

Havia muito o que fazer.

Precisava comunicar Dona Alzira, atendendo ao pedido de Max, de que ela seria, em breve, a avó da criança que ela trazia consigo, em sua gravidez avançada.

Teria de contar sobre as causas e o início da relação entre ela e Max. Não havia ainda elaborado uma história para situar o contexto social de Max. Não queria acrescentar à dor de Dona Alzira, eventual vergonha pelo desvio ocorrido na trajetória social do filho. O quadro era desafiador. Maria Cláudia temia que a revelação do modo de vida de Max pudesse constranger e afetar a relação de Dona Alzira e o Senhor Américo com ela.

No entanto, estava preparada para tudo aquilo. Os acontecimentos por ela vivenciado naqueles últimos dias, desde a morte de Max, a conversa com Muzamba sobre o enterro, a decisão de receptar e administrar os valores pertencentes a Max, oriundos da prática de assaltos e a tristeza de Dona Alzira ao receber dela a notícia da morte do filho haviam provocado nela profundas transformações que alteraram, definitivamente, a sua visão de mundo, exigindo respostas e reações a tudo aquilo que assistira e vivenciara. Nessa radicalidade ela sentiu-se socorrida pela inteligência que iluminando a sua racionalidade impulsionou-a para a vida, forçando-a a sair de seu espaço de conforto e proteção para reagir àquelas situações tão novas quanto adversas, orientando-a na tomada das decisões e nas responsabilidades já assumidas.

Era uma nova Maria Cláudia que, deixando para trás suas incertezas, inseguranças, proteções impostas e temores sem causa, ressurgia para a vida com a disposição e consciência de que competia a ela cuidar e dar seguimento àquele novo núcleo familiar que começava a tomar forma tanto ainda dentro de si mesma quanto em seu próprio entorno, alimentando e realizando os sonhos de ver o crescimento do filho que estava a caminho, dos projetos pessoais e do seu próprio destino.

44

Encostada no parapeito da cobertura do suntuoso edifício, fincado na encosta da Avenida Paulista, Maria Cláudia vaga o olhar inexpressivo pelo mar de luzes que se estende até o horizonte, marcado por pequenas concentrações de iluminação, revelando os vários municípios que compõem a megalópole de São Paulo.

Uma discreta dilatação na face e a volumosa barriga coberta por um vestido largo não tiravam dela a graça e o encanto da mulher grávida. Os cabelos louros e finos, esvoaçados pela brisa morna, das alturas dos prédios, para onde ela ia sempre que encontrava dificuldade de se acomodar em algum espaço no interior da casa ou na própria cama de seu quarto, por conta da gravidez avançada, cujo nascimento da criança, segundo seu médico, já entrara em compasso de contagem regressiva. Podia ocorrer a qualquer tempo, fosse dali para o dia seguinte fosse dali a qualquer hora.

Nesses momentos, entregava-se também a olhar para as estrelas e para a imensidão do firmamento na vã mas compreensível tentativa da mãe em conectar-se com o nascituro bem como adivinhar o seu futuro, sempre impregnado das melhores realizações.

Intercalava nesses pensamentos o otimismo com que recebeu a adesão entusiasmada de Dona Alzira ao seu projeto de acolhimento e inserção social de crianças abandonadas. A professora primária, já com o pé na aposentadoria, transbordava experiência e sólidos conhecimentos da pedagogia aplicada na educação e formação infantil, adquiridos ao longo dos anos no magistério da escola primária de onde se aposentaria em breve.

No silêncio daquelas noites, também, lembrava-se de King.

Seus sentimentos se alternavam nessas oportunidades. Ora dolorida pela lembrança da morte dele, ainda tão recente, ora por um agradecimento por tudo o que ele representava. Aprendera com ele a romper a permanente proteção pessoal e existencial a que estava condicionada. Seduzida pela liberdade ostentada por King e pelas conversas intensas que manteve com ele, aprendeu a importância e a necessidade das escolhas feitas na vida, fontes intermináveis do entusiasmo e propulsoras do sentido para seguir em frente.

Nesses momentos, o olhar de Maria Cláudia se tornava brilhante, intenso, dispersando-se sobre o mar de luzes que iluminava a madruga da megalópole, estimulado pela fantasiosa expectativa de sentir a presença abstrata de King ou mesmo vê-lo em alguma esquina, coberta pela vastidão de toda aquela luminosidade.

Este livro foi impresso no outono de 2023.